新编新译
世界文学
经典文库

新编新译
世界文学
经典文库

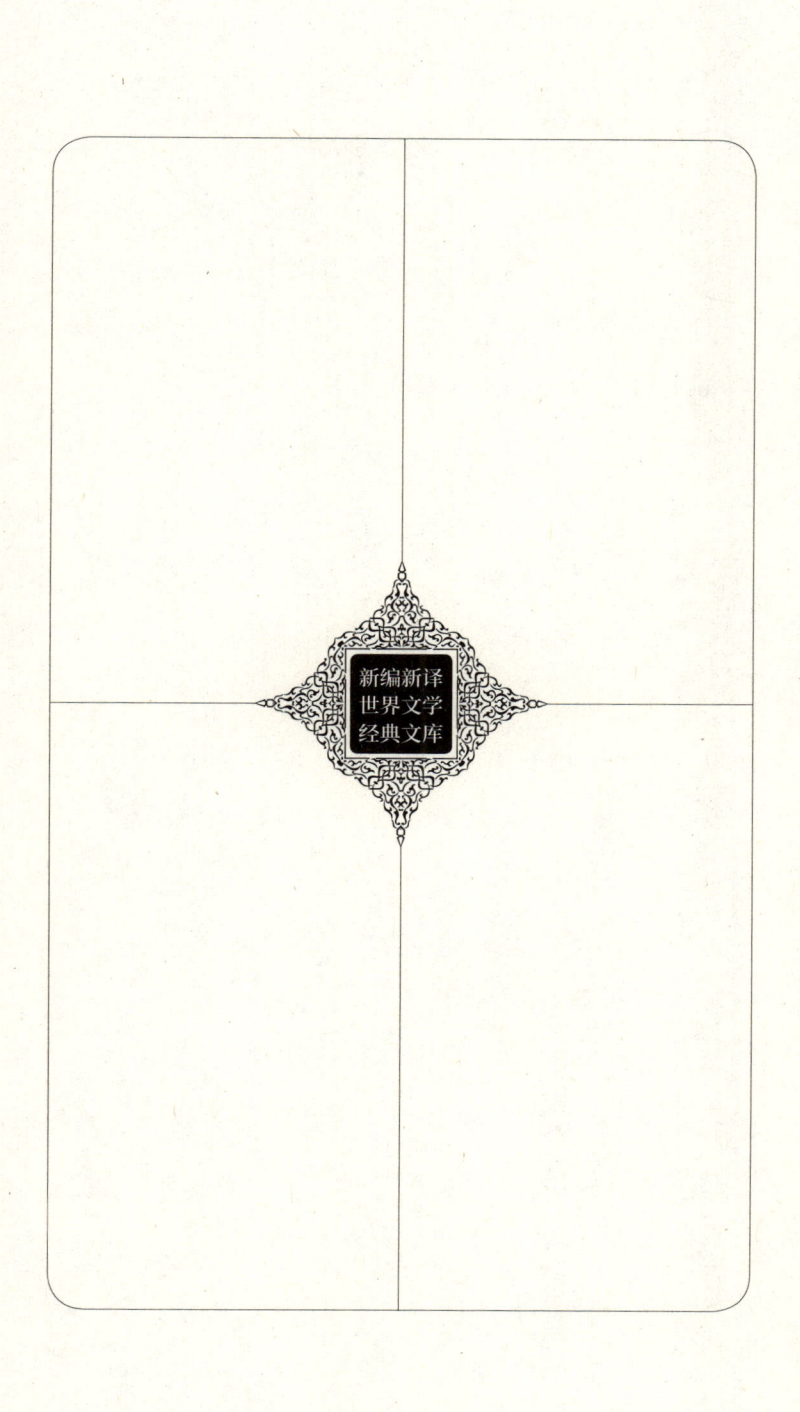

伊豆の踊子

新编新译
世界文学
经典文库

伊豆的舞女
雪国

かわばた やすなり

[日] 川端康成 著
周　阅 译
彭广陆 译

作家出版社

新编新译
世界文学
经典文库

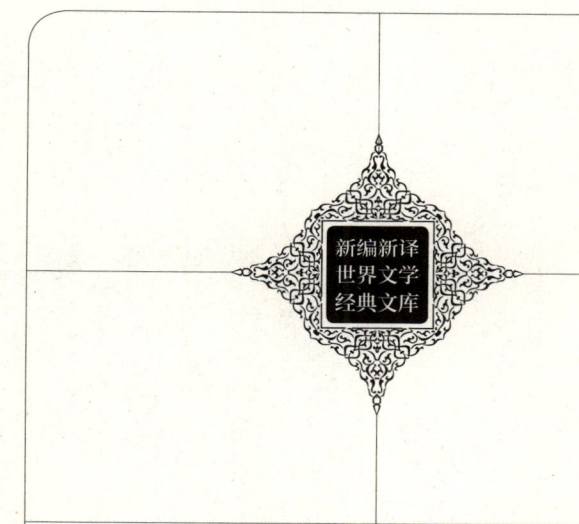

编委会

陈众议

路英勇

高　兴

张亚丽

苏　玲

王　松

叶丽贤

戴潍娜

袁艺方

代 序

经典,作为文明互鉴的心弦

陈众议　　　　　　　　　　2020 年 11 月 27 日于北京

"只有浪子才谈得上回头。"此话出自诗人帕斯。它至少包含两层意义：一是人需要了解别人(后现代主义所谓的"他者")，而后才能更好地了解自己，恰似《旧唐书》所云："夫以铜为镜，可以正衣冠；以古为镜，可以知兴替；以人为镜，可以明得失"；二是人不仅要读万卷书，还要行万里路。读万卷书难免产生"影响的焦虑"(布鲁姆语)，但行万里路恰可稀释这种焦虑，使人更好地归去来兮，回归原点、回到现实。

由此推演，"民族的就是世界的"(据称典出周氏兄弟)同样可以包含两层意思：一是合乎逻辑，即民族本就是世界的组成部分；二是事实并不尽然，譬如白马非马。后者构成了一个悖论，即民族的并不一定是世界的。拿《红楼梦》为例，当"百日维新"之滥觞终于形成百余年滚滚之潮流，她却远未进入"世界文学"的经典谱系。除极少数汉学家外，《红楼梦》在西方可以说鲜为人知。反之，之前之后的法、英等西方国家文学，尤其是20世纪的美国文学早已在中国文坛开枝散叶，多少文人读者对其顶礼膜拜、如数家珍！究其原因，还不是它们背后的国家硬实力、话语权？福柯说"话语即权力"，我说权力即话语。如果没有"冷战"以及美苏双方为了争夺的推重，拉美文学难以"爆炸"；即或"爆炸"，也难以响彻世界。这非常历史，也非常现实。

同时，文学作为人类文明的重要组成部分，是人类进步不可或缺的标志性成果。孔子固然务实，却为我们编纂了吃不得、穿不了的"无用"《诗经》，可谓功莫大焉。同样，马克思主义的经典作家向来重视文学，尤其是经典作家在反映和揭示社会本质方面的作用。马克思在分析英国社会时就曾指出，英国现实主义作家

"向世界揭示的政治和社会真理,比一切职业政客、政论家和道学家加在一起所揭示的还要多"。恩格斯也说,他从巴尔扎克那里学到的东西,要比从"当时所有职业的历史学家、经济学家和统计学家那里学到的全部东西还要多"。列宁则干脆地称托尔斯泰是俄国革命的一面镜子。这并不是说只有文学才能揭示真理,而是说伟大作家所描绘的生活、所表现的情感、所刻画的人物往往不同于一般的抽象概括、冰冷的数据统计。文学更加具象、更加逼真,因而也更加感人、更加传神。其潜移默化、润物无声的载道与传道功能、审美与审丑功用非其他所能企及,这其中语言文字举足轻重。因之,文学不仅可以使我们自觉,而且还能让我们他觉。站在新世纪、新时代的高度和民族立场上重新审视外国文学,梳理其经典,将不仅有助于我们把握世界文明的律动和了解不同民族的个性,而且有利于深化中外文化交流、文明互鉴,进而为我们吸收世界优秀文明成果、为中国文学及文化的发展提供有益的"他山之石"。同样,立足现实、面向未来,需要全人类的伟大传统,需要"洋为中用""古为今用",否则我们将没有中气、丧失底气,成为文化侏儒。

众所周知,洞识人心不能停留在切身体验和抽象理念上,何况时运交移,更何况人不能事事躬亲、处处躬亲。文学作为人文精神和狭义文化的重要基础,既是人类文明的重要见证,同时也是一时一地人心、民心的最深刻,也最具体、最有温度、最具色彩的呈现,而外国文学则是建立在各民族无数作家基础上的不同时代、不同民族的认识观、价值观和审美观的形象体现。因此,外国文学,尤其是外国文学经典为我们接近和了解世界提供了鲜活的历史画面与现实情境；走进这些经典永远是了解此时此地、彼时彼地人心民心的最佳途径。这就是说，文学指向各民族变化着的活的灵魂，而其中的经典（包括其经典化或非经典化过程）恰恰是这些变化着的活的灵魂。亲近她，也即沾溉了从远古走来、向未来奔去的人类心流。

此外，文学经典恰似"好雨知时节"，"润物细无声"，又毋庸置疑是各民族集体无意识和作家、读者个人无意识的重要来源。她悠悠地潜入人们的心灵和脑海，进而左右人们下意识的价值判断和审美取向。还是那个例子，我们五服之内的先人还不会喜欢金发碧眼，现如今却是不同。这是"西学东渐"以来我们的审美观，乃至价值观的一次重大改变。其中文学（当然还有广义的艺术）无疑是主要介质。这是因为文学艺术可以自立逻辑，营造相对独立的气韵，故而它们也是艺术化的生命哲学；其核心内容不仅有自觉，而且还有他觉。没有他觉，人就无法客观地了解自己。这也是我们有选择地拥抱外国文学艺术，尤其是外国文艺经典的理由。没有参照，人就没有自知之明，何谈情商智商？倘若还能潜入外国作家的内心，或者假借他们以感悟世界、反观自身，我们便有了第三只眼、第四只眼、第N只眼。何乐而不为？！

且说中华民族及其认同感曾牢固地建立在乡土乡情之上。这显然与几千年来中华民族的文化发展方式有关。从最基本的经济基础看，中华文明首先是农业文明，故而历来崇尚"男耕女织""自力更生"。由此，相对稳定、自足的"桃花源"式的小农经济和自足自给被绝大多数人当作理想境界。正因为如此，世界上没有其他民族像中华民族这么依恋故乡和土地（柏杨语）。同时，因为依恋乡土，我们的祖先也就相对追求安定、不尚冒险。由此形成的安稳、和平性格使中华民族大抵有别于西方民族。反观我们的文学，最撩人心弦、动人心魄的莫过于思乡之作。如是，从《诗经》开始，乡思乡愁连绵数千年而不绝，其精美程度无与伦比。"昔我往矣，杨柳依依；今我来思，雨雪霏霏"(《诗经》)；"露从今夜白，月是故乡明"(杜甫)；"举头望明月，低头思故乡"(李白)；"春风又绿江南岸，明月何时照我还？"(王安石)。如此等等，不一而足。当然，我们的传统不尽于此，重要的经史子集和儒释道，仁义礼智信和温良恭俭让，以及少数民族文化等皆是中华传统文化的组成部分。而且，这里既有六经注我，也有我注六经；既有入乎其内，也有出乎其外，三言两语断不能涵括。诚然，四十多年，改革开放、西风浩荡，这是出于了解的诉求、追赶的需要。其代价则是价值观和审美感悦令人绝望的全球趋同。与此同时，文化取向也从重道轻器转向了重器轻道。四海为家、全球一村正在逼近；城市一体化、乡村空心化不可逆转。传统定义上的民族意识正在淡出。作为文学表象，那便是山寨产品充斥、三俗作品泛滥。与此同时，或轻浮或狂躁，致使伪命题及去心化现象比比皆是；文学语言简单化(却美其名曰"生活化")、卡通化(却美其名曰"图文化")、杂交化(却美其名曰"国际化")、低俗化(却美其名曰"大众化")等等，以及工具化、娱乐化等去审美化、去传统化趋势在网络文化的裹挟下势不可挡。

正所谓"彼亦一是非，此亦一是非"，如何在全球化这把双刃剑中取利去弊，业已成为当务之急。"不忘本来，吸收外来，面向未来"无疑是全球化过程中守正、开放、创新的不二法门。因此，如何平衡三者的关系，使其浑然一致，在于怎样让读者走出去，并且回得来、思得远。这有赖于同仁努力；有赖于既兼收并包，又有魂有灵，从而在人类命运共同体的旗帜下复兴中华，并不遗余力地建构同心圆式经典谱系。毫无疑问，唯有经典才能在"熏、浸、刺、提""陶、熔、诱、掖"中将民族意识与博爱精神和谐统一。让《红楼梦》《三国演义》《水浒传》《西游记》等中国文学经典的真善美成为全世界共同的精神财富吧！让世界文学的所有美好与丰饶滋润心灵吧！这正是作家出版社与中国社会科学院外国文学研究所精心遴选，联袂推出这套世界文学经典丛书的初衷所在。我等翘首盼之，跂予望之。

作为结语，我不妨援引老朋友奥兹，即经典作家是好奇心十足的孩子，他用手指去触碰"请勿触碰"之处；同时，经典作家也可能带你善意地走进别人的卧室……作家卡尔维诺也曾列数经典的诸多好处；但是说一千、道一万，只有读了你才知道其中的奥妙。当然，前提是要读真正的经典。朋友，你懂的！

目 录

伊豆的舞女	001
雪国	033

伊 豆 的 舞 女

周阅 译

一

道路变得蜿蜒曲折，在我觉得终于快到天城顶的时候，雨线把茂密的杉树林染成了白色，以惊人的速度从山麓向我追赶过来。

我二十岁，头戴高中[1]的校服帽，身穿藏青底碎白花[2]的和服和裙裤，肩上挎着书包。这是我独自踏上伊豆之旅的第四天。我在修善寺温泉住了一晚，在汤岛温泉住了两晚，之后穿着厚朴木制作的带齿木屐登上天城山来到这里。层峦叠嶂的山脉、原生丛林和幽深溪谷的秋色令我陶醉，我急急地赶路，为一个期待而怦然心动。这时，大颗的雨滴开始向我砸来。我沿着弯曲而陡峭的坡道快速向上爬。终于到了位于山顶北口的茶舍，就在刚要松一口气的时候，我在茶舍入口处惊呆了。因为内心的期待太过完美地实现了！茶舍里巡游艺人一行正在休息。

舞女见我呆立在那里，立即把自己的坐垫抽出来，翻了个面放到旁边。我只应了一声"哎……"就坐到了垫子上。坡道上的急行让我气喘吁吁，加上过于惊讶，那句"谢谢"卡在喉头没能说出口。

因为与舞女相对而坐，近在咫尺，我十分慌乱，从袖兜里掏

1　原文为"高等学校"，日本旧学制时，"高等学校"接收初中4年毕业或具有同等以上学历的男性，修业3年，分文理科，所授课程均为升入大学的预备课程，相当于大学的预科。"二战"后，1947年（昭和二十二年）的学制改革后，大多数旧制高等学校并入了新制大学。小说主人公，亦即作者川端康成所就读的"東京第一高等学校"后来也并入东京大学，成为该校的"教養学部"。

2　原文为"紺飛白"，意为藏青色底子上带有白色碎花的棉织物。

出烟来。舞女又把同行女子面前的烟灰缸拿过来放在我身边。但我依然什么都没说。

　　舞女看上去十七岁左右。她盘着老式的大发髻,那样式我不太了解,形状有些奇特。发髻把她刚毅的鹅蛋脸衬托得格外娇小,却又美丽而和谐。令人感到如同一幅稗官野史中的仕女肖像画,发髻被描绘得丰满而夸张。与舞女同行的有一位四十多岁的女子、两个年轻姑娘,还有一位二十五六岁的男子,身穿印有长冈温泉旅馆商号的和服外褂。[1]

　　到那时,我已是第二次见到舞女一行了。第一次是我去汤岛的途中,在汤川桥附近遇见了前往修善寺的这一行人。那时有三位年轻姑娘,其中舞女提着一只大鼓。我不断地回头看她们,感到一股旅情浸染了全身。后来,在汤岛的第二个晚上,她们巡演到了旅馆。我在楼梯中央坐下来,出神地看着舞女在玄关的木地板上跳舞——我心想,那天住修善寺,今天住汤岛的话,明天大概会翻到天城山南麓去汤野温泉吧。在天城山近三十公里[2]的山路上我肯定能追上她们。就这样一路幻想着匆匆赶来,没成想在避雨的茶舍撞个满怀,于是我就手足无措了。

　　不久,茶舍的婆婆引我去了另一个房间。这间房好像平时没怎么用,没有隔扇门。我向下探头一看,美丽的山谷深不见底。我起了一身鸡皮疙瘩,牙齿咔咔地打颤,浑身发抖。我对来沏茶

1　原文为"印半缠",一种穿在和服外面的短外褂,在衣领、背后或前襟等处印有店家的铺号或姓名,多为蓝底厚布制作,江户后期开始手艺人经常穿着。

2　原文为"七里","里"是日本的距离单位,1891年将43.2公里定为11里,即1里约等于3.927公里。

的婆婆说:"好冷。"

"哎呀,少爷您都淋湿啦。请到这边来取取暖,来,把衣服烤烤干吧。"婆婆说着,便来拉我的手,要把我引到他们自己的起居室去。

他们的房间装着炉子,一推开隔扇门就有一股强烈的热气扑面而来。我站在门口踟蹰不前。有位老爷子盘腿坐在炉子旁边,像溺亡的人一样全身青肿。他用那仿佛连瞳孔都变成黄色的腐浊的眼睛无精打采地转向我这边。在他身边,陈旧的书信和纸袋堆积如山,可以说是掩埋在纸屑堆里。我怔怔地盯着这个简直不像活人的山中怪物,呆若木鸡。

"让您看见这副样子真是不好意思……不过,这是我家老头子,请不要担心。虽然很碍眼,但是因为他动弹不了,所以还请您将就忍耐一下。"

婆婆这样解释了一番,从她的话里得知,老爷子好像是罹患中风,常年全身瘫痪。那些堆积如山的纸张,是来自各地传授中风患者养生方法的信件,还有各地寄来的治疗中风的药品的袋子。老爷子要么从翻过山顶的旅人们那里打探,要么在报纸上的广告中查看,绝不放过每一个信息,他从全国打听中风的疗法,求医问药。那些信件和纸袋他一个也不丢弃,全部放在身边,就那样看着它们过活。经年累月,就堆成了破旧的废纸山。

我无言回应婆婆,面朝围炉那边垂着头。翻山的汽车震动着房子。我心想,山顶上秋天都如此寒冷,再过不久就要被雪覆盖了,为什么这位老爷子不下山去呢。我的和服冒出了蒸汽,炉火很旺,烤得让人头疼。婆婆去店里跟巡游的女艺人们攀谈起来。

"就是说啊。上次带来的那孩子已经长这么大了。长成大姑娘了,你也心满意足了呀。长得这么漂亮,真是女大十八变啊。"

过了将近一小时,传来艺人们像是准备出发的声音。我虽然已经坐不住了,却一直心乱如麻,没有勇气站起来。虽然她们已经习惯了旅途奔波,但毕竟是女人,即便我比她们晚个一两公里[1],一路小跑也能追上,我心里这么想着,在火炉旁坐立不安。然而,舞女们一离开身边,我的胡思乱想反而像得到释放一般跃动起来。我向送她们出门的婆婆打探:

"那些艺人今晚会住在哪里呀?"

"那种人,谁知道她们会住在哪儿,少爷。哪儿有客人,她们就住在哪儿呗。今晚的住处,根本没有什么目标呀。"

婆婆的话里充满了轻蔑,撩拨着我,甚至让我产生了今夜让舞女到我房间留宿的想法。

雨线变细了,山峰明亮起来。婆婆再三挽留,说只要再等上十分钟就彻底放晴了,但是我如坐针毡。

"老爷子,您多保重啊!天气越来越冷了。"我发自内心地说着,站起身来。老爷子沉重地抬起那昏黄的眼睛,微微点了点头。

"少爷,少爷!"婆婆一边喊着一边追了出来。

"您给这么多,我承受不起啊。实在不好意思。"

---

[1] 原文为"十町や二十町","町"是日本的距离单位,1891年(明治二十四年)日本加入《米制公约》(由法、俄、德等17个国家于1875年5月20日签署的一项旨在协调国际单位制的国际公约)后,规定1.2公里为11町,照此换算1町相当于109.09米。

她抱着我的书包没有要交还给我的意思，无论我怎么谢绝也不答应，说是要把我送到前边。她一路碎步跟着我走了大约一百米，反复念叨着同样的话：

"真是不敢当。我们招待不周。我会好好记住您的模样。下次您从这儿路过的时候我再向您道谢。以后请一定顺便过来啊。我不会忘记您的。"

我只给她留下了一枚五十钱的银币[1]，她就如此惊喜，感激涕零。我一心想尽快追上舞女，所以婆婆步履蹒跚反倒让我觉得麻烦。好不容易才来到了山顶的隧道。

"多谢啦。老爷子一个人在家，请回去吧。"听我这样说，婆婆才终于放开了书包。

进入幽暗的隧道，冰凉的水珠啪嗒啪嗒地滴落着。通向南伊豆的出口在前方露出了小小的亮光。

二

从隧道出口开始，涂成白色的栅栏立在道路一侧，山路如闪电般延伸开去。放眼望去，景物像模型一样，视野下方出现了艺人们的身影。刚走了六百多米就追上了那一行人。但我不好突然放慢脚步，所以做出漠不关心的样子超过了她们。一个男人独自

---

[1] 原文为"五十錢銀貨"，在当时应该是相当不少的一笔钱。小说是依据1918年（大正七年）川端的初次伊豆旅行体验写成，这在散文《汤岛回忆》（「湯ケ島での思い出」）中也有印证。根据1918年的大米价格（「米騒動の研究」有斐閣）来换算，五十钱相当于300—400日元，而当时京都伏见町政府职员的平均月工资仅23日元。因此，茶舍的婆婆才会如此感激涕零。

走在她们前边二十来米[1]的地方,他看见我就停下来说:

"您走得真快呀——天完全晴啦。"

我如释重负,开始跟那男人并肩前行。男人接连不断地问这问那。女人们看见我俩在攀谈,就从后边吧嗒吧嗒地跑了过来。

男人背着一个巨大的柳条包。四十岁左右的女人怀抱着一只小狗。年长的姑娘背着布包袱,中间年纪的姑娘背着柳条包,每个人都带着很大的行李。舞女背着鼓和鼓架。四十岁的女人也开始断断续续地跟我搭话。

"是个高中生。"年长的姑娘悄声对舞女说。我回过头来,她便笑着说:

"是吧。这些我还是知道的。常有学生哥到岛上来呢。"

他们是大岛波浮港的人。据说是从春天就离开大岛一直在巡游,但现在天气冷了,又没带冬季用品,所以打算在下田待十天左右,然后就从伊东温泉返回大岛。一提大岛,我陡增诗情,又向舞女美丽的发髻望去。我打听了很多关于大岛的情况。

"有很多学生哥来游泳呢。"舞女对女伴儿说。

"那是夏天吧。"我说着,转向舞女。

"冬天也……"她有些慌乱,像是在小声地回答我。

"冬天也行?"

舞女仍然看着同行的女伴儿微笑。

"冬天也能游泳吗?"我又追问了一句,舞女红了脸,一本正

---

[1] 原文为"十間","間"是日本的长度单位,1891年根据度量衡法规定,1间为6尺,相当于1.818米。这一单位在1958年(昭和三十三年)废止。

经地轻轻点了点头。

"真是傻瓜。这孩子。"四十岁的女人笑着说。

到汤野温泉需要沿着河津川的溪谷下行十几公里[1]。翻过山顶，山峦和天色都有了南国的感觉。我和那个男人一直不停地说话，完全亲密无间了。走过荻乘、梨本等小村庄，当山麓出现了汤野的茅草屋顶时，我一咬牙说出了想要跟他们一起同行到下田。男人非常高兴。

来到汤野的柴钱旅店[2]前，四十岁的女人脸上浮现出"那么就此别过"的表情，这时，男人替我说了出来：

"这位说希望跟我们结伴同行呢。"

"好呀，好呀。出门靠旅伴，处世靠人情。[3] 即便我们这样微不足道的人，也还能给您消愁解闷呢。那就请进来休息吧。"女人很随意地说。姑娘们一下子朝我看过来，却都若无其事地默不作声，略带羞涩地望着我。

我跟大家一起上到旅店的二楼，放下行李。榻榻米和纸隔扇都陈旧且肮脏。舞女从楼下端来了茶。她在我面前坐下，满脸通红，因为手在颤抖，茶碗险些从茶盘上掉下来，眼看茶碗就要翻倒的一刹那，她赶紧放到榻榻米上，但茶水已经洒了出来。她万般羞怯，那样子让我无比惊讶。

---

[1] 原文为"三里"，"里"是日本的距离单位，1891年将43.2公里定为11里，即1里约等于3.927公里。

[2] 原文为"木賃宿"，"木賃"指做饭的柴薪，意思是自己做饭的旅客只需要付柴火钱就可以住宿的旅店，即便宜而简陋的旅店。

[3] 原文为"旅は道連れ、世は情け"，意思相当于（宋）王安石在《始与韩玉汝相近居相与游今居复相近而两家子唱和诗相属因有此作》所言"相知邂逅即情亲"。

"哟！真的。这孩子春情萌动了呢。哎呀呀……"四十岁的女人一副惊呆了的样子，皱起眉头把抹布扔了过去。舞女拾起抹布，窘迫地擦拭着榻榻米。

这句出乎意料的话，忽然间让我反省起自己来。感觉在山顶被那婆婆撩拨起来的空想戛然折断了。

这时，四十岁的女人突然说：

"学生哥的藏青白花和服真不错啊！"她一边说着一边细细地端详我。

"这位的和服跟民次穿的花纹一样呢。你说呢，是吧。就是同样的花纹吧。"

她向旁边的女人确认了好几次，接着又对我说：

"有个在学校读书的孩子留在老家，刚才想起那孩子来了。那孩子穿的藏青白花和服也是一样的。如今这种布料可贵了，真让人头疼。"

"他上什么学校？"

"普通小学五年级[1]。"

"哦，普通小学五年级确实……"

"是在甲府的学校读书。虽然我在大岛住了很久，不过老家是甲斐[2]的甲府。"

大约休息了一小时之后，那个男人把我带到了另外一家温

---

[1] 原文为"寻常五年"，这里的"寻常"即"寻常小学校"，是1886年（明治十九年）根据小学校令设置的日本旧制小学，对年满6岁的儿童实行义务教育，最初学习年限为4年，1907年（明治四十年）改为6年。1941年（昭和十六年）根据国民学校令改称"国民学校初等科"。

[2] "甲斐"是日本旧地名，相当于现在的山梨县全境。

泉旅馆。直到此时,我都一心想着也跟艺人们一起住柴钱旅店。我们从大路下行,走过一百多米的石子路和石台阶,在小河边的公共浴场附近有一座桥,我们过了桥。桥对面就是温泉旅馆的庭院。

我去旅馆中的室内温泉泡澡,那个男人随后也跟了进来。他说自己马上二十四岁了,老婆一次流产一次早产,两次孩子都没了。因为他穿着长冈温泉旅馆的商号褂子,我还以为他是长冈人。而且他的相貌和谈吐都显得很有学问,我就想象他或者是出于好奇或者是迷恋卖艺的姑娘才一路帮她们拿着行李跟过来的。

泡完温泉我马上吃了午饭。从汤岛出发是早上八点,吃完午饭还不到下午三点。

男人临回去时,从庭院里仰头向我道别。

"拿这去买点柿子之类的吃吧。抱歉从二层给您。"我说着,把包起来的钱扔了下去。男人拒绝着想要离开,但纸包已经落在庭院里了,他又折返回来捡起纸包说:"这可不行。"

说着,就把纸包抛了上来。纸包落在了茅草屋檐上。我再次把纸包扔下去,这下男子拿着回去了。

从傍晚开始,雨越下越大。层层山峦被晕染成一片白色,分不清远近。房前的小河眼见着浑浊起来变成了黄色,发出激越的水声。我心想,雨这么大,舞女们恐怕不会走街串巷来这里表演了,这么想着,我坐卧不宁,所以又反复去了好几次温泉。室内微暗。与邻室之间的隔扇上边挖了一个四角形的口子,口子上方带沟槽的木框上吊着一盏灯,这样就可以两室共用同一盏灯了。

咚咚咚咚,从轰鸣的暴雨声中,远远地传来些微的鼓声。我像要抓破窗户那样急切地打开挡雨板把身子探了出去。鼓声仿佛近了一些。风雨吹打在我头上。我闭上眼睛，竖起耳朵，努力感知鼓声是从哪里又是如何传到这里来的。不久又听到了三弦的声音，也听到了女子悠长的叫声，还听到了喧闹的笑声。我明白了，艺人们是被招到柴钱旅店对面那家餐饮店的宴席上了。能听出来两三个女人和三四个男人的声音。我期待着，那边结束后她们或许会巡游到这里来。然而，那边的酒宴越发热闹了，似乎要一直喧嚣下去。女人的尖叫声不时像闪电般尖厉地划过漆黑的夜空。我神经紧绷，任窗户开着，一动不动地坐在那里。每当听到鼓声心里就豁然开朗：

"啊，舞女还在宴席上呐。坐在那儿敲鼓呢。"

而鼓声一停我就难以忍受。仿佛要沉溺到雨声的深处去了。

不久，可能是大家在互相追逐，或者在转圈跳舞，纷乱的脚步声持续了一阵。接着，突然变得静止了。我睁大了眼睛，想要穿透黑暗看清这寂静到底意味着什么。我心烦意乱，想着舞女今夜会不会被玷污。

我关上挡雨板躺了下来，但仍然感到揪心。于是又去了温泉。胡乱地来回搅动池中的热水。雨停了，月亮也出来了。被雨水洗刷过的秋夜冰凉、澄澈。我心想，即使光着脚溜出浴室到那边去也还是无可奈何。这时已过午夜两点。

三

第二天早上九点过，男人已经来到我投宿的旅馆了。我刚刚起床，邀他一起去了温泉。这天南伊豆风和日丽，晴空万里，小河的水量陡增，在浴池下边沐浴着温暖的阳光。连我自己都觉得昨夜的烦恼如同梦幻。我试着对男人说：

"昨夜你们一直闹到很晚啊。"

"怎么，你都听到了呀？"

"是听见了。"

"都是些本地人。这地方的人就会一个劲儿地瞎闹，一点儿意思都没有。"

看他完全无所谓的样子，我无言以对。

"那帮家伙到对面的温泉来了——你看，好像发现咱们了，还在笑呢。"

我顺着他手指的方向，朝小河对面的公共浴场望去。热气中朦朦胧胧地浮现出七八个人的裸体。

一个裸体的姑娘突然从微暗的浴室深处跑了出来，她以一种要向河岸跳下去的姿势站在更衣场的凸出处，双臂充分地伸展开来喊叫着什么。她一丝不挂，连毛巾也没有。她就是舞女！我望着她那小桐树一般伸得笔直的双腿和雪白的裸体，感到一股清泉流过心田，长长地舒了一口气，咯咯地笑了。她还是个孩子呐。她看见我们，高兴得就那样赤裸着身体跑到阳光下，踮起脚尖，伸展腰肢，她就是这样一个孩子啊。我在明快的喜悦中咯咯地笑个不停。头脑如同被擦拭过一样澄净起来，笑意久久萦绕。

舞女的头发过于浓密，使她看上去像十七八岁。而且又被打扮成妙龄女郎的样子，所以我才产生了荒唐的错觉。

我跟男人一起回到自己的房间。不久，年长些的姑娘来到旅馆的庭院看菊花圃。舞女走到了桥的半中央。四十岁的女人从公共浴场出来朝她们两人看过去。舞女紧缩起双肩，笑着做出"回去了不然要挨骂"的样子，加快了脚步。

四十岁的女人来到桥这边跟我打招呼：

"您请过来玩吧。"

"您请过来玩吧。"年长的姑娘也重复道。女人们都回去了。男人则一直坐到了傍晚。

晚上，我正跟一个批发纸张的商贩下围棋，突然听到旅馆的院子里传来了鼓声。我意欲起身，说道：

"巡游艺人来了。"

"嗯，挺无聊的，那种表演。喂、喂，该你了。我走这里了。"纸商戳着棋盘说，他完全沉迷于胜负之中。在我还心神不宁的时候，艺人们似乎已经要回去了。男人从院子里招呼：

"晚上好。"

我到走廊里向他招了招手。艺人们在庭院里低声细语了一阵就朝玄关转去。三个姑娘从男人身后一个接一个地说：

"晚上好。"她们手扶着廊子像艺伎那样行了礼。棋盘上，我这边突现败势。

"这下子没办法了。我认输。"

"哪儿有这回事。我这边更弱吧。不管怎样也还是细棋[1]。"

---

[1] "细棋"是围棋术语，指围棋中对弈双方的盘面局势平稳，相差细微。这种情况下，双方通常找不到合适的作战点，都在静观其变。

纸商连眼睛都没向艺人那边抬一下，盯着棋盘一目[1]一目地数了一遍，下得更加小心谨慎了。女人们把鼓和三弦收拾到房间的一角，开始在将棋[2]盘上下五子棋。这时，原本我占优势的围棋却输掉了。纸商说：

"再来一局怎么样？再来一局吧。"他纠缠不休地央求。见我只是毫无意义地笑，纸商站起身来放弃了。

姑娘们向棋盘这边靠拢过来。

"今晚还要去什么地方巡演吗？"

"去是要去的。"男人说着，朝姑娘们那边看了一眼：

"怎么办？要不今晚就到此为止，让你们玩玩吧。"

"好开心。好开心啊。"

"不会挨骂吗？"

"骂什么呀，反正去了也没有客人。"

这样，大家下着五子棋，一直玩到十二点过才走。

舞女回去之后，我毫无睡意，头脑异常清醒，于是来到走廊试着邀约：

"纸商先生，纸商先生。"

"来啦……"这位年近六旬的大爷从房间跑出来，干劲十足地说：

"今晚来个通宵吧。下到天亮吧。"

---

1 "目"是围棋术语，指棋盘上被一方棋子所围出来的空白交点。

2 "将棋"又称日本象棋，两人对弈，双方各有20个棋子，轮流走棋，以将死对方王将为胜。关于起源各说不一，一说起源于印度，在奈良时代末期传入日本。

我也重新变得斗志昂扬了。

四

我们约好第二天早上八点从汤野出发。我戴上在公共浴场旁边买的鸭舌帽，把高中校服帽塞进书包里边，就去了街边的柴钱旅店。二层的隔扇门大敞着，所以我什么都没多想就径直走了上去，结果艺人们都还在被窝里。我惊慌失措地呆立在走廊。

在我脚边的睡铺上，舞女满面通红，猛地用两个手掌捂住了脸。她跟中间年纪的姑娘睡在一个被窝里。昨夜的浓妆还残留着，嘴唇和眼梢的胭脂有点染花了。这煽情的睡姿深深浸染了我的心。她像是觉得晃眼，骨碌一下翻了个身，仍然用手掌掩住面颊从被窝里滑出来，坐在了过道上：

"昨晚谢谢您了。"说着，她优美地鞠了一躬，让呆若木鸡的我不知所措。

男人跟年长的姑娘睡在同一个铺上。在看到这一幕之前，我完全没有想到这两人是夫妻。

"真是太抱歉了！本来计划今天出发的，但今晚可能有酒宴要陪，所以我们想推迟一天。如果您一定要今天出发的话，就到下田再见吧。我们已经决定住在叫作甲州屋的旅店，很容易找的。"四十岁的女人从被窝里半坐起来说道。我有一种被甩开的感觉。

"您能明天再走吗？因为妈妈坚持要推迟一天。路上还是有伴儿更好啊。明天一起走吧。"男人说着，四十岁的女人也补充道：

"您就延一天吧。难得和您搭伴儿。虽然这么任性地请求有点儿过意不去……但明天哪怕下刀子也要上路。后天是我们死在路上的婴儿的七七,我们老早就想好了,四十九这天要在下田给孩子尽点心意,所以路上一直赶着要在这天之前到下田。对您说这些很是失礼,不过跟您有特别的缘分,后天还想请您来做断七[1]呢。"

于是我决定了推迟行期,走下楼去。我一边等待大家起床,一边在肮脏的账房跟旅店的人聊天,这时,男人邀我出去散步。我们沿着街道往南走了不远,出现了一座漂亮的桥。男人倚在桥栏杆上,又开始聊起了身世。有段时间他加入了东京一个新派剧[2]的剧团。据说到现在他们还时常到大岛港去演戏。男人说,他们的行李中刀鞘像腿一样从包袱布里支出来,[3]是因为即使在酒宴上也会学着演演新派剧给客人看。柳条包里装的是衣服和锅碗瓢盆之类的生活用具。

"我误入歧途,结果穷困潦倒,不过我哥哥在甲府把家业继承得很好。所以我是个家里用不上的人。"

"我一直以为您是长冈温泉的人。"

"是吗?年长一点儿的那个女的是我老婆。比您小一岁,十九了。在路上我们的第二个孩子早产了,只活了一个星期左右

---

[1] 人死后每七天称为一"七",要做一次佛事,到七个"七"即四十九天时为止,称为"断七",常请和尚来做法事超度亡魂。

[2] 新派剧是与日本传统歌舞伎相抗衡的现代剧,内容多为当代的世间万象,始于川上音二郎等人演出的自由民权宣传剧,盛行于明治中期。是歌舞伎与新剧之间的一种戏剧形式。

[3] 刀鞘是演新派剧的武打戏时使用的道具,行李中有刀鞘就说明他们也表演新派剧。

就咽气了，我老婆的身体还没完全恢复。那个妈妈是我老婆的亲妈。舞女是我的亲妹妹。"

"哎。您说的有个十四岁的妹妹……"

"就是她呀。我真心不想让妹妹干这种营生，可是这里还有各种各样的问题。"

接着，他告诉我他叫荣吉，老婆叫千代子，妹妹叫熏，等等。还有一个姑娘叫百合子，十七岁，只有她是大岛出身，是他们雇来的。荣吉变得无比感伤，像要哭出来似的凝望着河滩。

我们回来的时候，看见舞女已洗去了白粉，正蹲在路边抚摸小狗的头。我打算回自己的旅馆，就对舞女说：

"你来玩儿吧。"

"嗯。不过就我一个人……"

"所以跟你哥哥一起啊。"

"那我马上就去。"

不一会儿荣吉来到我住的旅馆。

"她们呢？"

"她们呀，怕妈妈唠叨。"

但是，我们两人刚下了一会儿五子棋，姑娘们就过了桥咚咚咚地跑上二楼来了。她们像之前那样端端正正地行了礼，然后坐在走廊上踌躇着，千代子最先站了起来。

"这是我的房间。你们别客气，请进吧。"

艺人们玩儿了大约一小时之后去了这家旅馆的室内温泉。尽管她们再三邀我一起去，但是因为有三个年轻姑娘，所以我推说晚些再去。结果舞女很快就从温泉回来了。

"嫂嫂说，她给您搓背，请您去呢。"她转述着千代子的话。

我没去温泉，跟舞女下起了五子棋。她棋艺之高超令人惊讶。如果跟荣吉或其他姑娘淘汰赛的话，她无疑会毫不费力地胜出。五子棋我基本都能胜过对弈者，但跟舞女也是竭尽全力了。可以不必刻意让子，这令我十分畅快。因为是两人独处，一开始舞女离得远远的伸长了手落子，但慢慢地就忘我了，一心向棋盘上凑过来。她那美得不可思议的黑发几乎要碰到我胸口了。突然，她一下子红了脸：

"对不起，要挨骂了。"说着，她扔掉棋子跑了出去。原来她妈妈站在公共浴场前边呢。千代子和百合子也慌慌张张地从温泉出来，连二楼也没上就逃回去了。

这天，荣吉从清晨直到傍晚一直在我的房间里玩儿。看上去亲切而淳朴的旅馆老板娘忠告我，请那种人吃饭可是浪费啊。

晚上，我去柴钱旅店的时候，舞女正在跟妈妈学习三弦。一看见我，她就停下了手，但听到妈妈说她，就又把三弦琴抱了起来。每当她的歌声稍有高扬，妈妈就说：

"不是跟你说了不要放开嗓门嘛。"

从这边可以看见，荣吉被叫到对面餐饮店二层的酒宴上正在念着什么。

"他念的是什么呀？"

"那个嘛——是谣曲[1]。"

---

1 日本最主要的古典戏剧"能"的脚本。谣曲通常文辞典雅华丽，讲究韵律，题材较多取自文史典籍。这里巡游艺人在酒宴上念谣曲，显得有点不协调。

"念谣曲，好奇怪啊。"

"他是个万事通，谁知道他会演什么。"

这时，一个四十岁左右的男人推开了隔扇门，他是投宿在这家柴钱旅店的一个鸟贩子，叫姑娘们过去要请她们吃饭。舞女跟百合子一起拿着筷子去了隔壁房间，在已被鸟贩子大嚼大咽过的鸡肉火锅里夹食。她们起身回这边的房间时，鸟贩子轻轻拍了拍舞女的肩膀。老板娘厉色道：

"喂。别碰这孩子！她还是个处女呢。"

舞女"大叔大叔"地叫着，求鸟贩子给她念《水户黄门漫游记》[1]。但鸟贩子很快就起身走了。舞女不好意思直接请我继续给她念，就一个劲儿地跟妈妈说，想由妈妈来拜托我。我怀着一种期待把话本[2]拿了过来。果然，舞女敏捷地凑了过来。我一开始念，舞女就一副认真的表情，脸靠近得几乎要触到我的肩膀，她双眸闪亮，专心致志地盯着我额头，一眨不眨。这似乎是她听人念书时的习惯。刚才跟鸟贩子也差点儿碰到脸了，我都看在眼里。那美丽闪烁的乌黑的大眼睛是舞女身上最美之处。双眼皮的线条美到无以言表。而且，她笑起来像花朵一样。说她的笑容像花朵，是千真万确的。

不久，餐饮店的女佣来接舞女了。舞女换好服装，对我说：

---

1 "水户黄门"指日本江户时代的大名、历史学家德川光圀，他是初代将军德川家康之孙，水户藩第二代藩主。"水户"是地名，今日本茨城县水户市，"黄门"是日本古代官名"权中纳言（中纳言）"的汉风称谓。德川光圀确立了水户的藩政，编纂了《大日本史》。《水户黄门漫游记》是关于德川光圀周游列国的故事，曾改编成歌舞伎、演剧等，后又改编成电影、漫画等，在日本流传很广。

2 原文为"講談本"，是一种带有图画的说话读本，类似于中国的小人书或连环画，但文字内容更多，是如今日本文库本的源头。

"我很快就回来,请您等我接着念啊。"

随后她到走廊里,跪坐着双手触地行礼说:

"我去啦。"

"千万不能唱啊。"妈妈说,舞女提着鼓轻轻点着头。妈妈又转向我说:

"她现在正在变声呢……"

舞女去了餐饮店的二层,正襟端坐开始敲鼓。她的背影看上去恍如就在身边的宴席上。鼓音使我的心欢愉地跃动着。

"有了鼓声宴席就热闹起来啦。"妈妈说着,也朝对面看去。

千代子和百合子也去了同一个宴席。

过了大约一小时,四个人一起回来了。

"只有这些……"舞女从攥着的拳头里把五十钱银币哗啦啦地放到妈妈的手掌上。我又念了一会儿《水户黄门漫游记》。她们又谈论起旅途中夭折的婴儿。据说婴儿出生时像水一样透明,连哭的力气都没有,即便如此还活了一个星期。

我仿佛完全忘记了她们是巡回演出的一类人,对她们既没有好奇之心,也毫无轻蔑之意。我这种寻常的好意,似乎也渗透进了她们的内心。不知何时,我已决定要去造访她们在大岛的家。

"爷爷住的那间房最好啦。那儿宽敞,让爷爷出去的话还很安静,随便住到什么时候都行,还能读书学习。"她们之间互相商量着,又对我说:

"我们有两个小房子,靠山那边的房子好像空着。"

大家还决定正月里去波浮港演出,我来帮忙。

我渐渐体会到,她们人在旅途的心情,并不像我最初想象的那样充满艰辛困苦,也有不失田野馨香的悠闲自得的一面。正因为他们是母子手足,所以我能够感受到他们每个人之间都有挚爱亲情维系着。只有雇来的百合子,也因为是个羞涩腼腆的人吧,在我面前总是沉默寡言。

过了午夜我才离开柴钱旅店。姑娘们来送我出门。舞女把我的木屐摆正。她从门口探出头来,眺望着明朗的天空:

"啊,月亮——明天就到下田啦,真高兴啊。给小宝宝做完断七,让妈妈给我买把梳子,然后还有很多事情要做呢。您带我去看电影吧。"

下田港,对于一路羁旅沿着伊豆相模温泉场辗转巡游的艺人们来说,如同旅途中的故乡,氤氲着怀乡的氛围。

五

艺人们各自背起了翻越天城山顶时同样的行李。小狗把前爪搭在妈妈的手臂上,一副习惯了旅行的样子。走出汤野后,又进山了。海上的朝阳温暖着山麓。我们眺望着朝阳的方向。在河津川前方,河津海滩明亮地铺展开去。

"那就是大岛了。"

"看起来真大呀,请您一定来啊。"舞女说。

或许是因为秋日的天空过于晴朗,靠近太阳的海面笼罩着一层春天般的霞雾。从这里到下田要走二十来公里。有一段路大海时隐时现。千代子悠闲地唱起歌来。

她们问我,是走有些险峻但近了差不多两公里的翻山近路,还是走比较平坦的大路,我当然选择了近路。

那是一条林间小路,铺满了容易打滑的落叶,十分陡峭。我累得喘不过气来,但反而豁出去了,用手掌撑住膝盖加快了脚步。眼看她们一行人被甩在了后边,只有她们的言谈声穿过树木传了过来。舞女把衣服下摆高高撩起,一个人急匆匆地赶了上来。她跟在我身后两米左右,既不想缩短也不想拉长这一间隔。我回头跟她搭话,她好像很惊讶,微笑着停下来回答我。在舞女说话的时候,我想等着让她赶上来,但她还是停下了脚步,我不迈步她也不走。道路弯弯曲曲变得越发险峻了,我更加快了步伐,而舞女依然还是在我身后保持两米距离,专心致志地爬山。山中寂静无声。其他人落在后边很远,他们的说话声也渐渐听不到了。

"您家在东京什么地方?"

"不,我住在学校的寄宿宿舍。"

"东京我也知道,赏樱花的季节去那儿跳过舞……是小时候的事,现在什么都不记得了。"

接着舞女又东拉西扯地问了各种问题:

"您父亲健在吗?""去过甲府吗?"等等。又说到了下田去看电影啦,还有夭折的小婴儿之类的事情。

我们到了山顶。舞女把鼓卸下来放到枯草丛中的凳子上,用手巾擦着汗。接着她刚要掸掉自己脚上的尘土,却忽然蹲到我的脚边给我掸起和服外褂的下摆来。我连忙后退,结果扑通一下舞女的膝盖跪到了地上。她索性就这样弯着腰把我身上前前后后拍打了一圈,然后放下翻起来的衣服下摆,对站在那儿气喘吁吁的

我说:

"请坐吧。"

凳子旁边飞来了一群小鸟。周围一片寂静,只有鸟儿们落在枝头时枯叶发出的沙沙声。

"您为什么走得那么快呀?"

舞女好像很热。我用手指咚咚地敲了敲鼓,小鸟都飞走了。

"啊,真想喝水。"

"我去找啊。"

但是,舞女很快就从枯黄的灌木丛中空手而归。

"你在大岛的时候干些什么?"

我这一问,舞女就忽然说了两三个女人的名字,讲起了让我完全摸不着头脑的事情。听起来她说的不是大岛而是甲府。好像是她在普通小学上到二年级的朋友们的事情。都是想到哪儿说到哪儿。

过了大约十分钟,三个年轻些的人到了山顶。大概又过了十分钟妈妈也到了。

下山的时候,我和荣吉特意晚一点出发,慢慢聊着天。刚走了二百米,舞女就从下边跑了过来:

"这下边有泉水。您赶紧去吧,我们都没喝,等着您呢。"

我一听说有水,就跑了过去。清泉从树荫下的岩石间向外涌着。姑娘们都站在泉水周围。

"来,请您先喝吧。手一伸进去水就搅浑了,而且在女人们后边喝怕不干净。"妈妈说。

我用手捧起冰凉的泉水喝了。女人们没舍得离开那里,她们拧干手巾擦着汗水。

下了山就到了下田的街道，炭火的轻烟随处可见。我们在路边的原木上坐下来休息。舞女蹲在路上，用粉色的梳子梳理着小狗的长毛。

"会把梳子齿弄断的。"妈妈责备道。

"没关系。到下田买新的。"

还在汤野的时候，我就想向舞女讨要这只插在她前额头发上的梳子，所以觉得不能用它来梳狗毛。

看到马路对面有很多捆成捆儿的筱竹，我和荣吉就说拿来做手杖正合适，说着起身先走一步。舞女跑着追了上来，手里拿着一根比她身高还长的粗竹竿。

"这是干啥呀？"荣吉问。舞女有些慌乱，把竹竿伸到我面前说：

"给您做手杖吧。我抽出来一根最粗的。"

"这怎么行。拿了最粗的人家马上就会发现是偷来的，让人看见多不好，快送回去。"

舞女返回了堆竹子的地方，但很快又跑了过来。这次拿了一根中指粗细的竹竿给我。然后，她像背上挨了一下子似的倒在田埂上，上气不接下气地喘息着等待其他女人。

我和荣吉一直走在前边十米左右。

"那颗牙，只要拔掉之后换上一颗金牙不就没事啦。"我忽然听到了舞女的声音，回头一看，舞女和千代子并肩走着，妈妈和百合子在她们之后不远。千代子好像并没有看见我回头，说道：

"倒也是。那就这么告诉他怎么样？"

好像是在说我呢。也许是千代子说我的牙齿长得不齐，所以舞女才提到了金牙吧。虽说她们在议论我的容貌，但我并没有因此而苦恼，也无意竖起耳朵听，因为我已经对她们产生了一种亲近感。窃窃私语持续了一阵，我听到舞女说：

"是个好人啊。"

"是啊，像是个好人。"

"真的是个好人。好人就是好啊。"

这言语带着纯真而坦率的回响，这声音也稚气未脱地把感情的倾向流露无遗。连我本人也能够朴素地把自己看作一个好人了。我心情爽朗地抬眼眺望着明亮的群山。眼睑微微作痛。二十岁的我一直在不断地深刻反省，由于自己的孤儿根性而形成了扭曲的性格，正是由于无法忍受这种令人窒息的忧郁我才踏上了伊豆之旅。所以，有人在世间普通人的意义上把我看成一个好人，这让我心生感激，无以言表。山峦十分明亮，因为已靠近下田的海边。我挥动刚才舞女给我的竹竿，抽削着秋草的梢头。

途中，所到之处的村庄入口都立着牌子：

——乞讨者与巡游艺人禁止入内。

六

从北口进入下田，很快就到了甲州屋柴钱旅店。我跟在艺人们后边上到像阁楼一样的二层。屋子没有天花板，我在临街的窗边坐下，屋顶就压到了头。

"肩膀不疼吧？"妈妈反复跟舞女确认着：

"手也不疼吧?"

舞女做出敲鼓时的优美动作说:

"不疼。还能敲鼓,能敲呢。"

"那就好。"

我试着想把鼓提起来:

"哎呀,好重啊。"

"是比您想象的要重啊。比您的书包还沉呢。"舞女笑着说。

艺人们跟同一旅店的客人们热闹地打着招呼,也都是卖艺的或跑江湖的一类人。下田港就像是他们这种候鸟的栖居之所。舞女把铜钱塞给蹦蹦跳跳地跑进房间来的旅店的小孩。我刚要离开甲州屋,舞女抢先一步跑到玄关给我摆好了木屐:

"请您带我去看电影啊。"她像自言自语似的嘟囔着说。

我和荣吉找了一个像无赖汉似的男人给我们带了一段路,来到一家据说是前任町长经营的旅馆。泡过温泉之后,我又跟荣吉一起吃了一顿有鲜鱼的午饭。

"这个你拿去给明天的法事买点花之类的供上吧。"

说着,我让荣吉拿着仅有的一点礼金回去了。我必须乘坐明天一早的船回东京,因为旅费已经没有了。我跟艺人们说学校有事,所以他们也无法强留我。

午饭过后还不到三个小时就又吃了晚饭,我独自过了桥,朝下田北边走去。我登上下田的富士山,眺望着海港。回来路上,我顺便去甲州屋看了看,艺人们正在吃鸡肉火锅。

"您也来吃一口吧。虽然已经被女人动了筷子不干净了,不过以后可以当笑话讲呢。"妈妈说着,从行李中取出饭碗和筷子,让百合子拿去洗。

大家又开始劝我,明天是婴儿的断七,所以哪怕就多待一天,晚一点出发。我拿学校做挡箭牌没有答应。妈妈又再三说:

"那么寒假的时候大家一起到船上去接您吧。请告诉我们日期啊。我们等您哦。不能让您去住旅店,我们到船上接您啊。"

房间里只剩下千代子和百合子的时候,我邀她们去看电影,千代子捂着肚子说:"我身子很虚,走了那么多路,实在没力气了。"她面色苍白,看上去精疲力竭。百合子则拘谨地低下了头。舞女在楼下跟旅店的小孩子玩耍。她一看见我就缠着央求妈妈允许她去看电影,但还是变了脸色没精打采地回到我这边,帮我摆正了木屐。

"那有什么啊。就一个人跟着去不也挺好的嘛。"荣吉插进来说,但妈妈好像并没有同意。为什么带她一个人就不行呢,实在无法理解。我正要走出玄关时,看见舞女在抚摸小狗的头。她做出冷淡疏远的样子,使我无法搭话。看上去她好像连抬头看我的力气也没有了。

我独自一人看电影去了。女解说员在油灯下读着电影解说。我很快就出来回了旅馆。我把胳膊肘架在窗台上,久久地眺望着夜晚的村镇。街道一片漆黑。我仿佛听到远方不停地传来微弱的鼓声。不知为什么,眼泪扑簌簌地滴落下来。

七

出发的那天早晨七点钟,我正在吃饭,听到荣吉从路上喊我。他穿着一件黑底上印有白色家徽的和服短外褂，像是为了给我送行而穿的礼服。没有看到姑娘们的身影。我突然感到一阵寂寞。荣吉上楼来到我房间，说：

"本来大家都想来送您的，但昨夜睡得太晚了，今天起不来，让我向您道歉。她们说期待着冬天，请您一定去。"

街市上秋日的晨风冰冷清冽。荣吉在路上给我买了四包敷岛牌香烟、一些柿子和熏牌口腔清凉剂。

"因为我妹妹的名字叫熏。"荣吉微笑着说：

"在船上吃橘子不太好，柿子的话对晕船有好处，可以吃一点。"

"这个送给你吧。"

我把鸭舌帽摘下来戴在荣吉的头上，然后从书包里掏出校服的帽子拉抻着皱褶，我们俩都笑了。

快到码头的时候，舞女蹲在海边的身影撞进我胸口。直到我们走近身边，她都一动不动，就那样默不作声地低着头。昨夜的残妆让我越发动情。眼角的胭脂使她那似乎有些生气的面容充满了稚气未脱的刚毅。荣吉说：

"其他人也来吗？"

舞女摇了摇头。

"大家都还在睡觉呢吧？"

舞女点了点头。

荣吉去买船票和舢板票的时候，我试着找各种话题跟舞女搭讪，但她始终直勾勾地低头盯着运河入海的地方，一言不发。只是在我每句话都还没说完之前，一个劲儿地点头。

这时，一个土木工人模样的男人向我走来：

"老婆婆，这个人不错吧。"

"学生哥，你是去东京的吧。我们看你靠得住所以拜托你。帮忙把这个老婆婆带到东京去可以吗？老婆婆好可怜。她儿子原先在莲台寺的银矿上打工，遇上这次的流行性感冒，儿子、儿媳都死了，就剩下这三个孙儿。实在走投无路了，我们商量着干脆让她们回老家去。她老家在水户，可是老婆婆什么都不知道，到了灵岸岛，你就让她们转乘去上野站的火车吧。真是添麻烦了，我们给你作揖拜托了。唉，你看她们这副样子，也觉得很可怜吧。"

老婆婆呆呆地站在那里，背上捆着一个吃奶的婴儿。她的左右手分别牵着一大一小两个女孩，小的约莫三岁，大的五岁左右。肮脏的包袱皮里露出了大饭团和梅子干。五六个矿工在安慰着老婆婆。我爽快地同意了照顾她们。

"那就拜托您啦。"

"太谢谢了。本来应该我们把她们送到水户那边的，但是没办法，去不了啊。"矿工们你一言我一语地向我道谢。

摆渡的舢板剧烈地摇晃着。舞女依然紧闭双唇凝视着一边。我抓住绳梯回过头来，想要道声再见，但道别的话又咽了回去，只是再次向他们点了点头。舢板返回码头去了。荣吉不停地挥动着我刚刚送给他的鸭舌帽。直到很远很远了，舞女才开始挥动一个白色的东西。

轮船驶出下田的海湾，我一直凭靠在栏杆上目不转睛地眺望着海面上的大岛，直到伊豆半岛南端在背后渐渐消失。与舞女的离别仿佛已是遥远的过去。我想起不知老婆婆怎么样了，朝客舱里瞥去，看到人们已经围坐在座位上，像是在这样那样地安慰着老婆婆。我放下心来，去了隔壁的客舱。相模滩海浪汹涌，一旦坐下来就时不时地左右摇摆。船员穿梭着给乘客发放小金属盆。我把书包当作枕头躺了下来，头脑一片空白，完全感觉不到时间的存在。泪水扑簌簌地流到了书包上，脸颊也变得冰凉，我只得把书包翻了一面。我旁边睡着一个少年。他是河津一个工厂主的儿子，为了准备升学要去东京，他看见我戴着第一高中[1]的校服帽子便对我产生了好感。我们攀谈了一会儿，他问道：

"您是不是遇到什么不幸的事情了？"

"没有，是因为刚刚跟人分别。"

我非常坦率地回答。即使被人看到自己流泪也毫不在意了。我思绪全无，如同在清新舒畅的满足中静静地安睡一样。

不知什么时候大海已经昏暗下来，网代和热海亮起了灯火。我感到饥寒交迫。少年为我打开了竹叶包着的食物。我仿佛忘记了这是别人的东西，吃着少年的海苔寿司卷。之后，我钻进了少年的学生斗篷里。我的内心充满了优美的空幻，就像无论怎样被人亲切相待也都能无比自然地接受那样。明天一早把老婆婆带到上野站，然后给她们买好去水户的车票，我想，这也是理所当然的。我感到所有的一切都融为一体了。

---

[1] 原文为"一高"，即"東京第一高等学校"，是当时日本旧制高等学校中出类拔萃的一流学校，进入这个学校就意味着一只脚已经跨入了重在培养上层官僚的日本最高学府——东京帝国大学（东京大学的前身），因此，它成为全国各地的学生梦寐以求的地方。

客舱的灯熄灭了。船上堆积的生鱼和海潮的气味更加浓烈了。在一片漆黑中,少年的体温温暖着我。我任凭泪水流淌。我的头脑化作一泓澄澈的清水,吧嗒吧嗒地滴落,然后什么都没有留下,只有甜美的欢愉。

雪 国

［日］川端康成 著
彭广陆 译

穿过跨越县界的悠长隧道[1],冰雪世界赫然在目。夜幕的下方已是一片银白。有一列火车在信号所[2]停了下来。

从斜对面的座位上站起来一位姑娘,她走了过来,打开了岛村前面一个座位旁的玻璃窗,顿时冰雪带来的寒气袭入窗内。姑娘把上半身探出窗外一大截,朝远处呼喊道:

"站长!站长!"

只见一个男人手提信号灯,踏雪缓步走来,他用围巾捂住了鼻子,帽子的皮毛护耳耷拉在耳朵两侧。

岛村见状心想:"都这么冷了?"抬眼望去,可以看到有一些简易房在严寒料峭中散落在山脚下,好像是铁路员工的宿舍,那边的雪色也早已被夜色湮没了。

"站长!是我呀。您好啊!"

"呦!这不是叶子吗?你回来了?天又冷起来了。"

"听说我弟弟现在在您这儿工作呢,让您费心了!"

"在这种地方工作,很快就会寂寞难耐的。年轻人可真够可怜的!"

"他毕竟还是个孩子,拜托站长好好带带他。"

"没问题。他干得挺不错的。马上我们就会忙起来的。去年的雪可大啦!还发生了好几次雪崩呢,那时火车也都停在了半路上,全村都义务地给乘客们送水送饭的,忙活了好一阵儿呢!"

---

1 指穿越群马县和新潟县县界的清水隧道,该隧道1931年9月1日开通,全长9702米。

2 "信号所"一般指铁道旁控制信号系统和道岔的房屋,但此处用于"信号场"之意,指两个火车站之间为了避让别的火车而临时停车的地方,一般没有乘客在此上下车。

"站长,看您穿得够厚的呀!我弟弟来信说他还没穿坎肩呢!"

"我这是套了四件衣服。年轻人天一冷就知道喝酒,然后不管是哪儿躺下就睡,所以就都感冒了。"

站长把手中的信号灯照向宿舍那边。

"那我弟弟他也喝酒吗?"

"他不喝酒。"

"站长您要回去了?"

"我受了点儿伤,在看医生呢。"

"是吗,那可真够受的!"

站长在衣服的外面穿了一件外套,似乎不想大冷天的在外边站着聊天,他一边转过身去一边说:"那你路上小心点儿!"

"站长!我弟弟现在没上班吗?"叶子的目光在雪地上巡视着。

"站长!我弟弟就麻烦您多照看着点,您受累啊!"

她的声音优美动听,甚至有些悲伤,似乎能从雪夜中听到清脆的回声。

火车重新启动以后,她也没有从车窗外收回上身。火车追上了沿着铁路行走的站长。

"站长,麻烦您转告我弟弟一声,让他下次休息的日子回一趟家啊!"

"知道了!"站长大声答道。

叶子把车窗关上,然后双手捂在了冻红的脸颊上。

县界跨越山脉处,有三辆除雪车在等候着大雪的到来,隧道的南北两端连接着用于雪崩报警的电线。专业除雪人员多达五千人，此外还有共计两千人的青年消防队员，他们都在整装待发。

铁路信号所即将被大雪埋没，而那个名叫叶子的姑娘的弟弟，从这个冬天开始就在这样的地方工作。了解到这些后，岛村就对她更加感兴趣了。

然而，之所以称她为"姑娘"，是因为在岛村看来她还很年轻。但同行的那个男人，又是她什么人呢？岛村当然无从得知。两个人的举止看上去像是夫妻，而那个男人显然是个病人。面对病人的时候，男女之间就容易失去距离感，而越是精心照料对方，看上去就越像夫妻。年轻的女子像母亲般地照顾着实际上比自己岁数大的男人，在旁人看来二人俨然是一对夫妻。

岛村眼中只有姑娘一人，根据她的外表想当然地认定她还是个姑娘，仅此而已。然而，或许其中也掺杂了岛村自身的诸多伤感。这是由于他过度关注这个姑娘，怎么看怎么觉得不可思议。

早在三个小时前，岛村觉得无聊，就来回来去地扳弄着自己左手的食指，目不转睛，也只有这根手指，对现在要去见的那个女人还记忆犹新。他想清晰地回忆起那个女人，但越是较劲，回忆就越发变得模糊不清，难以捉摸，似乎唯有这根手指还保留着触摸她时的感觉，现在依然湿润着，像是要把自己拉到远方的女人那里似的。这一切他都感到难以理解，他不时地把那根手指拿到鼻子上闻一闻。忽然，他用那根手指在玻璃窗上画了一道线，于是在刚刚擦亮的地方清晰地浮现出女人的一只眼睛。他差点儿惊叫起来，这是因为他心有旁骛，而醒悟过来时才发现并没有什么，原来那是斜对面座位上的女人映在了玻璃窗上。车窗外夜幕早已降临,而车厢内亮着灯,所以玻璃窗看上去就像一面镜子。然而,车上的暖气升腾出的水蒸气使得玻璃表面蒙上了一层雾气,在他用手指擦拭玻璃之前,那面镜子其实并不存在。

虽然只能看到姑娘的一只眼睛,这反而使其显得格外美丽。岛村把脸靠近车窗,随即装出一副多愁善感、想要欣赏晚景的样子,他用手掌擦拭了一下玻璃。

姑娘上身略微前倾,专心致志地俯视着躺在自己面前的男人。她看上去有些紧张,她那稍显严厉的眼睛一眨也不眨,这足以说明她有多么认真。那个男人头朝车窗一侧,把弯曲的腿放在了姑娘的旁边。这是三等车厢。因为他们坐的不是与岛村平行的座位,而是相邻对过的座位,所以横躺着的那个男人的脸从玻璃窗上只能看到一部分。

正因为姑娘恰好坐在岛村的斜对面,所以可以直接看到,她们刚上车的时候,岛村就对她那令人心颤的美貌大为惊愕。而当他把视线下移时,一下子看到了那个男人发黄发青的手紧握着姑娘的手,以至于岛村难为情地不敢再向那边看。

从镜子中看,男人神情泰然,似乎因为他正看着姑娘的胸脯,所以才感到心安。虽然他体质羸弱,但令人感到一种甘之如饴的和谐。他头枕着围脖,还把它一直围到鼻子下方,把嘴也捂得严严实实的。他用围巾包住脸颊,有时围巾也会松开,还会耷拉到鼻子上。这时还没等男人用眼神示意,姑娘就会轻轻地帮他重新围好围巾。这样的情况反复出现过多次,二人也并无邪念,但目睹这一切的岛村却变得心情烦躁起来。而且,包着男人脚的外套会时不时松开甚至耷拉下来,这时姑娘也会马上发现并会帮他重新包好。这一切都显得极其自然,如此这般,这两个人似乎已经忘记了距离的存在,甚至看上去他们将要远行。也正因如此,一旁观望的岛村并不感到悲伤,他感到好似在目睹一场梦幻,大概也是因为这一切都是在魔幻的镜子中看到的。

镜子中的深处,晚景在不断流逝,亦即所映现出的景物和呈现出景物的镜子本身,犹如电影的叠印一般在移动,而出场人物和背景毫无相干。而且,人物透明而虚幻,背景则是夜晚朦胧的流动,二者交融在一起,描绘出一幅非现实的、带有象征性的图景。尤其是当姑娘的脸中央燃烧起一团火焰时,对于其难以名状的美丽,岛村甚至感到了心颤。

遥远的夜空下,晚霞余晖未尽,它映照出的山形,隐约可见。透过玻璃窗所看到的风景,远方的景物尚未消失,却已黯然失色,目力所及之处,平凡的山姿愈发显得平凡,没有任何特别引人注目之处。也正因如此,反而涌现出一股感情的洪流,当然这是因为在玻璃窗映照的晚景中浮现出了姑娘的脸庞。玻璃窗上映照出姑娘身影的那部分,看不到窗外,但在姑娘的轮廓的四周,晚景在不停地流动,令人感到她的脸庞是透明的。然而,是否真的是透明的,此时难以辨认。因为在她脸庞的背后晚景川流不息,这反而给人一种错觉,似乎晚景在从姑娘面庞的前面流逝。

车厢里光线并不太好,车窗的玻璃也不像真的镜子那样明亮,它没有反射光。正因如此,岛村看得如醉如痴,恍惚间似乎渐渐地忘记了镜子的存在,他开始感到姑娘的姿影是在流动的晚景中浮现出来的。

正在此时,她的脸上燃烧起了火焰。这面镜子上的影像不足以熄灭窗外的火焰,而火焰也未能吞噬影像。而且,火焰是从她的脸上川流而过的,但是并未能使她的脸庞熠熠生辉,它只是一个冰冷而遥远的亮点,照亮了她那渺小的瞳孔的四周,也就在姑娘的眼睛与火焰重叠的那一刹那,她的眼睛看上去好似一只妖艳而美丽的夜光虫,浮现在黑暗中的波浪间。

叶子不可能察觉到一直有人在这样窥视自己,她一门心思放在了病人身上,即使间或把头朝向岛村的方向,她也看不到玻璃窗上映出的自己的身影,也不会注意到眺望窗外的那个男人。

岛村之所以对叶子窥视良久,这是因为他被镜子中看到的晚景的非现实力量所征服,以至于竟然忘记这样做对她是不礼貌的。

所以,当她呼喊站长而又显得有些过于认真的时候,或许就是眼前这种故事情节般的情景首先引起了他的兴致。

火车通过那个信号所的时候,车窗上已是一片黑暗。远处流动的景色一旦消失,镜子也随即魅力全无。叶子美丽的脸庞依然映在车窗上,尽管她举止温柔,但岛村在她身上重新发现了一种宁静的冷淡,所以即使镜子又开始蒙上了一层雾气,他已无意再去将它擦拭掉。

然而,约莫半小时后,叶子他们竟然也和岛村在同一个车站下了车。岛村回头望了一眼,预感到似乎将要发生些什么,而且这还与自己有关。当他在站台上感到一丝寒意时,顿时对自己在车上的不礼貌行为感到了羞愧。于是他头也不回地从机车前面穿行而过。

男人扶着叶子的肩膀,刚要下车,站台工作人员扬手制止了他们。

俄尔,从黑暗中驶来一列货车,把二人的身影淹没了。

负责拉客的旅馆经理穿着一身严严实实的防寒服,俨然一个消防队员,他上面护住了耳朵,脚下穿着一双长筒的雨靴。候车室窗前站着一位女士,她注视着铁路方向,身上披了一件藏青色的斗篷,头戴围巾。

岛村身上还残存着火车上的温暖,所以尚未切身感到户外的寒冷。他这是第一次冬天来到雪乡,所以一下子被当地人们的装束惊讶到了。

"你穿成这样,真的有那么冷吗?"

"是的,大家都换上冬装了。下完雪后放晴的头一个晚上是最冷的。今晚就是这样,恐怕气温已经到零下了。"

"这就零下啦?"岛村望了一眼房檐下结成的诱人的冰锥,和旅馆经理坐上了汽车。雪色下,民宅那本来就不高的屋顶显得更加低垂,整个村子寂静无声,似乎沉没下去了。

"果不其然,摸什么都是冰凉的,就是不一样啊!"

"去年最冷的时候都到零下二十几度了。"

"那雪呢?"

"这个嘛,平常是七八尺厚,积雪最厚的时候得有一丈二三尺吧。"

"快到那个时候了吧?"

"马上就要到了。这场雪是前些天下的,有一尺左右,已经化了许多了。"

"这雪也会化的吗?"

"说不定什么时候就会有大雪。"

时值12月初。

岛村初患感冒始终未愈,一直不通的鼻子此时一下子通到了头顶深处,鼻涕不断地流淌下来,仿佛污秽将要被洗刷掉似的。

"老师那儿的那个女孩还在吗?"

"在呀在呀。刚才还在车站呢,您没有看到吗?她穿着一件藏青色的斗篷。"

"那个人就是啊?——待会儿可以叫她过来吧?"

"是今天晚上吗?"

"就是今天晚上。"

"说是老师的儿子要坐今晚最后一班列车回来,所以她就来接站了。"

火车上透过映着晚景的玻璃看到的那个被叶子照看的病人,就是岛村前来会面的那个女人家里的儿子。

了解到这个信息后,他感到自己心中泛起了涟漪,但对于这个机缘他并没有感到特别的不可思议。反而他对自己没感到不可思议而感到不可思议。

自己的手指所记住的那个女人和眼中燃烧火焰的女人之间到底是一种什么关系?又将要发生什么事情?不知何故,岛村感到在内心深处似乎可以看到这一切。或许是还没有从镜中景色清醒过来的缘故,他突然喃喃自语道:"那个晚景的流动,果真是时间流逝的象征吗?"

因为还没有到滑雪季节,所以现在是温泉旅馆客人最少的时候。岛村洗完温泉出来的时候,已经夜深人静了。走廊显得颇为陈旧,当他脚踩上去的时候,玻璃门就会发出细微的声响。在长长的走廊的尽头,也就是收银台的拐角处,有一个女人亭亭玉立,她穿的和服的下摆展开在木地板上,而那木地板黑得发亮,冷冰冰的。

看到她的衣摆,岛村心中为之一惊:她到底还是去当艺伎了呀?她并没有朝这边走来,身体也丝毫没有做出要迎接他的姿态。她站在那里一动不动,他远远地从她的身影中感受到一种踏实,他急忙走过去,站到她的身边却又默不作声。女人脸上涂了一层厚厚的白粉,她欲做微笑状,却反而哭丧着脸,就这样两个人一言不发地朝房间的方向走去。

都发生了那样的事情,他走后也不来封信,也不来见自己,说好了要给寄舞蹈范式的书来也说话不算话。在女人看来,只能认为自己是被对方嘲笑并遗忘了。所以,理应是岛村先道歉或解释一番。然而,她也不看他,走着走着,她非但没有指责他,反而周身充满了一种熟悉的感觉。对此他心知肚明,所以他更加觉得不管自己说什么,话里话外都会让对方感到自己是不认真的,而他则有一种被她的气势所压倒的感觉,同时又沉浸在甜蜜的喜悦中。刚一下楼梯,他突然左手攥成拳头,竖起食指伸到女人的面前。

"它可是最记得你的!"

"真的?"她攥住了他的手指,一直不肯松开,就这样拉着他上了楼梯。走到被炉前才把手松开,顿时她脸红到了脖子。为了掩饰,她急忙又牵起他的手说:"是它记着我来着吗?"

"不是右手，是左手！"

说完从女人手掌中抽出了右手将其伸进了被炉里，接着又重新伸出了左拳。

她若无其事地说道："我知道啊！"

她莞尔一笑，将岛村的手掌摊开，放在了自己的脸上。

"是它记着我来着吗？"

"哦，真凉啊！我可是第一次摸这么冰凉的头发。"

"东京还没下雪吗？"

"你那个时候就是这么说的，你那就是在撒谎，不然的话，谁会在年底还到这么冷的地方来呀？"

那个时候，容易发生雪崩的危险期刚过，已经进入了满山青翠的登山季节。

很快就会吃不到木通嫩芽了。

无所事事的岛村自然容易放松对自己的要求，所以想要重新振作起来只有去爬山，于是他经常一个人纵情山水之间。那天晚上，也是时隔七天之后，他从有县界穿行而过的群山下来，到了温泉之乡。一到旅馆他就让人去叫个艺伎过来。然而却被告知那天恰好因为庆祝道路工程竣工，村里热闹非凡，以至于养蚕兼小剧场的房屋都被临时用作了宴会厅，所以十二三个艺伎就显得人手不够了，也根本不可能半截儿把她们叫过来，如果是叫老师家里的姑娘过来也可以的话，那么即便她去宴会厅那边帮忙，但表演上两三个舞蹈后就要回去的，所以或许她会来的，就算是一分钱小费拿不到也无所谓。岛村又打听了一下，旅馆的女服务员简单地介绍说，教三弦儿和日本舞蹈的老师家里的姑娘并不是艺伎，但有大型宴会的时候，她偶尔也会被请去帮忙。因为这里没有见习艺伎，许多上点岁数的艺伎又都不愿意站在那儿跳舞，所以那姑娘就大受欢迎。虽说她很少一个人去旅馆给客人陪酒，但也并不是什么都不懂的外行。

岛村刚开始没当回事，觉得这事不太靠谱，但约莫过了一个小时，女服务员把那个女人带来后，岛村为之一惊，开始端坐起来。女服务员想马上站起来离去，那女人却拉住她的袖子，让她重新坐回那里。

女人给人的印象就是干净得难以置信，甚至令人感到也许连她的脚趾下面的褶皱处也都是干净的。岛村甚至怀疑自己的眼睛是不是出了毛病，因为他来这里之前刚看过初夏的群山。

从和服的穿法来看，她有些地方像是艺伎，当然和服的下摆并没有拖着地，质地柔软的单和服倒是穿得很得体，只是腰带好像很昂贵。这反而显得有些不协调，看上去有些惨不忍睹。

趁着客人开始谈论起山中见闻，女服务员便起身离去了。女人对于从这个村子可以看到的那些山的名字并不十分熟悉，看到岛村也没有兴致喝酒，女人出人意外而又毫不隐瞒地讲起了自己的身世。她倒是出生在这个雪乡，后来在东京做陪酒女招待的时候，被客人赎身，本打算将来做个日本舞蹈的老师来安身立命，但一年半后丈夫就死了。然而，她丈夫去世后直到今天的经历，或许才是她真正的隐私，而这一切似乎又无法一股脑都说出来。她说她今年十九岁，如果没有说谎的话，她看上去有二十一二岁，这反而让岛村感到轻松起来，于是和她谈起了歌舞伎，没想到她比岛村对于演员的表演风格和演艺圈的事情更加精通。或许是由于很久没有这么聊得来的人了，二人聊得非常投入。她也表现得无拘无束，不愧是曾经置身于红灯区的女人。她似乎也很懂男人的心理。即便如此，他一开始就认定对方还是个雏儿，加之他也有一个多星期没怎么和人说话了，所以见到人就感到格外亲切，在她的身上他首先感到了友谊的存在，在山里产生的伤感一直延伸到了这个女人的身上。

第二天下午，女人顺路来到他的房间做客，进屋前将茶道的道具放在了外边的走廊上。

还没等她坐稳，他就突然说道："帮我叫个艺伎来！"

"帮你？"

"当然了！"

"真讨厌！我来之前做梦都没有想到你会让我帮你做这种事情！"说着女人起身走到窗边，眺望有县界穿过的群山。俄尔，她面颊泛起红晕，说道：

"这里可没有那种人！"

"你瞎说！"

"真的！"说着她转过身来，坐在了窗户框上。

"绝对不会强人所难的，艺伎们都是自由的，旅馆这边也根本不沾这种事的。这可是真的呀！你不妨叫个人来直接跟她谈谈看。"

"你帮我叫吧！"

"凭什么非得我干这种事啊？"

"我觉得咱们是朋友啊。正因为我想把你当朋友相处，所以才不会泡你的。"

"难道这就是你说的朋友吗?"女人被他的话带得说话也有些孩子气了,接着又发泄道:

"你可真行啊!竟然能求我帮你做这种事!"

"这有什么呀!我在山里把身体都练得棒棒的了。可就是心里不舒坦!就算是和你,也不可能聊得特别开心。"

女人目光低垂,不再言语。岛村到了这个份儿上,男人的厚颜无耻就暴露无遗了,但她却善解人意地点头默认了,或许是习惯使然吧。也许是由于睫毛浓密的缘故,眉目低垂的她显得妩媚动人,岛村目不转睛地看着,这时女人略微左右摇了一下头,脸颊又染上红晕。

"你喜欢谁就叫谁吧!"

"这不是在问你呢吗?我初来乍到的,也不知道谁漂亮呀!"

"你说要漂亮的?"

"还是年轻的好吧。年轻的没有那么多麻烦,最好是别絮絮叨叨没完没了的,我喜欢呆呆的又不谙世故的。想聊天的时候我会和你聊的。"

"我不会再来了!"

"你敢!"

"就不来了!我还来干什么呀?!"

"我想清清爽爽地和你相处,所以我才没有追求你呀!"

"我无语了!"

"如果真的发生了那样的事情,或许明天就没脸见你了,也就没有兴趣和你聊天了。我从山里来到这里,好不容易咱们混熟了，所以我不会追你的。何况我还是个游客呢。"

"对呀，真是这么回事啊！"

"当然了！你也是啊，如果我和你不喜欢的女人做了，以后再见面的话你也会觉得别扭吧？如果是你自己挑选的女人的话，也还说得过去吧？"

"我哪儿知道啊！"她口气强硬地答道，然后把头扭向一旁，又说道，"倒也是那么回事。"

"要真干了点什么也就完了。多没意思啊！也不会长久的，是吧？"

"是啊，大家都是这样的。我是在渔村出生的，可这里不是温泉之乡吗？"女人令人意外地坦诚道，"客人基本上都是来旅游的人。我还是个孩子，但也听许多人说过，虽然对对方有一些好感，但当初没有明说的人反而后来就一直惦记着，忘不掉的。分开之后好像就是这样的。对方想起来的时候也会来信的，一般都是这种情况。"

女人从窗户框上站了起来，紧接着就又轻缓地坐在了窗户下方的榻榻米上。刚才看上去像是在回忆那遥远的日子，她一下子坐到了岛村的身边，神情也为之一变。

女人的声音过于充满真实的感觉，所以岛村反而感到了愧疚，是不是自己轻而易举地欺骗了这个女人呢？

但是，他也并没有说谎。总之这个女人是守妇道的，虽然他对女人有需求，但也不至于要求这个女人做那种事情，不会惹出什么麻烦，也不会有什么罪过。她过于纯洁了，第一眼看到她的时候，他就已经把男女之事与她截然分开了。

而且，此时他也正为夏天去哪里避暑而发愁呢，所以他想好了到时候和家里人来这个温泉之乡。这样的话，也可以让老婆成为她的好玩伴，感到无聊的时候还可以学习日本舞蹈。岛村一本正经地这样考虑着。虽然在这个女人的身上感到了友谊的存在，但彼此并没有多深的关系。

当然，这里还有一个岛村看到晚景的镜子的存在。他不仅不希望因为目前这个有些身世不明的女人而留下后患，而且或许就像傍晚时分火车车窗映出的女人脸庞那样，他是在用非现实的眼光看待这一切的。

他所感兴趣的西方舞蹈也如是。岛村生长在东京的平民区，所以自幼对歌舞伎耳濡目染。上大学的时候，他的兴趣偏向舞蹈和舞剧，他的性格使得他凡事都要想出个所以然来。因此他搜罗古文献，拜访家元[1]，不久也结识了一些日本舞蹈界的新秀，甚至开始写一些带有研究或评论性质的文章。无论是对于日本舞蹈传统的日趋消亡，还是对于那些进行创新之人的自以为是，当然他都颇不以为然，甚至他产生了一种冲动，面对如此现状唯有自己也投身于运动之中去。当年轻的日本舞蹈演员向他发出邀请的时候，他毅然改行开始研究西方舞蹈，日本舞蹈则根本不再去看。反而他开始收集西方舞蹈的书籍和照片，连广告画和节目单也都颇费周折地从国外搞到手。这绝非单纯出自对外国和未知事物的好奇心，在这里他所找到的新的乐趣，就在于不能亲眼看到西方

---

[1] "家元"指某种技艺流派的最高权威者、宗家。

人跳的舞蹈。足以证明这一点的是，他根本不去看日本人跳的西方舞。根据西方的印刷品来写一些有关西方舞蹈的文章，没有比这更惬意的了。看都没看过的舞蹈，这也太不现实了，没有比这更加纸上谈兵了，这是天堂的诗歌。虽然美其名曰研究，其实充满了任意的想象，他不是欣赏舞蹈家活生生的肉体舞之蹈之的艺术，而是在欣赏一个幻影，它是西方的语言和照片所浮现出来的他自己的冥想在跳舞，犹如憧憬着不曾经历的恋爱一样。而且，他时不时撰写一些介绍西方舞蹈的文章，所以也算是个小有名气的文人了。对此他付之一笑，同时作为无业游民的他来说也感到些许的欣慰。

他的这些有关日本舞蹈的经历之所以有助于让这个女人亲近他，应该说是因为这些知识很久没有像这样在现实中发挥作用了，而另一方面，或许也是由于岛村在无意间把她当成西方舞的舞者了。

所以，自己所说的带有淡淡旅愁的一番话，似乎触动了女人生活中的要害，以至于目睹此情此景的岛村不由得心生愧疚，担心自己是不是欺骗了这个女人。

"这样的话，下次我带家人来的时候，我也可以和你放开地玩儿了。"

"好的，这些我都清楚了。"女人面带微笑，低声应答。接着又有些像艺伎般地欢快地说道："我也非常喜欢这样，淡淡之交才能持久嘛。"

"所以你快点儿给我叫人啊！"

"现在吗？"

"嗯！"

"真没想到啊！这大白天的，什么话也说不了呀！"

"我可不喜欢被人家挑剩下的！"

"你怎么能这么说呢？你以为我们这里的温泉乡为了赚钱就可以胡来吗？这样想你就错了！你看看我们村里是什么样子还不明白吗？"女人似乎感到震惊，说话的语气也十分认真，她反复强调这里没有那种女人。岛村稍微表示一下怀疑，女人就气得不得了，并且寸步不让。她接着说道："到底怎么做，这可是艺伎的自由。但是，如果擅自留宿的话，那艺伎就要负责了，不管发生什么事情也没有人管，但如果事先得到我们同意的话，有什么事的话艺伎的经理就会负责到底的。就是这点区别。"

"你说的'负责'指什么？"

"整出了孩子，或是身体垮掉了什么的。"

岛村一脸苦笑，觉得自己提出的问题太愚蠢了，同时他又想到，没准这个村里还真有这样荒唐的事情呢。

或许碌碌无为的他自然而然地心理上需要一层保护色，因此他对旅游所到之处的人情世故，本能的反应就是很敏感。他一下山来到这里，就从这个村落看似俭朴的景观中感受到了一种闲适。到了旅馆一打听，果然这个村落在这一带的雪乡里也是生活最舒适的村落之一。据说一直到前几年铁路开通之前，这里主要是农户人家温泉疗养的地方。有艺伎的人家一般都是开店的，这些店或者是小饭馆，或者是卖年糕豆沙汤的小铺，门脸都挂着褪了色的写有字号的布帘。一看到老式的、发黄的纸糊格子拉门，人们就知道准是家里有客人了。而且，有的杂货铺或点心铺也只包下一个艺伎，好像店主人们除了开店之外还要干些农活。或许由于她是老师家姑娘的缘故，所以即使没有营业执照，偶尔去宴会厅帮一下忙，也不会有艺伎对此说三道四的。

"那有多少人呢？"

"你是问艺伎吗？十二三人吧。"

"叫什么名字的最好呢？"岛村站起身按了一下铃。

"我还是走吧？"

"你不能走啊！"

"烦人！"女人像是一扫屈辱地说道，

"我走了。没事儿啊！我不会有什么想法的。我还会再来的。"

但她一看到女服务员进屋来了，就若无其事地又坐了下来。叫谁呀？女服务员问了好几遍，女人也没有说出名字来。

然而，没过多久就来了一个十七八岁的艺伎，只看了一眼，岛村从山上来到村里时的对女人的渴望就荡然无存了。她肤色黝黑的手臂显得并不平滑，看上去人倒是不错，带着稚嫩的感觉。岛村看向艺伎的方向时尽量使自己不要流露出扫兴的神色，其实他是被她背后的窗户上所映出的青翠欲滴的群山所吸引住了，他都懒得说话了。她整个就是一个山里的艺伎。岛村沉默不语。女人见状很识相地默默站起身来走了出去，于是屋里的气氛更加尴尬了。再怎么说，都过去一个小时了，所以岛村开始寻思如何想办法把这个艺伎打发走？他想起来有一笔电汇到了，于是借口要赶在邮局关门之前去取，他就和艺伎一起离开了房间。

岛村在旅馆的门口抬眼向后山望去，嫩叶的气息扑面而来，他犹如被其吸引到一般，他便大步流星地爬了上去。

究竟什么那么可笑？他一个人大笑不止。

当他感到略有些疲劳的时候，转身撩起单和服的后襟掖在腰带上，一溜烟地跑了下去，从他脚底处飞起了两只黄色的蝴蝶。

蝴蝶交相飞舞，很快就飞得比县界穿过的山脉还要高，随着黄色逐渐变成白色，它们变得更加遥远了。

"您怎么了？"

一个女人站在杉树的后面。

"您一个人笑得好开心呀！"

"我放弃了。"岛村又忍不住笑了起来。

"放弃了。"

"真的？"

女人突然转过身朝着杉树林中慢慢地走去。他默不作声跟了上去。

前面有个神社，女人在一块平平的岩石上坐了下来，旁边有一座长满青苔的石狮子狗。

"这儿最凉快了！就是盛夏也有风的。"

"这里的艺伎，都是那样的啊？"

"都差不多吧。上点岁数的可有长得漂亮的。"她低着头，爱搭不理地说道。她的颈部好像映照着杉树林幽暗的绿色。

岛村抬头看了一眼杉树的树梢处。

"不需要了。我觉得一下子泄了气，很不爽。"

那些杉树长得很高，如果不把手朝后面放在岩石上并且向后弯腰的话，是看不到尽头的，而且，树干长得笔直，暗淡的树叶遮住了天空，周围一片寂静。岛村背靠着的那棵杉树是其中最古老的一棵，不知何故，只有北侧的树枝彻底干枯了，掉光了叶子的树根部，看上去好像是树干上并排倒着栽种了一列头部尖尖的树桩一样，犹如令人恐怖的上帝的武器。

"好像是我搞错了。我从山上下来，到这里头一个见到的就是你，所以就想当然地认为这里的艺伎一定都很漂亮。"岛村笑着说，此时他才意识到，自己之所以想把在山里清心寡欲的七天找补回来，也是因为最开始见到了这个纯洁的女人。

女人目不转睛地看着远处夕阳照射下熠熠发光的河水，她感到有些无聊。

"哦，我都忘了，这是您的烟吧？"女人极力做出轻松状，说道："刚才回到您的房间一看，发现您不在，我担心您出了什么事，后来透过窗户看到您一个人拼命地往山上爬，觉得很奇怪。好像您忘记带烟了，所以我就给您送过来了。"

说话间，她从和服的袖子里掏出了他的香烟，马上又擦着了火柴。

"我挺对不住那个女孩的。"

"这种事您不必介意，什么时候让她走，这是客人的自由。"

河底布满了石头，河水声听上去带着圆润和甘甜。从杉树之间的空隙处，可以看到远处山脉褶皱的阴郁。

"对方如果不是一个和你差不多的女人，事后再见到你的时候我岂不感到遗憾啊？"

"这我哪儿知道啊！您这个人可真要强啊！"女人心里来气

了，便嘲讽道。然而，有一种感情在二人之间油然而生，这种感情与岛村叫艺伎之前截然不同。

自己一开始就只是想得到这个女人，并像往常一样没有那么直截了当，岛村清楚地意识到这一点以后，就开始厌恶自己了。同时，这个女人看上去更加美丽动人了。在杉树林的树后面叫住了他以后，这个女人的身影就显得透明而清爽。

她那又窄又高的鼻梁看上去有些孤寂，下面紧致的小嘴唇简直就像美丽的水蛭的轮廓一般，伸缩自如，不说话时也像是在蠕动。如果嘴唇有褶皱或颜色欠佳的话，看上去就会显得不干净，可她却不然，湿润而有光泽。眼角不高也不低，笔直的眼睛看上去像是特意画的，略有不自然的感觉，但茂密的短眉毛稍微下垂，恰到好处地长在眼睛上面。高鼻梁，圆脸，虽然脸的轮廓并不出众，但肌肤白里透红，像是在白色的陶器上刷了一层淡淡的红色，颈部根处，还没有赘肉，能否称之为美人姑且不论，但她确实很干净。

作为一个曾经做过陪酒女郎的女人，她略微有些鸡胸。

"你看呀！不知道什么时候来了这么多的蚋呀！"女人撩了一下和服的下摆站了起来。

如果就这样在寂静的世界中一直待下去，两个人就会因无聊而感到兴味索然的。

后来，约莫是在这天晚上的十点时分，有一个女人在旅馆的走廊里大声呼喊岛村的名字，并且"砰！"的一声，她像是在外界的作用下猛地闯入了他的房间，然后突然倒在了桌子上，接着像喝醉酒一样胡乱地去抓桌子上的东西，有的东西被她碰倒了，她又咕嘟咕嘟喝了好几口水。

她说这个冬天在滑雪场认识的几个男人今天傍晚翻山过来了,与他们相遇后被他们邀请到了这个旅馆。然后他们叫来了艺伎,大吵大闹的,她自己也被他们灌了很多酒。

她摇头晃脑地一个人喋喋不休,然后说道:"不好意思,我得去一下,他们一定不知道我去哪儿了在找我呢。"说完就跟跟跄跄地走了出去。

大约过了一个小时,长长的走廊传来了不稳的脚步声,好像走过来的时候磕来碰去的,还不时摔倒在地上。

"岛村先生!岛村先生!"有人在高声呼喊。

"哎,没人啊?岛村先生!"

这声音听上去明白无误的是女人赤裸的心在呼唤自己男人,岛村对此深感意外。然而,肯定整个旅馆都可以听到这尖叫声,这让岛村不知所措。他刚一站起来,女人就用手指捅破了拉门上的贴纸,她抓住门上的棂,整个人瘫倒在岛村的身上。

"哦,原来你在呀?"

她与他纠缠着坐了下来,身子靠在了他身上。

"我不可能喝醉呀!嗯嗯,我怎么能醉呢?我难受,就是有点难受。我清醒着呢!啊,我想喝水。真不应该和威士忌掺着喝。那玩意儿上头。我头疼。那帮人买来的酒是便宜货,我喝的时候不知道。"说着,她不停地用手掌揉搓着脸。

户外骤然雨声大作。

岛村刚把她的胳膊拿开一些,她身子就瘫倒下来。她搂着岛村的脖子,她的头发都被他的脸颊压得有些变形了,不觉间岛村的手伸进了她的怀里。

对于男人挑逗她的话语并不作答,她双臂交叉着像个门闩,男人摸过来她就用手按下去,却使不上劲,似乎是由于醉酒的缘故。

"怎么回事啊这是!气死我了!气死我了!我浑身没劲!怎么回事啊!"她一下子咬住了自己的胳膊肘。

他为之一惊,马上把她推开了,发现她胳膊上留下了一个深深的牙印。

她抓住他的手掌,就开始胡写乱画起来,她说要写她喜欢的人的名字,竟然写了二三十个戏剧演员和电影演员的名字,然后就没完没了地写了一大堆岛村的名字。

岛村不大不小的手掌渐渐地开始发热了。

"啊,这我可放心了,可放心了呀。"他语气温和,甚至让人感到一种母爱。

女人突然又难受起来了,她挣扎着站了起来,突然又伏倒在房间那边的角落里。

"不行,不行,我要走。我要走。"

"你走得了吗?外边下着大雨呢!"

"我要光着脚走回去,我要爬回去。"

"太危险了!你非要走的话,我就送你。"

旅馆坐落在山坡上,前面有个陡坡。

"你松一松腰带,要不就躺一会儿,这样可以醒酒啊。"

"不能那样。我这样就行了,都习惯了。"女人一下子坐直了身子,并挺起胸膛。这样反而更加喘不上气来,她打开窗户想吐却吐不出来。她身体挣扎着，强忍着不让自己躺下去，就这样坚持了一会儿。她还时不时强打精神反复地说要走，不觉间已经过了半夜两点了。

"你睡吧，好了，让你睡呢！"

"那你怎么办？"

"我就这么待着。再清醒一些后我就走。天亮之前我要走。"说着她蹭着靠过来，拉了一把岛村。

"我都说了让你别管我，你就睡吧！"

看见岛村钻进了被窝，女人一下子上身趴在了桌子上，她又喝了口水。

"你起来！快点，我让你起来呢！"

"你到底要让我干什么呀？"

"你还是接着睡吧！"

"说什么呢？你！"岛村站起身来，把女人拽了过去。

俄尔，女人一会儿把脸转向这边，一会儿藏到那边，突然又猛地把嘴努过来。

但是，接下来她就像说梦话似的一个劲地说难受。

"不行，不能这样！你不是说要我们一直做朋友吗？"也不知道她重复了有多少遍。

岛村被她一本正经的劲儿所打动，他额头紧蹙，皱着眉头，拼命地在克制自己，他甚至对自己意志如此坚定感到索然无味，也想到是否要遵守和这个女人的约定。

"我没有什么舍不得的，我不是舍不得为你献身，但我也并不是那种女人，我可不是那种女人。要是咱们那样了，肯定不会长久的，这不是你自己说的吗？"

因为喝醉了，她都有些麻木了。

"这可不赖我呀！都是你不好！是你输了！是你意志不坚定！可不是我！"她嘴里没有把门的了，同时她又用嘴咬住衣袖，以抑制自己内心的喜悦。

接着是片刻的寂静，她像是泄了气一般。突然又像是想起了什么似的，言辞犀利地说道：

"你一直在笑吧？你在笑话我吧？"

"我没笑！"

"你内心在笑，对吧？即便是现在没笑，事后也一定会笑的！"女人俯身抽泣起来。

但是她马上就不哭了，凑过身子来让自己彻底放松下来，然后亲昵地一五一十地讲起她的身世来了。她喝醉酒的痛苦看上去不复存在了，似乎被遗忘掉了。对于刚才的事情，她只字未提。

"哎呀，你看我光顾着说话把时间都忘了。"此时她莞尔一笑，面带红晕。

她说必须趁着天亮之前回去。

"天还黑着呢。这里的人都起得早。"她好几次站起来打开窗户往外看。

"还看不清楚人脸吧。今天早上有雨，所以不会有人到田里干活的。"

即使雨中已经浮现出远山的影子和山脚下的房屋以后，她也不舍离开。在旅馆的人起来之前，她重新梳好头发，岛村要送她到门口，她也怕被人看到，惊慌失措逃也似的一个人离去了。

而且，岛村也就在那天回到了东京。

"虽然你那个时候是那么说的，可你那是信口开河啊！我事后也没有笑话你呀！否则的话，谁会在大年底的到这么冷的地方来呀？！"

女人猛地抬起头来，她把脸贴在岛村的手掌上，从眼睑到鼻翼的两侧都泛出红晕，透过脸上一层厚厚的白粉也清晰可见。这令人感受到了这个雪乡夜晚的寒冷，同时她乌黑发亮的头发又让人感到丝丝的暖意。

她面带微笑，令人目眩。或许她马上就会想起"那时"的情景，仿佛岛村的话语渐渐地给她的身体染上了一层色彩。女人一副不高兴的样子，垂下了头，因为她和服的领子后面露出一大截，所以一眼就可以看到她后背都发红了，仿佛是将鲜活水灵的裸体暴露无遗了。或许是由于头发颜色映衬的缘故，这种感觉愈发强烈。她的刘海儿长得并不茂密，但像男人的头发一样很粗，而且没有一丝蓬乱的短发，看上去像是某种黑色矿物质摞在一起发出光芒。

刚才用手摸了一下，他惊讶不已，因为他是第一次触摸这么冰冷的头发。他感到这并非寒气所致，而是她这样的头发本身使然。岛村重新审视了一番，她在被炉的面板上开始掰起手指来了，而且没完没了的。

"你在数什么呢？"岛村发问她也不作答，一直沉默不语地掰着手指头在数数。

"是5月的23号吧？"

"哦，原来你在数天数呢。7月和8月可连着是大月哟！"

"我告诉你，是一百九十九天，正好是一百九十九天啊！"

"真没想到，5月23日，你记得还真清楚啊！"

"看一下日记马上就知道了。"

"日记？你在记日记吗？"

"是的，看过去的日记我可享受了！所有的事情都如实地记录下来了，所以自己一个人看的时候也还挺难为情的呢。"

"从什么时候开始的？"

"去东京做陪酒女郎之前不久，那个时候我不是缺钱吗？我自己都买不起日记本，就买两三钱[1]的记事本，用尺子画上细线，把铅笔尖儿削得细细的，线画得很整齐，而且本子上从头到尾小字写得密密麻麻的。自己能够买得起日记本以后就不行了，就拿东西不当回事了，学写毛笔字也是，原来都是写在旧报纸上的，现在都是直接写在专用的卷纸上。"

"你写日记一天也不落吗？"

"是的，十六岁时候的和今年的日记最有意思了。每次陪酒回来以后，换上睡衣，就开始写日记。有的时候不是回家很晚吗？还没写完呢，半截就睡着了。现在再看的话，有的地方也知道是怎么回事。"

"是这样啊。"

"不过也不是每天都写，也有没写的时候。在这大山里面，

---

[1] 100钱为1日元。

即便是去陪酒，也没有什么新鲜的。今年只买到了每页带日期的本子，失算了。有的时候一写起来就会很长的。"

令岛村深感意外的不是她写日记，而是她从十五六岁开始就把读过的小说都一一记下来了，这样的记事本说是都攒了十本了。

"你写读后感吧？"

"我可写不了读后感。小说的题目、作者然后是出场人物的姓名，再就是人物关系，也就这些。"

"你写这些又有什么用呢？"

"是没有用啊！"

"徒劳无益啊！"

"那是了！"女人满不在乎地、爽朗地答道，但又目不转睛地盯着岛村。

岛村不知何故还想再大声说一遍这完全是徒劳无益的，但就在这个当口，他强烈地感受到一种白雪鸣动般的寂静，这是因为他为这个女人着迷了。他也知道这样做对她而言不可能是徒劳无益的，但自己不由分说地就断言那是徒劳无益的。不知为什么，这样反而感到她的存在是纯粹的。

这个女人谈论读小说，听起来与通常人们所说的文学这个词毫不搭界，好像只是和村里的人交换着阅读妇女杂志，和她们之间的交情也不过如此，其余的时间都是孑然一身在阅读。无可选择，理解不深，但只要在旅馆的大厅里看到小说或杂志，就会借来阅读。她凭自己的记忆所说出来的新人作家的名字，有不少都是岛村不知道的。但是，听她那口吻，简直就像在谈论陌生的外国文学，声音中带有一种类似毫无欲望的乞丐般的悲哀。岛村在想，自己凭着西文书的照片和文字想象着遥不可及的西方舞蹈，大概也不过如此吧。

她还津津乐道地谈到了自己看都没看过的电影和戏剧，大概她已经有好几个月没有遇到这样的倾诉对象了吧。似乎她忘记了一百九十九天前的那个时候，她也曾忘乎所以地谈到了这个话题，以至于最后自己主动委身于岛村，更何况她自己的话语所描绘出的事物会使她热血沸腾。

然而，这种对城市的向往，此时已化作一种质朴的达观，犹如一种清心寡欲的梦想，它不像城市落难者特有的、高傲的牢骚满腹，而是给人一种强烈而又单纯的徒劳无益的感觉。她自己看上去对此毫不介怀，但在岛村看来，则是一种莫名的悲哀。倘若沉浸在这种思绪中的话，恐怕岛村也会陷入这样一种遥远的伤感中——连自己活着本身也是徒劳无益的。但是，眼前的她在山气的熏染下气色绝佳，充满活力。

无论怎样，岛村对她有了新的认识，所以此时面对这个艺伎身份的女人，他反而难以启齿了。

那个时候她烂醉如泥，胳膊因麻木而使不上劲儿，对此她非常气恼。

"怎么回事啊这是！气死我了！气死我了！我浑身没劲！怎么回事啊！"说着她便使劲咬了自己胳膊肘一口。

因为站立不稳而身体重重地摔倒在榻榻米上。

"我绝不是舍不得献身。但也不是那种女人，我可不是那种女人。"不由得想起她那时说过的话，岛村面带迟疑，女人迅速地捕捉到了这一瞬间，像是要把他的话堵回去，她说道："这是零点的上行火车。"恰好此时听到了火车的汽笛声，女人猛地站起来使劲打开了纸糊格子拉门和玻璃拉门，上身压在扶手上，一屁股坐在了窗户框上。

顿时一股寒气袭入室内。火车的轰鸣声则随着渐渐地远去而听上去却像是夜风在呼啸。

"哎！多冷啊！真胡闹！"岛村也站起身来走了过去，但并没有感到有风。

眼前的夜景非同寻常，似乎冰天雪地的深处发出一种鸣响。天上没有月亮，但繁星满天，令人难以置信，抬眼望去，感到星星在以非真实的速度不停地降落下来，清晰可见。随着群星的靠近，天空愈发遥远，夜色更加深沉了。有县界穿过的群山已无可辨认，但远处的一片漆黑令人感到群山的厚重，它在星空满天的夜幕下，实实在在地降临在那里。星空闪烁，万籁俱寂，一片和谐。

知道岛村走过来了，女人就把胸部压在扶手上面。她看上并非软弱无力，而是在这样的夜空背景下，顽固得无以复加。岛村心想，她又来这一套了。

然而，群山的颜色虽然是黑色的，但不知何故，看上去却是一片雪白，斑斑驳驳。这就让人感到群山似乎是透明而寂静的，天空与群山的颜色并不协调。

岛村抓住女人的喉结处，说道："要感冒的。多冷呀！"他猛地使劲想把她拽起来，女人身体紧紧地贴住扶手，声音哽咽道："我要回家。"

"那你走吧!"

"你再让我这么待一会儿吧!"

"那我先去洗个澡。"

"不嘛,你别去!"

"你把窗户关上!"

"你再让我这么待一会儿吧!"

村子掩映在远处祭祀着土地神的杉树林间,开车不到十分钟的路程处有个火车站,那里的灯火在寒夜中闪烁着发出声响,似乎马上就要坏掉一般。

女人的脸颊,窗户的玻璃,自己的和式棉袍,可以触摸到的东西,岛村都感到一种前所未有的冰冷。连脚下的榻榻米也透出一股寒气,所以岛村要一个人去洗个澡暖暖身子。就在这时传来了一个声音:"请等一下,我也要去。"女人顺从地跟了过来。

他把衣服胡乱地脱了一地,女人就帮他归拢到衣筐里。正在这时,有个住店的男客人走了进来,他发现了把脸掩埋在岛村胸前的女人。

"啊,对不起!"

"哪里哪里,您请进!我们去那边。"岛村连忙说道,接着赤身裸体地拿着衣筐朝着旁边的女浴池走去。女人当然也表现出二人是夫妻的样子,跟了过来。岛村一声不吭,也不看后面,跳进了温泉池内。因为他全身放松了下来,不由得发出了爽朗的笑声,他把嘴凑近出水口处,使劲地漱起口来了。

回到房间以后,女人躺在了榻榻米上。她微微抬起脖子,一边用小拇指把鬓角的头发往上拢着,一边说道:"我好难过!"她只说了这么一句话。

女人的黑眼睛是不是半睁着呢,岛村靠近一看,原来那是睫毛。神经质的女人竟然彻夜未眠。

似乎是她在那儿使劲系和服腰带的声音把岛村吵醒了。

"不好意思,这么早就把您吵醒了。天还黑着呢。我说,您能看一下吗?"说着,女人把灯关掉了。

"您看得见我的脸吗?看不见吗?"

"看不见的。这不是天还没亮呢吗?"

"瞎说,您必须得好好看一下。怎么样啊?"说完,女人把窗户打开了。

"糟了,外面都看得见了!我得走了。"

黎明时分寒冷彻骨,岛村为之一惊,他从枕头上把头抬起来,只见外边天空夜色依旧,群山却已迎来了清晨。

"对了,没关系的。现在是农闲时期,没有人这么早就出门的,不过会不会有人去爬山呢?"女人一边喃喃自语,一边拖着系了一半的腰带踱着步。

"刚才五点到站的下行车没有乘客下车,旅馆的客人还不会起来的。"

系好腰带以后,女人显得坐卧不安,一个劲儿往窗户那边张望,踱来踱去的。这一幕看上去就像夜行动物恐惧早晨的到来,来回来去地转悠,忐忑不安。她显得妖艳而又野性十足。

不觉间,似乎是由于房间里面都亮了起来,女人通红的面颊更加醒目动人。岛村不禁出神地看着她那令人惊艳的鲜红面色。

"你的脸蛋儿都冻红了!"

"这不是冻的。是我卸妆把白粉擦掉了。我一进被窝,就浑身发热一直热到脚尖。"她坐在了梳妆台前,说道,"天终于亮了,我要回去了。"

岛村朝她那个方向看去,突然缩了一下脖子。镜子深处晶莹剔透的是白雪,而雪中浮现出女人通红的面颊。美得如此纯洁,不可名状。

也许是太阳要升起来了,镜子中看到的白雪仿佛在冰冷地燃烧着,更加熠熠生辉。在此映衬下,雪中浮现出的女人的头发鲜艳夺目,黑中带紫。

大概是为了防止积雪,沿着旅馆的外墙临时挖了一条水沟,让从温泉溢出来的泉水环绕四周。在旅馆的门口,泉水清可见底,向四周流去。一条黑色而凶猛的秋田犬站在泉水间的踏脚石上,一直在舔着温泉水。供游客使用的滑雪板并排摆放着在晾晒,像是刚从仓库里拿出来的,它散发出微微的发霉的味道,在泉水蒸气的作用下而变得带些甜味。从杉树枝上落到大浴池屋顶上的雪块遇热后也很快就失去原形。

"再有几天一过年,那条路就会被大雪盖住看不见了。到时候出去陪酒的时候就要身着裙裤,脚穿长雨靴,身披斗篷,头蒙面纱,那时的积雪会达到一丈厚。"女人在黎明前从山坡上旅馆的窗户俯视着坡路,这样说道,而岛村这就要从这条路走下去。路边高高地晾晒着婴儿的尿布,从那底下可以看到有县界穿越的群山,山上的积雪晶莹剔透,闲适恬淡。地上的绿葱还没有被大雪埋没。

在稻田里，村里的孩子们在滑雪。

一到了街上进村后，就可以听到静静的类似雨滴的声响。

房檐下细小的冰锥在熠熠发光，扣人心弦。

只见一个男人在房顶上往下铲雪，刚洗完温泉回来的一个女人似乎很晃眼似的用湿毛巾擦了一下额头开口说道："喂，你能不能捎带着也给我家铲一下雪啊？"她大概是个女招待，瞄着滑雪季节提前过来的。隔壁是一家咖啡馆，玻璃窗上贴的画有些年头了，房顶也都变形了。

一般的人家房顶上都铺着小木板，上面摆放着石头，这些圆石头只有可以见到阳光的一半在积雪中裸露着黑色的肌理。它的颜色谈不上湿润，看上去因长年的风吹日晒而发黑，而且每户的房子都犹如那石头的感觉一样，屋檐低垂，似乎伏在地上一动不动，具有北国特色。

一群孩子在戏耍，他们捧起水沟中的冰块就朝马路扔去，也许冰块摔在地上发出清脆的声响和四处飞溅时闪烁的光芒令他们感到开心。人站在阳光下，感到那冰块的厚度有些不可思议，岛村就这样看了半晌。

一个十三四岁的女孩子背靠着石墙在织毛活。她身着和服裙裤，脚穿高齿木屐，没有穿日本式短布袜，脚都冻红了，还可以隐约看见脚底下的皲裂。一个约莫三岁小女孩坐在旁边的柴火垛上，手里拿着一个毛线团。从小女孩到大女孩之间抻着一根灰色的旧毛线，发出温暖的光芒。

从隔着七八户人家的滑雪板作坊传来了刨木板的声音。在马路对面的房檐下，有五六个艺伎正站在那里聊天。今天早上才从旅馆的服务员那里打听到她的艺名叫驹子，好像她也在那几个人里面，似乎她也看到了他朝那边走过来，她的神情显得一本正经。她肯定会满脸通红的，但愿她能表现出若无其事的样子，岛村尚无暇顾及这些，驹子就已经脸红到脖子了。既然这样的话，当初转过脸去多好，她百无聊赖地眉目低垂，并且随着他的脚步的移动而逐渐地朝那个方向看去。

岛村也感到脸上在发烧，他加快了脚步径直走了过去，驹子也立马追了过来。

"多尴尬呀，您非得从那里路过。"

"尴尬？我才尴尬呢！你们一大堆人在那里，太吓人了，怎么过去呀！你们总是那样吗？"

"是呀，午后都那样。"

"你一个大红脸，踢里踏拉地追过来，岂不是更尴尬吗？"

"管它呢！"驹子直截了当地回了一句，马上脸又红了，然后在那儿停住了脚步，一把抓住了路边的柿子树。

"我是想让你顺便到我家坐坐才跑过来的。"

"你家就住在这儿？"

"是的。"

"要是让我看你的日记的话，我可以过去坐坐呀。"

"我死以前会把它烧掉的。"

"你家里不是有病人吗？"

"哎？您知道得还挺多呀！"

"你昨天晚上不是也去接站了吗？披着一件藏青色的斗篷，

我就是坐那趟车来的，座位离那个病人很近，有一个姑娘一步不离地非常认真、非常细致地照料那个病人来着，那是他夫人吗？还是从这里去接他的人？还是东京的人？简直就像母亲一般，我在一旁看着都被感动到了。"

"你为什么昨天晚上没告诉我这些？为什么一直瞒着我？"驹子面有愠色。

"是他夫人吧？"

但是驹子对此并不作答，说道："为什么你昨晚不告诉我？真是个怪人！"

岛村不喜欢女人这样咄咄逼人，而且岛村在自己身上和驹子身上都找不到让她如此咄咄逼人的理由，也许这是驹子的性格使然吧，但被这样反复地逼问，岛村感到被触到了痛处。今天早上在映衬着雪山的镜子中看到驹子的时候，岛村自然也想起了昨晚映在火车玻璃窗上的那个姑娘，但为什么自己就没有把这些告诉驹子呢？

"有病人也没关系的，不会有人进我的房间的。"说着，驹子走进不高的石墙里面。

房子的右手边是一片白雪覆盖的农田，左手边沿着隔壁的墙根儿长着一排柿子树，房子的前面似乎是一个花圃，中间有一个莲花池，池边堆起了冰雪，红鲤鱼在池中嬉戏。

房子已经腐朽不堪，犹如柿子树的树干一般。房顶上是斑驳的积雪，房顶的木头早已腐烂，以至于房檐看上去已经变形。

一进屋，就感到一股寒气，还没有来得及看清楚四周的情况，就得爬梯子。这是个真的梯子，楼上的房间实际上就是天花板与房顶之间隔出来的一个空间。

"这里本来是养蚕用的房间,吓你一跳吧?"

"你喝醉回来,竟然还能爬这个梯子上来而掉不下去!"

"当然会掉下去的。不过那个时候我就钻进下面的被炉里,基本上就那样睡到天亮了。"

驹子把手伸进被炉里摸了摸,然后就站起来去取炭火了。

岛村环视了一番这个令人感到不可思议的房间,只有南边有一个很低的用于采光的窗户,窗门上的格棂横竖交叉分出许多很小的空格,上面贴的白纸是新换过的,阳光透过它可以带来一些光亮。墙壁上也整齐地贴着日本纸,给人的感觉是进到了旧纸箱子里面,头顶上是裸露的屋顶,它朝着有窗户的一面倾斜下来,所以与黑色的寂寞重叠在一起了。墙的另一面又是怎样的情形呢?岛村想到这一点就感到这个房间是被吊在空中似的,有些不太稳定。但是,尽管墙壁和榻榻米有些陈旧了,但显得很干净。

岛村心想,驹子会不会也像蚕一样通体透明地住在这里呢?

被炉上面盖的棉被与驹子穿的和服裙裤一样,都是带条纹的棉布做的。衣橱虽然不那么新,但或许是驹子在东京生活时用过的,是个用木纹笔直的毛泡桐木做的衣橱。但梳妆镜就有些寒酸了,与衣橱很不协调,红漆的针线盒则带有奢华的光泽。墙壁上钉着一层层的木板,大概是做书架用的吧,外面罩着一层薄毛呢的窗帘。

昨晚陪酒时穿过的衣服就挂在墙上,和服贴身内衣没有系着,露出了红色里子。

驹子手持火铲，轻巧地爬着梯子上来了。

"这是从病人的房间拿来的，但说是火很干净。"她低下刚刚梳好的头，清理了一下被炉里的灰烬，然后解释道，病人得的是肠结核，他是回老家来等死的。

说是老家，这家儿子并不是在这里出生的，这里是他母亲居住的村庄。他母亲在渔村当艺伎后就留在那里当舞蹈老师，还不到五十岁就患了中风，也是顺便疗养就回到了这个温泉之乡。好像她儿子从小就喜欢鼓弄机械，好不容易进了钟表店学徒，所以他母亲返回故乡时就把他留在了渔村，可没过多久他就去了东京，在那儿一直上夜校来着。大概是积劳成疾吧。据说他今年才二十六岁。

驹子一口气说了这些，但是带他回来的那个姑娘又是何许人呢？而为什么驹子又在这个家里呢？对此她只字未提。

但是，即便如此，这个似乎吊在半空中的房间结构，使得驹子说话的声音到处都可以听到，这让岛村感到忐忑不安。

刚要出去，有一个略微发白的东西进入他的视线，回头一看，原来是用泡桐木做的三弦琴盒，感觉它比实际的尺寸还要大、还要长。这要扛到陪酒的地方去简直不可想象，岛村这样想着，发黄的隔扇拉门突然打开了。

"阿驹，这个不能迈过去吗？"

这个声音听起来很美，清脆而有些悲哀，似乎可以听到从什么地方传来回声似的。

岛村还记得这个声音，这是那个叶子的声音，那天晚上她站在火车的窗边呼唤走在雪地里的站长来着。

"可以呀!"驹子话音刚落,穿着和服裙裤的叶子就一下子迈过了三弦琴,她手里还提着玻璃尿壶。

叶子显然是当地的女孩子,这无论从昨天晚上她和站长之间熟人般的说话方式还是现在她身穿的和服裙裤都不难看出。华丽的腰带有一半露在和服裙裤的外边,棉布和服裙裤的红褐色和黑色相间的粗格格外醒目,平纹薄呢的长袖兜也同样魅力四射。和服裙裤是在膝盖上面一点处开衩的,因此看上去很蓬松,而且质地坚硬的棉布显得挺括,给人一种平和的感觉。

然而,叶子只是目光犀利地瞥了岛村一眼,默不作声地穿过了房间。

岛村到了外边以后,叶子的目光似乎也一直在他的眼前燃烧,令人难以自持,它就像远方的篝火一般冷漠。之所以如此,或许是他想起了昨晚的那段经历:他在注视着火车玻璃窗上映出的叶子的脸庞时,远山的篝火从她脸庞的后面流逝而去,篝火与她的眼睛重叠的瞬间光芒四射,此时对于那难以名状的美丽,岛村感到了怦然心跳。一想起这些,他不由得也想起了镜子里的一片白雪中浮现出的驹子通红的脸颊。

于是他加快了脚步。岛村的脚很白还有点胖,但他喜欢爬山,此时他走边眺望着群山,心情也完全放松了下来,不觉间脚步也加快了。他总是很容易就放松下来,对他来说,那天晚上映出夜景的镜子和早上映出白雪的镜子,都难以相信是人工制造的,它们浑然天成,而且是个遥远的世界。

就连今天刚才到过的驹子的房间,也感觉就是那遥远的世界。陶醉的岛村终于回过神来,他走上山坡后,发现了一个女盲人按摩师，岛村不失时机地张口道："按摩师傅，能给我按摩按摩吗？"

"我看看啊，现在几点了？"说着，她把竹杖夹在腋下，然后用右手从腰带中间掏出来一个带盖儿的怀表，再用左手指尖摸索着表盘，说道：

"现在是两点三十五分过一点啊，三点半我要去火车站那边，不过晚一点儿也没关系吧。"

"怀表的时间你都知道啊！"

"是的，因为表蒙子摘掉了。"

"一摸就知道是什么字吧？"

"字可不知道啊。"她重新掏出来那个女人用起来显得有些偏大的银表，打开它的盖子，这是十二点，这是六点，它们中间是三点，她用手指边按边比画着。

"就这样推算出来的，虽然不能精确到每一分钟，但误差不会超过两分钟。"

"这样啊。你上下坡的时候不会滑倒吧？"

"下雨天我女儿会来接我的。晚上我只给村里的人按摩，不会爬坡到这里来的。旅馆的女服务员说我老公不让我来，所以我也没办法啊。"

"你孩子已经很大了吗？"

"是的，老大是女孩儿，十三了。"说着来到了房间里，静静地按摩了一会儿，然后歪着头倾听起远处客厅传来的三弦琴的声音，说道："这是谁呢？"

"你从三弦琴的声音就能听出来是哪个艺伎吗？"

"有的人可以听得出来。有的人也听不出来。老爷,您可不是个普通的人啊,瞧这身子骨多柔软啊!"

"肌肉不僵硬吧?"

"僵硬,脖梗子僵硬,您这身材胖得恰到好处,您不喝酒吧?"

"这你都摸得出来啊?"

"我有三个熟客,他们的身材和老爷您一样的。"

"我这身材再平常不过了。"

"怎么说呢?不喝酒的话多无聊啊!喝酒就会什么都忘了。"

"你家那口子喝酒吧?"

"喝。可烦人了!"

"这是谁呀?三弦琴弹得可不怎么样啊!"

"是的。"

"你也会弹吧?"

"是的,我从九岁一直学到二十岁,结婚以后,都有十五年没有弹琴了。"

是不是盲人都显年轻啊,岛村心里想着,说道:"这从小学艺就是不一样啊!"

"我手上已经完全适应按摩了,但耳朵的功夫没有荒废,有时一听到艺伎们弹的三弦,心里就会起急,觉得就跟当年自己似的。"说着又侧耳倾听起来,

"这大概是井筒屋的阿文吧?弹得最好的和弹得最差的一听就能听出来。"

"还真有人弹得好啊?"

"叫驹子的那个女孩子，虽然年纪不大，可最近长进不小。"

"真的？"

"先生您认识她吧？说弹得好，也是在这山里相对而言的。"

"我可不认识她。不过昨天晚上老师的儿子回来，我和他们坐的是同一趟火车。"

"真的吗？是不是病好了就回来了？"

"昨天看上去身体可不太好啊。"

"是吗？听说老师的那个儿子在东京患病多年，所以那个叫驹子的女孩儿今年夏天甚至开始做起了艺伎，然后把住院费给他汇过去了。这次又是怎么了呢？"

"你说的是那个驹子吗？"

"话又说回来了，虽说只是个未婚妻，但如果她尽心尽力的话，将来也没准……"

"未婚妻，这是真的吗？"

"是的，听说是未婚妻。我不太清楚，不过大家都这么传的。"

在温泉旅馆向女按摩师打听艺伎的身世，这是再常见不过的事情了，结果有些出人意料。驹子为了未婚夫而去当艺伎，这也是过于寻常的故事情节，但岛村对此却感到无法坦然接受。这或许是与他的道德观念相抵触的缘故。

按摩师感觉到他似乎想要进一步深入地打听什么，于是就默不作声了。

就算驹子是老师儿子的未婚妻，而叶子是她儿子的新恋人，但是如果她儿子不久将要死去的话将会如何呢？此时在岛村脑中再次浮现出"徒劳"这个词。驹子为了未婚夫而信守承诺，甚至放下身段供他去疗养,这一切不是徒劳又是什么呢?

下次见到驹子,一定上来就要让她清醒地认识到她的所作所为都是徒劳的,想到此,岛村反而又开始隐约感到她的存在是很纯粹的。

在这个虚伪的麻木不仁中充满了鲜廉寡耻的危险气息,对此岛村一直在玩味着。按摩师走了以后,他就这样睡了过去,直到他感到透心凉的时候,才发现窗户一直是开着来着。

山谷里天暗下来得要早,此时已经暮色降临,寒气逼人。被昏暗不清的暮色映衬着,遥远的群山上覆盖的白雪在夕阳的照射下,仿佛一下子拉近了距离。未几,随着每座山远近高低各不相同,各自的山襞颜色不断变深,只有山峰上还残留着淡淡的夕阳,此时,雪山顶上是一片霞光。

村子的河边、滑雪场、神社,分布在这些地方的杉树林,则开始显得漆黑醒目。

就在岛村百无聊赖的时候,驹子进来了,犹如点亮了一盏温馨的明灯。她说在这个旅馆要召开一个迎接滑雪游客的准备会,会后有个宴会,因为这个她被叫来的。她钻进被炉,突然就开始抚摸岛村的脸颊,边说道:"今天晚上你脸真白呀!好奇怪啊!"

然后用手掐着岛村柔软的脸颊,似乎要把它揉碎。

"你这个傻瓜!"

驹子似乎有些醉意,她是宴会结束后过来的。

"管它呢,我不管了。我头疼,我头疼。啊,我难受,难受!"她瘫在了梳妆台前,一下子酒精上脸了,脸色有些吓人。

"我想喝水,给我水!"

她倒下时用双手托住了脸，也不管头发都乱了。过了一会儿，她坐了起来，用油擦掉了脸上的白粉，通红的脸庞暴露无遗，驹子自己也开心地笑个不停。她酒醒得很快，有些出人意料，肩膀也颤抖了一下，像是打了个寒战。

然后她又平静地开始诉说，整个8月患上了神经衰弱总是不好。

"那时我很担心自己会疯掉的。我钻进牛角尖了，不能自拔，到底是怎么回事，自己也不清楚。可怕吧？我根本睡不着觉，也只是去陪酒的时候才像那么回事。我做了各种各样的梦，饭也吃不下去，我就用缝衣针在榻榻米上扎来扎去的，没完没了，那还是在炎热的大白天。"

"你是几月去做艺伎的？"

"6月。没准这会儿我都去滨松[1]了呢。"

"是去成家吗？"

驹子点了点头，她说滨松的一个男人追着要跟她结婚，但她怎么也不喜欢那个男人，所以犹豫再三。

"你都不喜欢，还犹豫什么呀！"

"没有那么简单。"

"结婚，有那么大力量吗？"

"讨厌！不是那么回事。我必须得先把身边那些事处理干净了。"

---

[1] 滨松，指滨松市，位于静冈县西部。

"哦?"

"你这个人真没正经的。"

"可你跟滨松的那个人之间发生了什么事吗?"

"要是有什么,还会犹豫吗?"驹子斩钉截铁地说。

"不过那人说这种话来着,'只要你在这个地方,就不会让你跟任何人结婚的,我会想方设法给你搅黄的。'"

"他可是远在滨松啊,你很在意这个吗?"

驹子半天默不作声,她一直躺在那里,像是在享受着自己身体的温暖。突然她又若无其事地说道:"那时我还以为自己怀孕了呢,呵呵,现在想起来挺可笑的,呵呵呵。"她含笑着猛地将身体缩成一团,然后像小孩一样用双手抓住了岛村的衣领。

看上去她刚才闭着的浓密睫毛又半睁开了,露出黑亮的眼睛。

第二天早上,岛村一觉醒来看到驹子已经在旧杂志的背面胡乱写着什么,她的一个胳膊肘撑向火盆的方向。

"哎,我回不去啊!刚才服务员来给火里加炭,吓得我赶紧藏起来了,要不多尴尬呀,谁想到已经日上三竿了。昨晚好像我喝醉了,结果就稀里糊涂地睡着了。"

"几点了?"

"都八点了。"

"去洗个澡吧!"说着,岛村起来了。

"我不去,在走廊里会碰到人的。"当岛村洗澡回来的时候,驹子判若两人,一下子变成了一个乖巧的女人,她把毛巾戴在头上,样子很好看,她在认真地打扫着房间。

她甚至有些洁癖地把桌子腿儿和火炉的边儿都擦到了,她搅动炉灰的动作看上去非常娴熟。

岛村把脚伸进被炉里,刚一吧嗒吧嗒地磕着烟灰,驹子马上就用手帕把它擦掉,随即拿过来一个烟灰缸。岛村露出了微笑,驹子也笑了。

"你要是成了家,你男人可得天天被你数落呀。"

"我哪儿数落了?我还总被笑话呢,说我连洗好的衣服都要叠得整整齐齐的。就这个性格。"

"人都说看看衣橱里面,就知道这个女人的性格了。"

早上的太阳照进了整个房间,使得室内暖和起来了,驹子一边吃着饭一边说道:"天儿真好!要是早点儿回去练琴就好了。这种天气琴的声音都不一样。"

驹子看了看一碧如洗的天空。

远处的群山一眼望去白雪皑皑,被一片柔和的乳白色所覆盖。

岛村又想起了按摩师说的话,就对驹子说:"你可以在这儿练习。"驹子马上站起来就给家里打电话,让人把她换洗的衣服和长调的本子送过来。一想到白天看过的那个家里会有电话,此时岛村脑海中又浮现出叶子的眼睛。

"是那个女孩儿给你送过来吗?"

"也许吧。"

"听说你是那家儿子的未婚妻啊?"

"哎?你什么时候听说的?"

"昨天。"

"你这个人可真是的！听说就听说了呗，你为什么昨天不说呀？"说这话的驹子此时与昨天不同，脸上露出了纯洁的微笑。

"我并没有看不起你，所以就不好开口问啊！"

"口是心非！东京人不说实话，所以我讨厌你们！"

"你看你！我一问你你就转移话题。"

"我没有转移话题呀！那话你还当真了呀？"

"我当真了。"

"你又撒谎！你根本没当真。"

"这事吧，我当时觉得有些难以理解，可你不是说是为了给未婚夫挣医疗费才当艺伎的吗？"

"真烦人！你说的这事真像新派剧似的，未婚妻没那么回事！好像不少人都是这么认为的。我并不是为了什么人才当艺伎的，只是做了该做的事情。"

"你净说些让人不知所云的话。"

"那我就直说了吧，也许老师曾经想过让她儿子和我在一起，也就是心里想想而已，可她一次也没有提起过。老师心里的这个想法，她儿子和我都隐隐约约地感觉到，但是，我们两个人之间没有什么，仅此而已。"

"那你们是青梅竹马呀？"

"是的，不过一直都分开生活的，我被卖到东京去的时候，就他一个人为我送行来着。我最早的日记的第一页就记录了这件事。"

"如果你们两个人都在那个渔村的话，也许现在就在一起了。"

"我觉得不可能。"

"这可不好说呀。"

"你不用为别人的事瞎操心了！反正他也活不长了。"

"可你夜不归宿不太好吧？"

"你这么说可就不对了！我想做什么就做什么，快要死的人能拦得住吗？"

岛村无言以对。

但是，驹子还是对叶子的存在只字未提，这到底是为什么呢？

至于叶子，她甚至在火车上像个年轻的母亲一样忘我地呵护陪送回来的男人与驹子有着某种关系，而她一大早又要给驹子来送换洗的衣服，她该作何感想呢？

岛村在习惯性地漫无边际地想象着，忽然听到那个叶子轻微而又清澈的呼唤声："阿驹！阿驹！"

"来了！辛苦你了！"驹子说着站起来去了隔壁的三叠房间[1]。

"叶子你给我送来的呀？你看这么多东西，多沉啊！"

似乎叶子没说什么就回去了。

驹子用手指拨动着三弦的琴弦，调整了码子的位置以后开始调音，没几声就已经听出来她弹的琴的声音很清脆了。驹子把放在被炉上鼓鼓的包袱打开，原来包的不仅有普通的练习用的谱

---

[1] 三叠即铺有三张榻榻米（铺席）之意。

子，还有二十来册的杵屋弥七编的文化三弦琴谱，岛村看上去有些意外，他把琴谱拿在手中，问道："你就用这个练习的吗？"

"可不嘛！这里又没有老师，没办法啊！"

"你家里不是有老师吗？"

"她中风了。"

"中风了？那还可以口头指导你呀。"

"她都说不出话来了。舞蹈的话还可以用能动的左手给纠正动作，可三弦弹起来就别提多难听了。"

"你看这个就能看懂吗？"

"没问题。"

"外行就不说了，艺伎在深山老林里也是进行非常专业的训练的，所以卖乐谱的也会很高兴的。"

"陪酒是以跳舞为主，而且我在东京学的也就是舞蹈。三弦就学了一点儿，也记不太清了，忘了指法的话都没有人能教你，所以只能靠乐谱了。"

"歌曲呢？"

"歌曲呀，这个吧，练习舞蹈时听熟的曲子勉强还说得过去，新的就是听广播或在什么地方听过记住的，不过水平怎么样就不知道了。有任意发挥的地方，所以肯定唱得不够专业。而且我在熟人面前声音放不开，如果是陌生人的话，反倒可以大声唱出来。"她有些面带羞涩，似乎是要给人伴奏，一下子坐直了身子，注视着岛村。

岛村一下子被她的气势压倒了。

他生长在东京的平民区，自幼就对歌舞伎和日本舞蹈耳濡目染，长调的歌词也都耳熟能详，但他没有专门学过。似乎说起长调，他脑海中马上就会浮现出舞台上表演的舞蹈，但想不到艺伎陪酒的情形。

"烦死人了，你这个客人太让我紧张了。"说着驹子轻微地咬了一下嘴唇，然后把三弦琴放在膝盖上，一下子判若两人，她非常自然地翻开乐谱，说道："这是我今年秋天看着乐谱学的。"

她表演的是《劝进帐》。

顿时岛村感到要起鸡皮疙瘩似的，从面颊一直到腹部整个一个透心凉，本来一下子被掏空了的脑子里响彻着三弦的声音。与其说他完全被震惊了，不如说他彻底被击垮了。他不由得变得非常虔诚，又悔恨交加，他内心充斥着无力感，面对驹子强有力的表演，他只能任其碾压，顺其自然，这样反倒有一种快感。

二十来岁的乡下艺伎弹奏三弦的水平可想而知。虽然是在陪客，她却犹如在舞台上演出一般。我自己不过是到了山里才有些伤感而已，岛村的这个念头即将冒头，驹子那里就开始有的唱词故意糊弄了，一会儿说这里节奏太慢了，一会儿说这里太烦人了，就跳过去了。但渐渐地她似乎也被剧情所感染，声音开始激昂起来，拨弦的声音变得愈发铿锵有力。岛村心生胆怯，他翻了个身，曲肱而枕，显得有些虚张声势。

《劝进帐》演唱结束后，岛村长舒一口气，心想："哦，这个女人是迷恋上我了！"这又有些无奈。

"这种天气琴的声音都不一样。"驹子仰望着雪后的晴天说道，此言不虚，因为空气就是不一样。这里既没有剧场隔音的墙壁，也没有听众，还没有都市的尘埃，琴声只是在冬天清澈的清晨响彻，直接传到遥远的雪山之处。

虽然面向山谷中的大自然对其知之甚少，但她总是在这种环境中孤独地进行练习，这是她的习惯，也正因如此，琴弹奏得非常有力，这也是很自然的。她的孤独碾压了哀愁，内心具有一种野性的毅力。尽管她有一些功底，但靠着乐谱自学复杂的曲子，离开乐谱也能弹得如此之好，一定是靠着坚定的意志，付出了艰辛的努力。对于驹子的这种活法儿，岛村既感到一种无谓的徒劳，又感到一种可悲的遥不可及的憧憬。这是她自身价值的一种体现，这些都在她拨动琴弦发出的声响中表现得淋漓尽致。

驹子细腻娴熟的演奏岛村单凭耳朵听不出来，仅仅可以感受到声音中的情感，而作为驹子的听众，大概岛村是恰到好处的。

她开始演奏第三个曲目《都鸟》时，或许是由于这个曲子妖艳而柔和的缘故，岛村已经不再有那种不寒而栗的感觉了，而是感到一种温馨和安详，他注视着驹子的脸庞，于是切身感到一种肉体上的熟悉感。

她那窄而高挺的鼻子略显孤寂，但又面带桃花，看上去似乎在轻声诉说"我在这里"。那个美丽而温润的嘴唇缩小的时候，也似乎在熠熠闪光地轻盈滑动，即便随着唱腔的需要而张大，却又马上紧缩起来显得惹人怜爱，完全就是她身体魅力四射的一个缩影。略微低垂的眉毛下方，是眼角既不上扬也不下垂的平直的双眸，就像专门画出来的一样，此时水汪汪的，且显稚嫩。她的皮肤没有涂抹白粉，犹如百合或洋葱剥掉外皮一般显得润滑细腻，紧致嫩白，直到脖颈处略微泛红，看上去无比干净，可以说在都市做陪酒女郎身上可见的那种晶莹剔透的皮肤又被乡间山色浸染了似的。

虽然她坐得挺直，但看上去却像个小姑娘，与以往不同。

最后她说我给你弹一首现在正在练习的曲子，然后一边看着乐谱一边弹奏了新曲《浦岛》。演奏结束后，她默不作声地将拨片夹在琴弦的下面，随即身体瘫倒在榻榻米上。

瞬间露出媚态。

岛村无以置评，驹子也毫不在乎岛村的点评，显得很开心，并不做作。

"这里的艺伎弹奏的三弦，你光听声音都能分辨出是谁弹的吗？"

"当然听得出来了，也就不到二十人。我最熟悉的是名叫都都逸弹的，她的特点非常突出。"

接着她又拿起三弦琴，将弯曲的右腿向边上挪动了一下，把琴身放在右腿的小腿肚子上，然后将腰部向左侧突出，而身体则向右侧倾斜，说道："我小的时候就是这样学琴的。"说完眼睛盯着琴稚声稚气地唱了起来："黑、色、头、发、的……"

琴声也断断续续的。

"你最开始学的是《黑发》呀？"

"嗯。"驹子点了点头，就像她小的时候一样。

从此以后，即便驹子有时也在岛村这里过夜，但不再像以前那样非得在天亮之前赶回去了。

"阿驹！"旅馆经理家的小女孩在走廊尽处高声呼喊着，驹子就把她抱过来放在被炉里。两个人尽情地玩耍。快到中午时分，驹子又和这个三岁的孩子去洗澡。

洗完澡后驹子一边给孩子梳着头发，一边说道："这孩子只要一看见艺伎就大声喊'阿驹'，不管是看到照片还是图画，只要是梳着日本髻，她就喊'阿驹'。我喜欢小孩儿，所以很懂她。小希美，到阿驹家去玩儿吧。"说着她站起身来，随即又在走廊里的藤椅上缓慢地坐了下来，说道："这些东京来的人真是急茬儿啊，现在就滑上了。"

这个房间的高度正好可以看到南边山脚下的滑雪场。

岛村也从被炉里转身望去，因为雪道上的雪斑斑驳驳，还滑不了，所以有五六个身穿黑色滑雪服的人正在山脚下的田地里滑雪，那里梯田的田埂还埋在雪中，因为没有什么坡度，所以滑起来很不带劲。

"好像是大学生啊，今天是星期天吗？他们那样很开心吗？"

"不过，他们滑的姿势挺标准的。"驹子又自言自语道，"据说在滑雪场有艺伎打招呼，客人会很吃惊的，'哎？原来是你呀！'因为雪反光晒得很黑，根本认不出来了。晚上陪酒时是化妆的。"

"所以要穿滑雪服啊！"

"是穿和服裙裤。啊！烦人！烦人！陪酒的时候，客人会说'那明天滑雪场见啊！'马上就要到这个季节了。今年要不我就不滑雪了。再见！来，小希美，咱们走吧，今天晚上要下雪的，下雪前会很冷的。"

岛村坐在了刚才驹子坐过的藤椅上，看到滑雪场旁边的路上,驹子拉着希美子的手在往家走。

天上出了云彩,阴影下的山峰与阳光照射的山峰重叠在一起,而那山峰的明暗又在不时地变幻着,远远望去令人感到些许的寒意。没过多久,滑雪场也一下子阴暗下来了。朝窗户下面望去,围成篱笆墙的枯萎菊花上结着看似琼脂的冰柱,而房顶上的积雪融化后从雨水管流下来的声音也不曾间断。

当晚没有下雪,而是下的霰子,后来又下起雨来了。

回去的前一天晚上,月光皎洁,寒气逼人,岛村又把驹子叫来了,都快十一点了,她执意要出去散步,并且显得有些粗鲁地将他从被炉里抱了起来,强行把他拉出了门外。

道路上结了冰,冰天雪地里的村庄万籁俱寂。驹子撩起下摆把它夹在和服的腰带间。

天上的月亮晶莹澄澈,犹如蓝冰中的刀刃。

"要走到火车站的。"

"你疯了!往返可将近四公里呢!"

"你不是要回东京吗?去火车站看看。"

岛村从肩膀到大腿都冻麻了。

刚一回到房间里,驹子一下子就变得无精打采了,她把两只胳膊伸进被炉里,沮丧地低着头,与往日不同,她没有去洗澡。

紧挨着被炉已经铺好了一套被褥,褥子一直铺到了被炉边上,被炉上面盖的被子搭在睡觉盖的被子上,而驹子则在旁边靠着被炉,一动不动地低着头。

"你怎么了?"

"我要回去。"

"胡闹！"

"你别管，你休息吧！我想这样待着。"

"你为什么要回去？"

"我不回去啊！我要在这里待到天亮。"

"无聊！你别气人了！"

"我没气你呀！我不会气你的。"

"那是……？"

"嗯，我来倒霉了。"

"哦，原来是这么回事啊！这有什么关系啊！"岛村笑了起来。

"我不会碰你的！"

"不嘛！"

"可你也够傻的，还那么暴走一通。"

"我要回去。"

"你不回去也行啊。"

"我难受，我说，你快回东京去吧，这样我难受。"驹子轻轻地把脸贴在了被炉上。

所谓难受，是因为预感到会对游客用情过深而担心呢，还是这种时候必须强忍着而悲伤呢？难道这个女人已经如此上心了吗？岛村一时无语。

"你快回去吧。"

"其实我本来就想明天回去的。"

"哎？你为什么要回去啊？"驹子好像睡醒的样子，抬起了头。

"就算在这里再待下去,我还是不能为你做点什么呀!"

一直茫然地注视着岛村的驹子突然情绪激动地说道:

"这样不好,你这样不好!"驹子烦躁地站了起来,突然双手搂住岛村的脖子,情绪有些失控,"你呀,你这样说是不行的!你起来,你给我起来!"她信口说着,自己却倒了下去,疯狂得也顾不得身体了。

而后,她睁开温馨湿润的眼睛,轻声说道:

"真的,你明天就回去吧!"她捡了一下掉在榻榻米上的头发。

岛村决定第二天下午三点离开。他在换衣服的时候,旅馆的经理悄悄地把驹子叫到了走廊上,能够听到驹子的答话:这样吧,你就按十一个小时算吧。或许是经理认为算十六七个小时太长了吧。

岛村一看账单,驹子早上五点回去的,就算到了五点;第二天十二点回去的,就算到了十二点,都是按小时计算的。

驹子身穿风衣,围了一条白围巾,她一直把岛村送到了火车站。

为了消磨时间,岛村买了些送礼用的木天蓼果实腌的咸菜和滑菇罐头。即便如此还是富余出来二十分钟,所以他们就到了站前略高的广场上去散步,往远处看去,四周雪山环绕,这里是个弹丸之地。驹子过于漆黑的头发,由于背阴山谷的寂寞,反而看上去显得有些凄惨。

远方河下游的山腹处,不知为何有一处微弱的阳光照射了进来。

"我来了以后,积雪消失了不少啊。"

"可如果下上两天的话,积雪一下子至少会达到两米多厚,再接着下,那个电线杆子上的灯泡都会埋在雪里头。要是一边走路一边想你的话,电线就会刮到脖子上,就会受伤的。"

"雪会积这么厚啊?"

"据说在前边镇上的中学里,下过大雪的早上,学生会从宿舍二层的窗户裸体跳到雪里,整个身体都会埋在雪里看不见的,要像游泳一样,在雪的下面游走。你看,那里也有除雪车。"

"我想来看雪景,过年的时候旅馆人多吗?火车会不会因为雪崩而被埋了呀?"

"你这个人真奢侈,你一直过的都是这样的生活吗?"驹子盯着岛村的脸庞,说道,"你为什么不留胡子呀?"

"我一直想留来着。"岛村抚摸着脸上刮胡子后明显发青的地方,心想:"自己的嘴角处有一道明显的皱纹,它使得柔和的面颊看上去棱角分明,驹子也许就是因为这个高看自己的。"

"那你呢?你的脸长的样子就像任何时候一擦掉白粉就跟刚刮过似的。"

"鸟叫得瘆人,在哪儿叫呢?我有点冷。"

"要不去候车室烤烤火吧。"

这时,从街道拐向火车站的大道上,有个人飞奔而来,这个人就是身穿和服裙裤的叶子。

"啊,阿驹!行男他,阿驹!"叶子上气不接下气,就像刚从可怕的地方逃出来的孩子紧紧抱住母亲一样,她抓住驹子的肩膀说道,"赶快回去!情况不好,快点!"

驹子闭上眼睛，好像在忍着肩膀的疼痛，一下子脸色苍白，但又出人意料地使劲摇了一下头说："我在送客人，回不去。"

岛村为之一惊。

"送什么呀！没这个必要。"

"不行，我不知道你还会不会再来。"

"会来的，会来的。"

叶子好像根本没有听到这些话一样，一个劲儿地催促着："刚才我给旅馆打的电话，说是去了火车站，我就赶过来了。行男在叫你。"叶子拽着驹子，驹子一直在忍着，突然打掉她的手，说道："我不想回去！"

就在这时，反倒是驹子身体摇晃起来挪动了两三步，而且"哕"地发出了作呕的声音，但从嘴里什么都没有吐出来，她眼眶湿润，面颊起了鸡皮疙瘩。

叶子呆若木鸡，一直望着驹子。但是她的表情过于认真，以至于看不出来她到底是愤怒还是震惊，抑或是悲伤，令人感觉像是戴着面具，看上去非常单纯。

她神情不变地转过身来，一下子抓住岛村的手，说道："对不起啊！请您让她回去吧，让她回去吧！"她心急火燎，声音亢奋，带着责怪和央求。

"好的，我让她回去。"岛村大声说道。

"快点儿回去，胡闹！"

"你在说什么呢！"驹子一边对岛村说道，她的手一边把叶子从岛村身边拉开。

岛村刚要用手指向火车站前边停着的汽车，但刚才被叶子使劲抓住的手指尖开始发麻了。

"我马上就让那辆车把她送回去,你还是先走吧,这里那么多人都看着呢。"

叶子轻轻地点了一下头,

"快点儿啊!快点儿啊!"话音刚落,她就转过身去跑了起来,这一切看上去很不真实,而又出人意外。目送着她远去的背影,此时不应有的疑惑从岛村的心头掠过:"为什么这个孩子总是那么较真儿啊?"

叶子优美以至于凄凉的声音一直留在岛村的耳畔,就像从远处雪山传来的回声一样。

"去哪儿?"驹子把要去找汽车司机的岛村拉了回来,说道,"我不愿意,我可不回去。"

一下子岛村对驹子的身体感到了厌恶。

"我不知道你们三个人之间到底是一种什么关系,公子现在也许要死了,所以他想见你,才让人来叫你的,你别较劲了,回去吧,要不你会后悔一辈子的。要是就这会儿公子断气了你怎么办?别那么固执了,过去的事情就让它过去吧!"

"不是那么回事,你误会了。"

"你被卖到东京的时候,不就是他一个人送的你吗?你最早的那本日记开头处不是写着呢吗?你又怎么能不给他送终呢?那个人生命的最后一页要由你去书写。"

"我不愿意,不想眼看着人死去。"

岛村感到了困惑,她的话听上去既可以认为是冷漠无情,也可以认为是爱到深处使然。

"日记我已经没法再写了,我会把它烧掉的。"驹子喃喃自语,说话间她面颊泛红。

"我说,你这个人可真够实在的呀,如果你是个实在的人,我可以把我的日记都送给你,你不会笑话我的,对吧?我觉得你是个实在的人。"

岛村有一种莫名其妙的感动,他也觉得,对呀,没有人像自己这么实在的了,他不再强迫驹子赶回去了。驹子也没再说什么。

经理从旅馆的办事处里走出来,通知已经开始检票了。

也就只有四五个沉闷的冬装打扮的当地人不声不响地上下车。

"我就不进站了,再见!"驹子站在了候车室的窗户内侧,玻璃窗是关着的。从火车上看去,就好像穷乡僻壤的破落水果店又黑又脏的玻璃柜里有一个被遗忘的水果,令人不可思议。

火车刚一开动,候车室的玻璃窗就一闪,驹子的脸庞在闪光中燃烧般地浮现出来,却又转瞬即逝。它跟那天早上在镜子里看到的红通通的面颊一模一样,更何况对于岛村而言,这是他与现实告别之际的颜色。

火车沿着有县界穿过的山脉向北而上,穿过了漫长的隧道,顺着层峦叠嶂之间暮色已经开始降临的山谷向下而行,仿佛冬天午后暗淡的阳光完全被地面的黑暗吞噬了,也好像破旧的火车将明亮的外壳脱在了隧道中一样。隧道的这一侧还没有下雪。

火车沿着河流行驶,不久就来到了广阔的原野,远处的山顶形状奇异,犹如鬼斧神工一般,从山顶一直到远处的山脚下勾画出一条平缓而优美的曲线,山的尽头,明月当空。原野的尽处唯一可以眺望到的景致就是这些山峰的全貌,微弱夕阳照射下的天空将其描绘成深蓝色。月亮尚处于朦胧状态,没有冬天夜晚特有的寒光凛凛。天空中飞鸟绝迹,山脚向四周舒缓地展开,即将达到河岸之处,矗立着一座白色的建筑,好像是水力发电站,它是透过火车车窗可以看到的荒凉景象中的一抹余晖。

车窗的玻璃由于暖气的原因开始蒙上一层雾气,随着车窗外流逝的原野变得昏暗下来,乘客的身影又半透明地映在玻璃上面。还是上次那个晚景的镜像。与东海道线[1]不同,这是个使用年头很久早就褪色的老式车厢,就像是其他国度的火车一样。它好像只有三四节车厢,灯光昏暗。

岛村仿佛乘坐在非现实的交通工具中,时间和距离的感觉全无。他神情恍惚,似乎身体要被带到一个虚幻的地方,只有车轮发出的单调的声响听上去像是女人在说话。

这些话虽然不长,且断断续续的,但它是女人在拼命活着的标志,在他听来甚至感到伤感,难以忘怀。对于如此渐行渐远的现在的岛村来说,它已经是相当遥远的声音,不过给他平添乡愁而已。

会不会恰在此时此刻,行男已经咽气了?驹子不知何故执拗地不肯赶回去,会不会就因为这个没能赶上行男的临终时刻?

车厢里的乘客少得可怜。

---

1 东海道线,一般指连接东京站和神户站之间的东海道本线,它是日本最早的,也是最主要的铁路干线,自明治时代以来作为日本铁路交通和物流的大动脉发挥着重要的作用。

一个五十来岁的男人与一个脸庞红通通的姑娘相对而坐，两个人一直在不停地交谈。姑娘厚实的肩膀上围着黑头巾，她气色很好，看上去像是激情在燃烧。她上身前倾，听得入神，还愉快地应答着。看上去两个人是出远门的。

　　然而，当火车一到了可以看到丝绸厂烟囱的车站，中年男子就慌忙从行李架上取下行李，然后将它从车窗处扔到了站台上。

　　"就这样吧，如果有缘的话再见吧。"说完他就下车了。

　　岛村一下子眼含泪水，连他自己都感到惊讶，他这是在与女人分别后返回的途中。

　　他做梦也没想到这两个人仅仅是萍水相逢而已。那个男人大概是经商的吧。

　　现在是蛾子产卵的季节，所以衣服不要挂在和服衣架上或一直挂在墙上不收起来，他要离开东京的家时妻子这样吩咐道。岛村来了一看，果然在旅馆房间的屋顶的吊灯上粘着足有六七只玉米色的大蛾子，在旁边三叠房间的和服衣架上，也落了只蛾子，虽然它个头不大，但肚子肥硕。

　　窗户上还挂着夏天防虫的纱窗，这个纱窗上也有一只蛾子一动不动，好像是粘上去的一样，它伸出红褐色而又细小类似羽毛的触角，它的翅膀是浅绿色的，看上去是透明的。翅膀有女人的手指那么长，因为窗户对面有县界穿过的连绵山峰在夕阳的照射下已经浸染秋色，所以这一点浅绿色反而看上去像是没有了生命。只有前面的翅膀与后面的翅膀交叉处绿色才浓重一些。秋风吹来，它的翅膀就像薄纸一样随风摇曳。

是不是还活着呀？岛村站起来走到窗前用手指从纱窗的内侧弹了一下，蛾子一动不动。咚咚，用拳头敲击了一下，它就像树叶般一下子掉了下去，在下落的途中却又轻盈地飞了起来。

定睛一看，对面的杉树林的前面，有不计其数的蜻蜓成群结队地翩翩起舞，仿佛蒲公英的花絮在飞舞。

山脚下的河流看上去好像是从杉树树梢间流淌而出。

貌似白萩的鲜花在小山坡上盛开，闪着银光，岛村津津乐道地眺望着。

洗完温泉一出来，就看见有一个俄罗斯的女售货员坐在玄关处。她怎么会到这种乡下来呢？岛村过去一看，原来是在卖普普通通的日本化妆品和发饰。

她好像已经年过四十，细小的皱纹使得她的脸看上去不那么干净，从粗壮的脖子可以看出她皮肤雪白，油光发亮。

"你是从哪儿来的呀？"岛村问道。

"从哪儿来的？我，从哪儿来的？"俄罗斯女人难以回答，她一边整理店里的货物，似乎一边在思考如何回答。

她穿的裙子像是围着一块不干净的布，也没有了西服裙的感觉，她已经在日本生活习惯了，背着一个大大的包袱就回去了。但她脚上穿着一双皮鞋。

在一起去送站的老板娘的邀请下，岛村也到了前台，炉子边上背对着他坐着一位身材魁梧的女子。女子手提衣摆，站了起来。她身穿黑色礼装和服。

这个艺伎岛村也有印象，在他看到过的滑雪场宣传画上，她身穿陪酒时的服装，下面穿着纯棉的和服裙裤，站在滑雪板上，旁边站着驹子。她是一位举止大方的少妇。

旅馆经理把金属的大筷子放在了炉子上，他在烤着大个的长圆形豆沙包。

"这个，要不您尝一个？这是人家送的，您随便尝一口？"

"刚才那个人不干了吗？"

"是的。"

"她是个不错的艺伎啊！"

"她到期了，是来打招呼的，曾经很受欢迎的。"

豆沙包有点烫，岛村吹了吹，咬了一口，皮有些硬，闻着不是太新鲜，味道也有些发酸。

窗外柿子树上结出的柿子通体鲜红，已经成熟，在夕阳的照射下，仿佛它的光芒要照射到活动吊钩上方的竹筒里面。

"那么长，是芒草吗？"

岛村吃惊地看着旅馆外面的坡道上。

一个老婆婆身上背的东西有她身高的两倍，而且穗子很长。

"是的，那是茅草。"

"是茅草呀？是茅草呀？"

"铁道部举办温泉展览会的时候，建了个休息室或茶室什么的，那个房顶铺的就是这种茅草。听说好像一个东京人把整个茶室买下来了。"

"是茅草呀？"岛村再一次自言自语道。

"山上开花的那些就是茅草吧？我还以为是胡枝子花呢。"

岛村从火车上下来，最先映入眼帘的就是这山上的白花。在陡峭的山体接近顶峰处，开满了白花，银光闪烁，远远望去宛如照射在山上的秋天的阳光。他情绪大为所动，以至于将它当成了白萩。

但是，近处所见强悍的茅草与远山望去令人伤感的白花大相径庭。大捆的茅草将背负它的女人们的身影完全遮挡住了，坡路两旁的山崖处唰唰作响，茅草穗顽强如斯！

回到房间一看，在灯光昏暗的套间里，那只肚子粗壮的蛾子在漆黑的和服衣架上产了卵，爬来爬去，原来在房顶的蛾子也不停地撞击着灯罩。

昆虫从白天起就叫个不停。

驹子过了一会儿才来。

她站在走廊里，面对岛村注视着他。

"你干什么来了？到这种地方干什么来了？"

"我是来见你的。"

"口不对心，东京人都是骗子，我讨厌你们。"

随后她坐了下来，轻声细语道："我不愿意再去送你了，送完你后心里特别不是滋味。"

"哦，那下次我走的时候就不打招呼了。"

"讨厌！我是说不去车站送你了。"

"那个人后来怎么样了？"

"当然死了。"

"是在你送我到火车站的当口死的吗？"

"跟那个没关系。我没想到送别会让人那么不舒服。"

"嗯。"

"你2月14号干什么了？骗子！你让我好等啊！我不会再相

信你说的话了。"

2月14日是追鸟节,这是雪乡特有的孩子们的活动。提前十天村里的孩子们就穿着草鞋去踩雪,再切成两尺见方的雪砖,把它堆积起来,盖成雪屋。这是一丈八见方、高一丈有余的房子。14日这天的夜晚,在雪屋前面用从各户收集来的过年用的稻草绳点起红通通的篝火。这个村子是2月1日过年,所以是有稻草绳的。而且,孩子们都爬到雪屋的房顶上,互相推搡着唱着追鸟歌,然后孩子们进到雪屋里面,点上灯,在这里过夜。此外,15日的黎明,孩子们再一次爬到雪屋房顶上唱起追鸟歌。

这个时候也正是积雪最深的时候,所以岛村就跟驹子约好了到时候来看追鸟节。

"我2月份回了一趟老家,没有上班。我想你一定会来的,所以我也就14号回来了。要是我再好好照看病人一些日子就好了。"

"有人生病了吗?"

"老师去了渔村后得了肺炎,正好我在老家的时候发来了电报,我就去照看老师来着。"

"你老师好了吗?"

"没有。"

"真对不住啊!"岛村这样说,既像是在为爽约而道歉,又像是在悼念老师的去世。

"嗯。"驹子突然乖巧地摇摇头,用手帕胡噜了一下桌子。

"虫子真多!"

从矮脚餐桌到榻榻米上,落满了小虫子。好几个小蛾子围绕着电灯四周飞来飞去。

纱窗外侧爬满了各种蛾子,在皎洁的月光照射下清晰可见。

"我胃疼,我胃疼。"驹子把双手伸进腰带里面,接着就伏倒在岛村的腿上。

在她衣领处露出涂着浓厚白粉的脖子上,很快就有比蚊子还小的虫子成群结队地落了下来,也有的眼看着死去了,在那里一动不动的。

脖子下方比去年胖了,堆积着脂肪。岛村心想,她已经21岁了。

他的腿感到了温暖的潮湿。

"'阿驹,你去趟茶花包间',前台的人跟我嬉皮笑脸的,我讨厌那个样子。我坐火车去送姐姐来着,回来后本来想好好睡上一觉,没想到有电话打到了前台,说有客人来了。我懒得动弹,特别想拒绝来着。昨天晚上我喝多了,是给姐姐开了个欢送会。前台的人笑个没完没了,没想到是你来了。一年没见了,你这个人一年就来一次吗?"

"那个豆沙包我也吃了。"

"是吗?"

驹子坐起上半身,脸上刚才压在岛村腿上的地方有些发红,她的脸一下子显得很幼稚。

她说是坐了两站火车把那个中年的艺伎送到她要去的地方的。

"太没意思了,从前不论什么事马上就可以搞定,可慢慢地大家都变得非常自我,人心都散了,这里变化也很大。不对脾气的人越来越多。菊勇姐一不在了,我感到很寂寞。过去一切都是以她为中心的。她最受客人的欢迎,挣得也最多,所以在我们那里也是最受重视的。"

"那个菊勇说是合同期满了,她就回家乡去了。她是要结婚还是要继续做服务行业?"岛村问道。

"姐姐这个人也真够可怜的。她以前有过一段失败的婚姻,所以才来到这里的。"后面的事她就闭口不谈了,迟疑片刻后,她望着月光照耀的梯田下方,说道,"那个半山腰的地方不是有一个新盖的房子吗?"

"你说的是那个叫菊村的小饭馆吗?"

"对,本来她应该是进那个店的,就因为姐姐的脾气给搞砸了。闹的动静可不小。好不容易让人家给自己盖了房子,马上就要住进去的时候,反而她给拒绝了。她有了喜欢的人,本来打算跟那个人结婚的,但是让人家给骗了。一旦迷恋上了,就都会这样吗?也不能说因为对方跑了,到这会儿要破镜重圆,说我还要这个店,那也太没面子了。她在这里待不下去了,所以才去别的地方要重新开始。想一想她也怪可怜的。我们也不太清楚,她有过不少的人。"

"男人吧?有过五个吗?"

"不好说。"驹子嫣然一笑,一下子把脸侧了过去。

"姐姐这个人也太懦弱了,她胆小。"

"这没办法。"

"难道不是吗?就算别人喜欢你,又能怎么样?"

驹子低着头用簪子搔了搔头。

"今天我去送她,心里很难受。"

"好不容易盖起来的那个店后来怎么样了?"

"那个人的正妻来了在经营。"

"正妻来了在经营,这挺有意思的。"

"那还能怎么样呢?本来都做好开张的准备了,也只能这样了吧!他正妻带着孩子都过来了。"

"那他家怎么着呢?"

"据说把老太太一个人留在了那里。家里是农民。大概是男主人喜欢这样吧,这个人也怪有意思的。"

"他是个凭着兴趣做事的人呀。岁数已经不小了吧?"

"还年轻呢。大概是二十二三岁吧。"

"哎?这么说反倒是妾比正妻岁数还要大呀?"

"两个人同岁,都是二十七。"

"店名叫'菊村',是菊勇的菊吧?是正妻在经营着吗?"

"一旦挂出去的牌子也不能再改了吧。"

岛村整理了一下衣领,驹子起身走过,一边关窗户一边说:"姐姐对你的情况也很清楚。今天她还对我说呢,是你来了吧。"

"我在前台看见她来告别了。"

"她说什么了吗?"

"怎么可能呢!"

"你懂我的心思吗?"驹子把刚刚关上的拉窗一下子又打开了,一屁股坐在了窗户边上。过了一会儿岛村说道:"星星的亮光跟东京大不一样。真的是悬在天空中的。"

"今天晚上天上有月亮,所以星光并没有那么美。今年的雪可不得了。"

"好像火车停开了好几次啊!"

"是的,很吓人的。通汽车也比往年晚了一个月,5月才通的。滑雪场不是有个小卖铺吗?那个二楼被雪崩给削掉了。楼下的人都不知道,就听到奇怪的声音,以为是厨房闹耗子呢,过去看了一下,没发现什么异常的,上到二楼一看,竟然全都是雪,护窗板呀什么的都被雪给带跑了,是表层雪崩,广播里也播了好一阵子,滑雪的游客也吓得不敢来了。我也想今年不再滑雪了,去年年底就把滑雪板送人了,即使这样,也还是滑了两三次吧。我有没有变呀?"

"你老师死了,后来怎么样了?"

"你就别管别人的事了。我2月就来这里了,一直在等你。"

"你既然回到渔村了,给我写封信告诉我一声多好啊。"

"我不愿意,那我也太可怜了!我不愿意!那种让你太太看了也不会引起麻烦的信,我才不写呢。我太可怜了。我是不会为了照顾别人的感受而去撒谎的。"

驹子情绪激动而又语速很快,岛村点了点头。

"你就别坐在那群虫子中间了,可以把灯关掉啊!"

皓月当空,照出的影子连女人耳朵里的凹凸都清晰可见。月光一直照进屋里,以至于榻榻米看上去泛着蓝光而带股寒气。

驹子的嘴唇宛如美丽的水蛭围成一个圆环,润泽滑腻。

"我要回去了。"

"你还是这样啊!"岛村扭过头来,似乎感到哪里不对劲,他近距离地看着驹子鼻梁挺直的圆脸。

"和十七岁到这里来的时候比没有任何变化,大家都这么说我。生活也还是那样。"

北方少女特有的面部潮红尚未褪去,但皮肤已经有了艺伎的感觉,在月光的照耀下泛出贝壳般的光泽。

"不过,你知道吗?我家里有了一些变化。"

"是因为你老师死了吗?那你就不用再住那个养蚕的房间了吧?这下你们家就成了真正的艺伎屋[1]了吧?"

"'真正的艺伎屋'?倒也是啊,现在店里卖些零食和香烟。还是就我一个人。现在可是真正的长工了。一到晚上我都点上蜡烛看书。"

岛村双手抱住肩膀笑了笑。

"电表走字,费电多不好啊。"

"是这样啊。"

"其实我有时候也会想,难道这就是打长工吗?这家人对我很好,小孩儿一哭,夫人怕我嫌吵就把孩子抱到外边去。我也不缺什么,只是睡的地方不太舒服,我回去晚的时候,都给我铺好了被褥。可有的时候褥子没有铺好,或者床单铺歪了,一看到这个就觉得自己怪可怜的。不过呢,我自己重铺一遍毕竟不合适,人家这也是对我好啊!"

"你要是成家了会很累的。"

---

[1] 艺伎屋(「置屋okiya」),指以雇佣的形式包养艺伎或妓女的家庭,并根据客户的需求予以派遣。

"大家都这么说。我就这个性格。我待的这家里有四个小孩，家里乱得很，可不得了！我得收拾一整天，闲不下来。我知道反正收拾完以后，小孩儿还会再搞乱的，但我看着不舒服，就不能不管。就算累一点，在情况允许的范围之内，我还是想过得干净利索一些。"

"也是啊。"

"你懂我是怎么想的吗？"

"当然懂了。"

"既然懂的话，那你说说看，来，你说说看。"驹子突然情绪激动起来，不依不饶的。

"你看看！你说不出来了吧？没有一句实话！你生活得那么奢侈，是个随随便便的人。你不会懂我的。"

接着，她的调门降了下来："我很难过。我真傻！你明天就回去吧！"

"没错，你这样逼问，我又怎么能说得清呢？"

"有什么不能说的呢？这就是你的不是了！"驹子还很难受的样子，声音哽咽，她紧闭双眼，然后表现出似乎已经懂得岛村心里还是有自己的样子，说道："一年一次就行，你可要来啊！我在这里期间，你一年一定要来上一次啊！"

她说合同约定在这里的期限是四年。

"回老家的时候，做梦也没有想到还要去接客，我把滑雪板都给人了，要说干成的事情，也就只有把烟戒掉了这一件事。"

"对呀，你以前抽烟抽得挺厉害的呀。"

"是的，陪酒的时候客人会给烟的，我就把它悄悄地放在和服袖兜里,有时回去会掏出来好几根烟呢。"

"四年可够长的啊。"

"一下子就会过去的。"

"你身上真暖和。"岛村任凭驹子依偎过来,一把将她抱了起来。

"这是天生的。"

"早晚已经很冷了啊。"

"我来这里都五年了。开始的时候很担心,心想难道我就要住在这样的地方吗?通火车之前可真寂寞啊。你第一次来这里也都三年啦!"

在这不到三年期间,岛村来过三次,每来一次他都感到驹子的境遇在发生变化。

这时有好几只纺织娘[1]突然叫唤起来了。

"真讨厌!"驹子从他的腿上站了起来。

此时刮来一阵北风,趴在纱窗上的蛾子一下子都飞走了。

岛村本来就知道,稍微睁开眼睛就可以看到驹子那紧闭的浓密的眼睫毛,但他还是凑近端详起来。

"戒烟以后我胖了。"

她肚子上的脂肪变厚了。

分开的时候,难以捉摸,一这样在一起,那种熟悉的感觉一下子又回来了。

---

[1] 纺织娘(Mecopoda elongata linnaeus「䗣虫 kutsuwamushi」),俗称"络丝娘",古名"络纬""莎鸡",是螽斯类昆虫中重要的鸣虫之一。

驹子轻轻地把手掌放在胸上。

"一边变大了。"

"混账！是那个人的毛病吧？光摸一边。"

"哎呀，真讨厌！我瞎说呢，你这个人真讨厌！"驹子脸色骤变。岛村意识到是怎么回事了。

"两边都平均着摸，下次你就跟他这么说！"

"平均地摸？你让我跟他说平均地摸？"驹子温柔地把脸凑过来。

这个房间在二层，有蛤蟆围绕着房子的四周转着圈鸣叫，好像不是一只，而是两三只呢，一直叫个不停。

洗完澡回来，驹子又开始用她那心如止水的声音讲起她的经历。在这里第一次检查的时候，她以为和当见习艺伎的时候一样呢，只脱了上半身，结果被人笑话了。后来她就哭了，连这些她都讲了。她对岛村有问必答。

"我那个很准的，每次都提前两天来。"

"不过呢，你去陪酒的时候也没有什么不方便的吧？"

"哎？这你都知道？"

因为洗完温泉身上会暖和，所以她每天都到有名的温泉去洗澡。陪酒时往返于新温泉旅馆和老温泉旅馆之间要走四公里左右的路，而且在山里生活很少熬夜，所以她身体健硕，但也和大多数艺伎一样，腰部有些细，即横向偏窄而前后厚实，岛村却被这样的女人所吸引远道而来，可见其令人怜爱。

"像我这样的人是不是生不了孩子啊？"驹子认真地问道。她还说，和一个人交往时间长了，关系就和夫妻没什么两样了。

岛村这才知道驹子有这么一个人，她说这种关系从十七岁开始已经持续五年了。岛村以前就觉得有些怪异，驹子如此无知而又毫无戒备，这才明白是怎么回事了。

驹子说她在当见习艺伎的时候被人赎出来了，可那人后来又死了，所以回到渔村后马上就有人提这个事，驹子从一开始直到今天都厌恶这个人，所以关系总是隔着一层。

"能持续五年，可真不简单啊！"

"曾经有过两次分手的机会，一次是来这里做艺伎的时候，还有一次是从我老师家转到现在这个家的时候。可是，我太软弱了，我真的太软弱了。"

据说那个男人现在在渔村那边。因为把她放在那里不合适，所以老师来到这个村子的时候就顺便把她也带来了。驹子说那个男人是个好人，但她从未动过委身于他的念头，实在可悲。她还说因为二人年龄相差很大，所以他难得过来一次。

"怎么才能分手呢？我时常想要不就干件什么坏事，这样就可以分手了，我真的是这样想的。"

"干坏事可不行！"

"我干不了坏事，我就这个性格，真不中用。我可爱惜自己的身体了。如果我想的话，合同四年的期限可以变成两年，但我不会那么拼的，因为身体要紧。如果玩命干的话，收入不会少的。因为是有期限的，只要不让店主人赔钱就行了。都是按月计算，本金多少钱，利息多少，税钱多少，再把自己的饭钱算进去，都很清楚的。也没有必要再拼命地去干。如果陪酒的客人我不喜欢的话，就可以马上回来。如果不是熟客指名的话，旅馆也不会很晚还派活儿的。要是想过得舒服些,那就没个头儿了。按照自己的意愿挣钱,这样就行了。本金我都还了一多半了,还不到一年呢。不过零花钱还有其他乱七八糟的,一个月起码也得花上三十日元的。"

她说一个月挣上一百日元就够了,上个月最少的人也挣了六十日元,驹子上钟最多,九十多个。上一个钟,就有一个点是自己所得,虽然店主人有些赔钱,但不断有点钟的呀。这个温泉这边还没有一个人因为欠债越来越多而期限延长的。

第二天早上驹子还是很早就起来了。

"我做了一个梦,梦见在打扫花道老师家里的房间,结果就醒了。"

挪到窗边的镜子里可以看到满山的红叶,镜子里的秋阳也是明亮的。

点心铺的小姑娘把驹子换的衣服送来了。

"阿驹!"有人在隔扇门后边呼唤道,声音清脆得有些悲凉,但这人不是那个叶子。

"那个姑娘怎么了?"

驹子看了岛村一眼,说道:"她忙着扫墓呢。你看滑雪场的山脚下有一片荞麦地吧?开着白花的。那左边不是可以看到有个墓地吗?"

驹子回去后,岛村也走到村子里散步来了。有个身穿红色法兰绒的新和服裙裤的女孩,在白墙的房檐下拍着皮球,一幅秋天宜人的景象。

这里有很多古色古香的房屋,大约始于诸侯光顾于此之时。

房檐突出很多，而二层的活动拉窗是细长的，高只有一尺左右，门前垂着茅草编的帘子。土堤上种着细叶芒，形成一道围墙，细叶芒鲜花盛开，花为淡黄色，它的每一片细叶都扩展开来，形状美若喷泉。

在路边的朝阳处，铺着一张稻草席，正在上面拍打红小豆的人就是叶子。

从晾干的豆荚中，不断有许多小粒闪亮的红小豆蹦出来。

或许是由于头戴毛巾的缘故，叶子没有看到岛村，她身穿和服裙裤，两腿分开，一边敲打着红小豆的豆荚，一边用她那清澈又荡气回肠的声音唱着歌，令听者感到一丝悲凉：

　　蝴蝶、蜻蜓和螽斯，
　　它们在山上叫个不停，
　　云斑金蟋、日本钟蟋，还有纺织娘。

有一首歌的歌词是"突然离开杉树林，晚风中飞着一只大乌鸦"。从这家窗户可以俯瞰到的杉树林前面，今天也有一群蜻蜓在飞舞。随着黄昏的降临，这些蜻蜓似乎也慌忙地加快了飞行的速度。

岛村来之前在火车站的小卖部发现了一本新出版的介绍这里山区的旅游指南就买下带来了，他漫不经心地读着，发现书上这样写道："从这里的房间远远望去，在有县界穿行而过的群山中，一座山的顶峰附近，有一条小路穿过美丽的沼泽地。附近的湿地上，各种高山植物鲜花盛开，到了夏天有红蜻蜓尽情地飞舞，它们会落在人的帽子上或手上，甚至时而落在眼镜的镜框上，其悠闲自在，与城市里受虐待的蜻蜓有着天壤之别。"

然而，眼前的那群蜻蜓看上去似乎在被什么穷追不舍，它们惊慌失措，努力在夜幕降临之前，不让自己消失在逐渐变得昏暗的杉树林中。

远山在夕阳的照射下，清晰地可以看出是从山峰上开始逐渐变红的。

岛村想起今天早上驹子说过的话，她是一边指着那边的山一边说的，据说又有人在山上遇难了："人太脆弱了。听说那人从头到脚都摔得稀巴烂。可人说要是狗熊的话，即便是从再高的地方掉下来，身体也不会受一点儿伤的。"

如果人类也像狗熊那样有很厚的皮毛，那么她的器官一定会和现在有很大的不同。人类是相互关爱着彼此薄而细滑的皮肤的。岛村心里想着这些，看着夕阳照射下的群山，顿时变得伤感起来，他怀念起了肌肤之亲。

"蝴蝶、蜻蜓和螽斯……"在提前吃晚饭的时候，有一个艺伎又唱起了那首歌，三弦弹得不堪入耳。

山区旅游指南上只是简单地写着登山路线、日程、住宿、费用等信息，倒是可以使人任意想象。岛村最初与驹子相识也是在残雪中新绿萌芽的山间行走后，下到这个温泉之乡来的。他这样眺望着曾经留下自己足迹的群山，而此时正值秋天登山的季节，所以自然会对群山心向往之。在碌碌无为的他看来，漫无目的地登山而累得要死，这是典型的徒劳无益的事情，但也正因如此，它又有着一种超现实的魅力。

一旦分开，相距很远，他就会不断地思念驹子，然而一到了她身边，不知是完全放松下来了，还是现在已经对她的身体再熟悉不过了，对于肌肤之亲的留恋和对于群山的向往，他感到二者处于同一个梦中。抑或是由于昨天晚上驹子刚留宿在他这里的缘故。但是，一个人静静地坐着，也只得心中暗自期待着驹子能够不请自来。此时听到一阵郊游来的女学生富有青春活力的吵嚷声，岛村心想还是睡吧，就早早睡下了。

似乎将要有一场阵雨。

第二天早上岛村睁眼一看，发现驹子正端坐在桌前看书，她穿的和服短外罩是平纹绸缎的便服。

"你睡醒了？"她看着岛村，轻声问道。

"你怎么了？"

"你睡醒了？"

岛村怀疑驹子是在自己睡着的时候进来留宿的，他环视了一下自己的被褥，拿起枕边的手表一看，才六点半。

"还早着呢。"

"说什么呢？服务员早就来生过火了。"

铁壶冒着热气，跟往常的早晨一样。

"你快起来吧！"驹子起身走过来，坐到了他的枕边。她的神情极像家庭妇女。岛村伸了个懒腰，顺势抓起了她放在膝盖上的手，一边玩弄着她手上弹琴起的小茧子，一边说道："我困着呢！不是天刚亮吗？"

"一个人睡得香吗？"

"嗯。"

"我说,您还是没有留胡子呀?"

"对了对了,上次分手的时候,你是这么说来着:'你得把胡子留着!'"

"反正您会说'我忘了'。算了吧。您总是刮得这么干净,脸都发青了。"

"你不也是吗?一擦掉白粉,你那脸总是跟刚刚刮过一样。"

"您脸上是不是长肉了?您脸白,睡觉的时候如果没有胡子,看着太别扭了。脸都是圆的。"

"看上去柔和,不是挺好的吗?"

"看上去不成熟啊!"

"真烦人,你使劲盯着我的脸看来着吧?"

"没错!"驹子嫣然一笑,点了点头。突然这个微笑像是着了火一样笑出了声来,不由自主地抓住他手指的手上也使上劲了。

"我藏在壁柜里了。女服务员根本没有发现。"

"什么时候?你是从什么时候开始藏起来的?"

"不就刚才吗?女服务员进来生火的时候呀。"

她似乎想起来了当时的情景,自己笑个不停。脸一直红到耳朵根子,似乎是为了掩饰,她抓住被子边,一边抖动,一边说道:"起床!你起来!"

"我冷着呢!"岛村抱住被子,问道,"旅馆的客人都起来了吗?"

"我哪儿知道啊!我是从后面上来的。"

"从后面?"

"我是从杉树林那边爬上来的。"

"那儿有路吗?"

"倒是没有路,但是近啊!"

岛村吃惊地看着驹子。

"谁也不知道我来了,厨房那边有声音来着,正门不是还关着呢吗?"

"你又起那么早。"

"昨天晚上我没睡着。"

"下雨来着,你知道吗?"

"是吗?我过来的时候那边的小竹林都是湿淋淋的,原来是下雨了呀?我走了,你再睡一觉吧,晚安!"

"我这就起来。"岛村抓住女人的手,猛地从被窝里出来了。他径直走到窗边,俯瞰着女人说她爬上来的地方。那里灌木丛生,连绵起伏,那是与杉树林相连的山坡中腹地带。窗户下面的地里,种着白萝卜、番薯、大葱、芋头这些普通的蔬菜,它们在朝阳的照射下各自叶子的颜色都明显不同,岛村感觉是第一次看到这些。

在通往浴场的走廊里,旅馆经理在给泉水里的红鲤鱼喂着鱼食。

"看来水温变凉了,鱼都不好好吃食了。"经理对岛村说道,然后注视漂浮在水面上的鱼食片刻,鱼食是蚕蛹晒干后捣碎的。

驹子端庄地坐着,对刚洗完澡回来的岛村说道:"这里真安静啊!要是能在这儿做针线活就好了。"

房间刚刚打扫过,有些发旧的榻榻米上,秋天的曙光照射进来一大截。

"你会做针线活吗?"

"真没礼貌!在兄弟姐妹中,我是最能吃苦的。现在想起来,我成长的时候好像也正是我家最困难的时候。"她似乎在自言自语,突然又大声说道,"我每次来女服务员都神情怪怪的。我也不能回回都躲在壁柜里吧,真烦人!我走了,忙着呢!因为睡不着,我本来想洗个头,必须早上洗,等它干了以后还要去做头发,否则中午的宴会就来不及了。这家旅馆也有宴会,但昨天晚上才来的通知,我已经答应别的家了,所以不会来这里的。今天是周六,可忙了!我不能来玩儿了。"

虽然嘴上这样说着,可是驹子没有起身要走的样子。

她决定不洗头了。她把岛村叫到后面的院子里。走廊上放着驹子湿漉漉的木屐和短布袜,使人联想到刚才她就是从这里偷偷地进来的。

她说她爬上来的小竹林看上去无法过人,于是就沿着田边朝着有水声的地方走下去,发现河边就是悬崖峭壁,从栗子树上方传来了孩子的说话声。在脚下的草地上,落着好多栗子带刺的壳斗。驹子用木屐踩了一下,从里面剥出来果实,都是小粒的栗子。

对面陡峭的山上,看上去茅草穗铺天盖地,随风摇曳,银光炫目。虽然颜色耀眼夺目,但它仿佛是在秋高气爽的天空中飞翔的透明的虚幻。

"咱们去那边看看吧,那里有你未婚夫的墓地。"

驹子一下挺直了身子,瞪着岛村,突然把手里攥着的栗子朝岛村的脸上掷去。

"你这是在戏弄我啊!"

岛村躲避不及,只听到击中额头的声音,他感到一阵疼痛。

"凭什么你要去看他的墓地啊?!"

"你急什么呀!"

"那件事我可是认真对待的,谁像你啊?游戏人生!"

"谁游戏人生了?"他有气无力地嘟囔了一声。

"那你为什么说他是我未婚夫啊?之前我不是都说过好几次了吗?他不是我未婚夫。也就是说你把这话都忘了?"

岛村并非忘记了。

"我老师也许曾经有过想让我和她儿子结合的念头,但她一次都没有开口提过。对老师的这个心思,她儿子和我都隐隐约约地能够感受到。但是,我们两个人都没太在意,我们一直都没在一起生活,我被卖到东京的时候,也只有他一个人为我送行。"

岛村记得驹子这样说过。

那个男人都病危了,可驹子却到岛村这里来过夜,她还抱住他说过:"我想做什么就做什么,都是要死的人了,又怎么能拦得住我呢?"

更何况,事发当天,驹子将岛村送到火车站的时候,叶子来接驹子回去,说是病人情况不好。即便如此,驹子也坚决不肯回去,因此那个人临终之际也未能看上她一眼。也正因如此,在岛村的心中,那个叫作行男的男人才挥之不去。

驹子一直避免谈起行男。即便不是她的未婚夫,但据说她是为了给他挣医疗费,才到这里来当艺伎的,肯定她是"认真对待的"。

即便是栗子砸到了脸上,岛村看上去也并没有生气。所以驹子一时有些诧异,但又突然瘫倒在他身上,抱住他说:"我说,你这个人挺实在的。你是不是觉得有些难过呀?"

"树上的孩子可在看着呢。"

"真搞不懂,东京人太复杂了。周围太吵了,所以你才精神不集中的吧?"

"一切的一切都正在散去。"

"马上连命都会没有的。咱们还是去看墓地吧。"

"好啊。"

"你看你,你不是根本不想看墓地的吗?"

"是你放不下的呀!"

"我一次也没有给他扫过墓,所以才放不下的呀。真的!一次都没有过。现在他和老师埋在了一起,所以我觉得很对不住老师。到这会儿了,怎么还能再去扫墓呢,那也太假了吧。"

"你可比我复杂多了!"

"为什么?如果对方活着的话,倒是不能随着性子来,那么直截了当的,但人都死了,就没有必要遮遮掩掩的了。"

杉树林中的寂静似乎将要化作寒冷的水珠滴落下来,二人从中穿行而过,再沿着铁路在滑雪场边的山脚下步行没多久,就来到了墓地。在略微凸起的田埂的一端,仅有地藏菩萨像和十来座苍老的石碑,光秃秃的,显得寒酸,也没有鲜花。

然而,突然从地藏菩萨像后面低矮的树荫处露出来了叶子的上半身，她也一下子显出往常的认真表情，像是戴了面具一样，她用尖锐而带有激情的目光看向这边。岛村点了一下头就原地站住了。

"叶子你真早啊！我要去做头……"就在驹子话还没有说完的当口，呼啸般一阵狂风吹过，她和岛村都吓了一跳。

有一辆货运列车从他们身边轰然驶过。

"姐姐！"一个呼唤声从轰鸣声中传来。有一个少年站在黑色车厢门里面挥动着帽子。

"佐一郎！佐一郎！"叶子喊道。

这是在雪天的信号所招呼过站长的那个声音。这个声音非常凄美，犹如在呼喊远处船上的人，尽管根本不可能听见。

货车驶过以后，似乎是刚摘下了眼罩，铁路对面的荞麦花鲜艳夺目，它在红色根茎上盛开，一片寂静。

因为意想不到见到了叶子，以至于二人都没有发现有火车飞驰而来，似乎有什么东西也让货车给吹跑了。

而且在这之后，仿佛叶子的呼喊声余音袅袅，甚至盖过了火车轮子发出的声响。似乎可以听到纯洁爱情的回声。

叶子目送着火车说道："我弟弟在火车上，我是不是去火车站看看呀。"

驹子笑道："可是，火车又不可能在车站等你啊！"

"也是啊。"

"我呀，可不会给行男扫墓的。"

叶子点了点头，迟疑片刻后，蹲在了墓前，双手合十。

驹子呆立在那里。

岛村将目光移开，看向地藏菩萨像：这座菩萨像三面有长脸，除了胸前合在一起的双手外，左边和右边还各有两只手。

"我去做头发了。"驹子对叶子说了一声，然后沿着田埂上的小道朝村子的方向走去。

岛村他们走过的路边上，农民们正在搭建当地叫作"哈台"的架子，就是在树干与树干之间架上用竹子或木棍连接起来的横杆，像是晾衣服用的杆子，然后将割下来的稻子搭在上面晾晒，看上去像是用稻子立起了一道高大的屏风。

随着和服裙裤腰间猛地扭动，姑娘将成捆的稻子高高抛起，趴在树上的男人灵活地将其抓住，用手一捋就挂在了横杆上。二人动作熟练，配合默契，效率很高。

驹子将横杆垂下来的稻穗放在手心上，好像是在称贵重物品的重量似的，她一边晃动着稻穗一边说道："这稻子长得真不错！摸着就很舒服，和去年大不相同啊！"她眯着眼睛，像是在享受着触摸稻穗的快感。在她头顶上空不远处，有一群麻雀在狂飞乱舞。

路边墙上贴着一张发黄的纸，上面写着："插秧雇工工资协议。日工资，九十钱，管饭。女工工资，前者的六成。"

叶子家的地里也有哈台，它搭在街道凹下去的稻田的尽里边。那个院子的左手边，沿着邻居家的白墙有一排柿子树，那里搭着高高的哈台。在稻田与院子之间，也就是与柿子树的哈台的直角的地方，也有哈台，在它的一端处，有一个入口，从那里进去可以在稻穗底下穿行。哈台上面挂的是稻子而不是草席，宛如临时搭建的小房子。地里枯萎的大丽花和蔷薇的前面，芋头的叶子强势地扩展开来，养着红鲤鱼的莲花池则在哈台的那边，被挡着看不见。

去年驹子住过的那间养蚕房间的窗户也隐而不见。

叶子好像是生气了，她点了一下头就从稻穗的入口处回去了。

"她是一个人住在这个房子里吗？"岛村问道，并且目送着叶子略微前倾的背影。

"不是吧。"驹子冷淡地答道。

"真烦人！我不做头发了。都怪你多嘴，才扰她扫墓了。"

"不是你说不想在墓地见到她吗？是你在较劲啊。"

"你还是不懂我。过一会儿有时间了我就去洗头。也许晚上会晚的，但我一定会去你那里。"

果然驹子来的时候已经是半夜三点了。

隔扇门被猛地打开了，这个声音把岛村吵醒了。他睁眼一看，驹子一下子扑倒在他的胸前，说道："我说来就来了吧？是吧，我说来就来了吧？"她呼吸剧烈，腹部都在起伏。

"你醉得可不轻啊？"

"是吧，我说来就来了吧？"

"是的，你来了。"

"来这里的时候都看不清路，看不清。嗯，我难受。"

"你这样还能爬上坡来呢！"

"不记得了，已经不记得了。"驹子哼了一声就翻过身来仰面朝上，岛村被压得喘不过气来。他想站起来，但因为是突然被吵醒的，他身体晃了一下就又倒下了，头枕在了一个发烫的东西上，吓了他一跳。

"你这身子烫得跟火似的啊，你太胡闹了！"

"是吗？火枕头，那可会烫伤的。"

"真的。"一闭上眼睛，那股火热马上就钻到头里并四处散开，岛村切切实实地感到自己还活着。伴随着驹子的剧烈呼吸，传过来一种切实存在的东西，它类似他所熟知的悔恨，又好像是已经在安然地等待着某种报复的这样一种心情。

"我说来就来了吧？"驹子一个劲儿地重复这句话。

"我就算来过了，我走了。我要洗头去。"

说着，她爬起来，咕嘟咕嘟地喝起水来。

"你都这样了，根本回不去的呀。"

"我要回去。我有伴儿。我的洗漱用具，哪儿去了？"

岛村站起来打开了灯，只见驹子双手捂住脸趴在了榻榻米上。

"讨厌！"

她穿的睡衣是一件带黑领子的艳丽的元禄袖夹和服，用平纹薄呢做的，外边系着一条伊达腰带，这身装束看不见和服贴身内衣的领子。她醉态毕现，为了不暴露出来她蜷缩着身子，看上去反而有些可爱。

榻榻米上散落着肥皂和梳子，看来是她把梳妆盒扔掉的。

"你给我剪！我带剪子来了。"

"剪什么呀？"

"这个。"她手指向身后的头发。

"我本来想在家里把接的头发剪了的，可手不听使唤，才顺便来你这儿想让你帮着剪一下的。"

岛村把女人的头发撩开剪起了她的假发。每剪断一段，驹子就把头发抖搂下去，她情绪也有所缓解，"现在几点了？"

"都三点了！"

"是吗？都这个点儿了？你可不能把我自己的真发剪了啊！"

"你接的头发可真不少啊！"

他攥住的假发的根部一下子感到了温暖。

"都三点了？陪酒回来我好像就倒下睡着了。因为和朋友事先约好了，所以她们才叫我的，她们一定在想我去哪儿了？"

"她们在等你吗？"

"她们在大浴场洗澡呢。三个人。晚上一共有六场，可我没来得及，只转了四场。下周来看红叶的人多，会很忙的。多谢了！"说着她一边梳着散开的头发，一边抬起头来，嫣然一笑，令人目眩。

"管它呢！哼哼哼，太可笑了。"

然后，她无奈地捡起了剪掉的假发。

"我走了，要不朋友那儿不好交代。完了事我就不过来了。"

"你看得见道儿吗？"

"看得见。"

但是她脚踩到了和服的下摆，差点儿摔倒。

早上七点和半夜三点，她竟然一天两次在这不当不正的时间抽空过来，想到此，岛村感到非同寻常。

旅馆的经理等人正在用红叶装饰旅馆的门口，就像过年时在装饰门松一样。这是为了迎接赏红叶的游客。

在那里颐指气使的是临时雇来的经理，他自嘲说自己就是一个漂泊打工的。从万物复苏的春天到满山遍野的红叶，这期间在这一带山区的温泉旅馆干活，冬天就到热海、长冈等伊豆半岛温泉旅馆去打工，他就是这样一个人，而并非每年都在同一个旅馆打工。他卖弄着在伊豆繁华的温泉胜地工作过的经验，总是背地里说这里接待客人的不是。他搓着双手在拼命地拉客，但他的面相看上去活脱脱就像一个乞丐，毫无诚意。

"老爷，你知道木通果吗？您要是想吃的话我就给您去摘。"他对散步回来的岛村说道。他把带蔓的木通果系在了红叶上。

红叶树枝好像是从山上砍下来的，高高地能顶到房檐，树叶每片也大得惊人，红得鲜艳夺目，玄关也为之变得豁亮。

岛村把冰冷的木通果攥在手里，无意间往柜台方向一看，发现叶子正坐在炉边。

老板娘正用铜壶温着清酒，叶子与她面对面，老板娘每说一句话，她就使劲地点头。她既没穿和服裙裤，也没有穿短外罩，却穿了一件似乎刚刚浆洗过的铭仙绸的常服。

"她是帮忙的？"岛村若无其事地向旅馆经理打听道。

"是的，托您的福，客人多，所以人手不够。"

"和你一样啊。"

"算是吧，不过，她是村里的姑娘，与众不同啊。"

叶子看来是在厨房帮忙，好像一直没有陪客。客人一多，在厨房里干活的女服务员们的声音也就会大起来，但却从未听到过叶子那美妙的声音。听负责打扫岛村房间的女服务员说，叶子有一个习惯，就是睡觉前在洗澡的时候都要唱歌，但他从未听到过。

然而，一想到叶子在这家旅馆打工，不知为何岛村对叫驹子来自己的房间这件事也有些介怀了。尽管驹子的爱情是冲着他来的，但是他觉得这是一种美好的徒劳，他自己也飘忽不定，但是，反而受其影响，驹子求生欲旺盛的生命会像裸露的肌肤主动送上门来。他对驹子感到悲哀，同时他也自哀。岛村感到似乎叶子有一双眼睛，具有可以无情地刺穿这一切的光芒。他也被这个女人所吸引。

即便岛村不召唤，驹子也多次来找他。

因为要到溪流的深处去看红叶，所以他曾经从驹子家的前面路过。那时一听到汽车的声音，她就想这肯定是岛村。于是赶紧跑出来，然而他竟然头也不回，以至于她说他薄情寡义。只要他叫她去旅馆，她也没有一次下班后不去他房间的。即便去洗温泉，她也会顺道去找他。一有宴会，她就会提前一个小时过来，在他这里一直玩儿到有女服务员来叫她。陪酒时也常常中途溜出来，在他房间的镜子前补妆，然后说："我这就去干活儿，得挣钱啊，加油，挣钱！挣钱！"说完，起身离去。

不管是三弦琴拨子盒还是短外罩之类的东西，只要是她带来的，走的时候就想放在他的房间里。

"昨天晚上回家后，发现没有烧开水。我在厨房里忙活了一阵，浇上早上剩的大酱汤，就着腌梅子吃的饭。那叫一个凉！今天早上家里没人叫我，一睁眼都十点半了。本来想七点半起来着。全落空了！"

不仅这种事情，还有从哪个旅馆到了哪个旅馆，陪酒的时候是个什么情形，她都一五一十地汇报。

"我还会再来的。"喝完水后她站起身来。

"没准就不来了。没办法，三十个客人就三个人陪，而且一个是最老的，一个是最年轻的孩子，我可惨了。客人又那么吝啬，肯定是什么单位组织的，三十个人的话，最少得六个人呀。我喝酒的时候得吓唬吓唬他们。"

每天如此，将来会成为什么样子？驹子似乎也想有所收敛，但她那略显孤独的感觉反而使得她风情万种，妖娆妩媚。

"因为走廊会发出响声，即使我蹑手蹑脚的，人家也都会知道。从厨房旁边经过的时候，人家就会笑话我，'阿驹你是去茶花包间吗？'真没想到还要这么在意别人。"

"地方太小了，你很尴尬吧？"

"大家都知道了。"

"这可麻烦啊！"

"是呀，一旦名声不好了，在这种小地方也就完了。"说完她抬起头来，露出微笑。

"嗯，没关系的，我们到哪儿都有活儿干。"

这种实在而又自然的语调，是受之父母的财产，而游手好闲的岛村则颇感意外。

"真的，在哪儿干都一样，没什么可纠结的。"

虽然她说这话时显得若无其事的样子，但岛村听出来了女人的言外之意。

"这样就挺好的，能真正地喜欢上别人，也就只有女人了。"

驹子脸上泛起红晕，低下头去。

因为领子露出来了，所以她从背部到肩膀看上去就像打开的一把折扇。她涂了厚厚一层白粉的肤体丰腴而悲哀，看上去既像手织的什么，又像是动物。

"现在这个世道啊！"岛村喃喃自语道，对于这句话的虚伪，他自己也感到震惊。

但是驹子却单纯地说道："什么时候都是这样的。"

说完她抬起头来，然后心不在焉地补了一句："这个你不懂吗？"

紧贴在后背上的红内衣看不见了。

岛村正在翻译瓦勒里和阿兰，还有俄罗斯舞蹈鼎盛时期的法国文人们的舞蹈理论，他打算自费出版，发行的册数不多，是豪华版。可以说这似乎对当今的日本舞蹈界起不到任何作用，但这反而使他心安理得。通过自己的工作来对自己冷嘲热讽，这大概是一种任性的乐趣。或许从中会产生他的悲哀的梦幻世界。为此而特意到外边找个安静的地方加紧写作，毫无这个必要。

他一直在仔细地观察昆虫是如何在挣扎中死亡的。

随着秋季天气转凉，他房间里的榻榻米上每天都有昆虫死去。翅膀坚硬的昆虫，把它翻过来，已经再也不能站立起来了。蜜蜂则爬上几步就又倒下，然后再爬几步又倒下。像季节更替一样，昆虫也自然死亡，虽然它们都是静静地死去，但走近一看，可以发现它们的脚和触角都在颤抖地挣扎着。作为它们这些微不足道的生命死亡之地，八叠的榻榻米看上去却极为宽广。

有时岛村用手指将昆虫的尸体捡起来想把它扔掉，而此时他会突然想起留在家里的孩子。

也有的蛾子本以为它一直趴在窗户的纱窗上,但实际上已经死了,就像枯叶一样飘散而去。也有的昆虫从墙壁上掉下来,每当他拿到手里看的时候,他就会想为何如此之美呢?

此时那个防虫子的纱窗已经被卸下来了,昆虫的鸣叫声一下子绝于耳畔。

县界穿行其间的群山,红锈色愈发浓厚,在夕阳照射下,犹如略带凉意的矿石散发着散漫的光芒。旅馆因来赏红叶的游客而红火一时。

"今天我可来不了啊,也许。有个本地人的宴会。"那天晚上驹子也顺便来到岛村的房间,说完她走后不久,就听到大宴会厅里的敲鼓声,还传来女人的尖叫声,就在这喧嚣的当口,意想不到地从近处传来了清澈的声音:"里面有人吗?里面有人吗?"这是叶子在呼唤。

"这个,是驹子让送来的。"

叶子站着像个邮递员一样把双手伸过来,然后慌忙地跪下来。岛村将信展开的时候,叶子已经不见踪影了,不容他说什么。怀纸[1]上带有醉意的笔迹写道:"现在闹得很开心,在喝酒。"

然而,还没过十分钟,驹子就跟跟跄跄地走了进来。

"刚才那孩子送东西来了吗?"

1　"怀纸"指折叠起来放入怀中的和纸。

"来了。"

"是吗?"她兴致盎然地眯起一只眼睛。

"嗯,太舒服了,我说我去要酒,这才悄悄地溜过来的。可我被经理发现了,他把我训了一通。酒就不管它了,训我又怎么样?脚步声也不用在意。啊,真烦人,一到你这儿来我就有醉意了,我得去工作了。"

"你连手指头都这么好看!"

"走,挣钱去!那孩子说什么了?她可是个大醋坛子,你知道吗?"

"谁呀?"

"你这个该死的!"

"那个姑娘也在帮忙吧?"

"她把酒壶送过来后,就站在走廊不起眼的地方目不转睛地看着,目光炯炯的,你不是喜欢那种眼神吗?"

"她所看到的对她来说都是卑鄙无耻的情景。"

"所以我才写了纸条让她送过来的。我想喝水,给我水!到底是谁卑鄙无耻?女人你不死缠烂打的话可看不透她。我喝醉了吗?"说着她像要趴下似的抓住梳妆桌的两端盯着镜子看了一会儿,然后优雅地一撩和服的下摆就走了出去。

没过多久似乎宴会结束了,一下子安静了下来。远处传来了餐具碰撞的声音,估计驹子也被客人拉到别的旅馆接着喝酒去了吧?就在这时,叶子又捎来了驹子写的纸条:

"山风馆不去了,下面要去梅花包间,回去的时候去你那儿,晚安!"

岛村略显难为情地苦笑着。

"谢谢你啊！你是来帮忙的吗？"

"是的。"点头的瞬间，叶子用她那富有穿透力而又美丽的目光扫了岛村一眼。岛村有些狼狈。

这之前已经见过她好几次了，每次都给他留下了令人感动的印象。这个姑娘无所顾忌地这样坐在他的面前，他感到一种莫名其妙的不安。她过于认真的举止，看上去就像总是置身于异常事件当中一般。

"好像你很忙啊？"

"是的，不过我什么也做不了。"

"没少见你啊！第一次是在回来的火车上你照顾那个人，你还拜托站长照顾你弟弟来着，你还记得吗？"

"记得。"

"听说你睡觉前洗澡的时候都要唱歌？"

"哎呀，我太没教养了，羞死人了。"她的声音美得惊人。

"你的情况我感觉都了解似的。"

"是吗？您是听阿驹说的吗？"

"她不会说的。她甚至都不愿意谈起你。"

"是吗？"叶子一下子把脸扭了过去。

"阿驹对我如何倒无所谓，但她挺可怜的，请您对她好一点。"她说得很快，但在句尾处她的声音有些轻微的颤抖。

"但是我什么也为她做不了。"

叶子看上去似乎要全身发抖了，她的表情就像危险的光芒要逼近一般，岛村把目光移开了，笑道："也许我应该早点儿回东京去了。"

"我也要去东京。"

"什么时候？"

"什么时候都可以的。"

"那我回去的时候带上你吧？"

"好的，请您带上我吧。"她显出若无其事的样子，但又说得非常认真，岛村为之一惊。

"只要你家里人没意见的话。"

"家里人？就在铁路上干活的我弟弟一个人，所以我可以自己决定。"

"东京那边有什么目标吗？"

"没有。"

"跟那个人商量了吗？"

"是阿驹吗？阿驹可恨，我不会跟她说的。"

这样说着，或许是情绪缓和了下来，她用湿润的目光仰望着他。岛村在叶子身上感到一种不可名状的魅力，不知为什么，似乎对驹子的爱情反而熊熊燃烧起来。与来历不明的姑娘私奔一般地回东京去，感觉这是对驹子过激的赔罪方法，也似乎是一种刑罚。

"你这样，和男人去那里就不害怕吗？"

"为什么？"

"你在东京暂且在哪里落脚？想干什么？起码这些要先定下来，否则会很危险的呀。"

"就一个女人，车到山前必有路。"叶子说的时候将句尾的语调升起来，听起来很好听，她注视着岛村。

"您能雇我当保姆吗？"

"原来是当保姆呀？"

"保姆我是不愿意做的。"

"以前在东京的时候你做什么来着？"

"是护士。"

"是进了医院或学校吗？"

"都不是，就是想当来着。"

岛村又想起在火车上叶子照顾老师儿子的情形，那认真的态度大概也反映出叶子的志愿，他不觉莞尔。

"这么说你这次也是想学护士吧？"

"我不会再当护士了。"

"你这样漂泊不定的也不是个事啊。"

"是吗？我可讨厌什么'定'。"她条件反射般地笑着说道。

她的大笑声清澈得有些凄美，所以听起来并没有给人傻傻的感觉。但是它却敲击着岛村内心的外壳，又陡然地消失了。

"有什么可笑的？"

"当然了，我只照看一个病人。"

"哎？"

"我再也干不来了。"

"是吗？"岛村又被打了个措手不及，轻声说道。

"听说你每天总去荞麦地下面的墓地扫墓啊？"

"嗯。"

"你是觉得在你一生当中既不会再照顾别的病人了，也不会再给别人扫墓了吗?"

"不会了呀!"

"再说了,你还真能离开那个墓地去东京啊?"

"哎呀,对不起了!请您把我带走吧。"

"驹子可说你是个大醋坛子来着。那个人不是驹子的未婚夫吗?"

"行男的吗?胡说,那是胡说的。"

"你说恨驹子,到底是怎么回事呀?"

"驹子?"她就像招呼旁边的人一样,叶子目光四射地注视着岛村。

"请您对驹子好一点儿。"

"我可什么也为她做不了啊。"

叶子的眼角溢出了眼泪,她抓住掉在榻榻米上的一只小蛾子,一边抽泣一边说道:"阿驹说我会疯掉的。"说完一下子就离开了房间。

岛村感到不寒而栗。

他想把叶子扼杀的蛾子扔掉,打开窗户一看,就看到喝醉的驹子像是在追赶客人,她半坐半站着,挥动着拳头。天空阴云密布。岛村去洗澡了。

旁边的女浴场里叶子带着旅馆经理的孩子进来了。她又给她脱衣服,又给她洗澡,说话也轻声细语的,听起来就像年轻母亲说话的声音,非常甜美,招人喜爱。

而且,那个声音唱起歌来了。

……

……

到了后面一看,

有三棵梨树,

三棵杉树,

一共六棵树,

下面有乌鸦

在筑巢,

上面有麻雀

在筑巢,

森林中的蝈蝈

又怎么能叫?

阿杉给朋友去扫墓,

扫墓扫了一座一座又一座。

她唱的是拍球歌,声音稚嫩而又唱得很快,显得生动活泼,使得岛村感到她与刚才的叶子判若两人。

叶子不停地对孩子说着什么,洗完澡后她的声音也犹如笛声一般余音绕梁。玄关处的横木板多年磨得已经发出黑色的光泽,放在它一端的三弦琴的泡桐木盒子带着秋季深夜特有的寂静,岛村不由得为之心动,凑近在看琴主人的名字,这时从传来洗碗声处走来驹子。

"你看什么呢?"

"这个人是住这儿的吗?"

"谁呀？哦，这个人？真傻！你这个人呀，也不想想，这种东西怎么能带着到处走呢？有的时候一放就是好几天呢。"她笑着吐了一口浊气，马上闭上眼睛，把和服下摆两端放下后就倒向了岛村。

"我说，你送我一下吧！"

"你干吗回去呀？"

"不行，不行，我要回去。刚才是当地人的宴会，大家都跟着去第二家喝酒了，就我一个人留下了。因为这里有陪酒的活儿来着，还说得过去，但朋友约我下班后一起去洗澡，我要是不在家的话，就太不像话了。"

驹子已经酩酊大醉了，却在很陡的坡路上走得很稳当。

"你又把那孩子惹哭了吧？"

"要说她的确看上去有些疯狂啊。"

"你这样看别人，有意思吗？"

"不是你说的吗？说她会发疯的，她想起你说的话，好像很委屈地哭了。"

"要是这样的话就没事。"

"还没过十分钟呢，她就去洗澡了，还唱歌唱得那么好听。"

"洗澡的时候唱歌，这是她的毛病。"

"她还很认真地拜托我对你好一点。"

"真傻啊！不过呀，这话你没有必要特意说给我听。"

"特意说给你听？不知道为什么，一提到那个姑娘，你就莫名其妙地较劲。"

"你想得到那孩子吗？"

"你看,你又说这种话!"

"我不是开玩笑的,一看到那孩子,我就觉得她将来会成为我的一个累赘的。也说不出来是为什么。你也是,如果你真的喜欢那孩子的话,你就好好观察一下那孩子,你也一定会这样想的。"驹子把手搭在岛村的肩膀上,依偎过来,突然又摇头说道:"不对,要是让你这样的人上手了,也许那孩子就不会疯了,你能不能帮我卸掉这个包袱?"

"别胡闹!"

"你是觉得我在借酒撒疯吗?一想到那孩子在你身边得到你的宠爱,我就会在这个山里放荡不羁的,就会很开心的。"

"喂!"

"你别管我!"她小跑着逃走了,"咚"的一声撞到了木板套窗上,那里就是驹子的家。

"我还以为你不回家呢。"

"你就会厌烦的。"

随着一声年久失修的声响,驹子往上提着门的下方将门拉开,喃喃道:"你待会儿再走。"

"都这个点儿了!"

"家里人都睡着了。"

岛村果然犹豫起来。

"那我送你走吧。"

"不用了。"

"不行!你不是还没有看过我的新房间吗?"

从厨房后门一进去,眼前看到的是她家里人横七竖八地睡在一起。就像这一带人们穿的和服裙裤那种棉布的而且是褪了色的硬邦邦的被子并排盖着，除了主人夫妇和一个十七八岁的姑娘，在昏暗的灯光下，还有五六个孩子头朝向各自不同方向睡着，贫寒的家庭里也充满着强劲的力量。

岛村似乎被睡觉气息的热浪熏着了，不由得想退出去，但驹子哐当一声把后边的门给关上了，而且她也不在意脚下会发出声响，踩着木地板走了进去，于是岛村也悄悄地从孩子们的枕边穿行而过，他内心为一种奇怪的快感而颤动。

"你在这儿等着，我去把二楼的灯打开。"

"没关系！"岛村在黑暗中爬着梯子上来了。他回头一看，在朴素的睡颜那边，可以看到一家卖点心的商店。二楼就是普通农民家的房间，榻榻米破旧，有八平方米大小。

"就我一个人住，倒是够大的。"驹子说道。隔扇拉门都打开着，家里的旧家什都堆放在那个房间里，发黄的糊纸格子拉门里面，铺着驹子睡觉的被褥，它占的面积不大，墙上挂着她陪酒时穿的和服，看上去就像狐狸窝似的。

驹子一屁股坐在了榻榻米上，她把唯一的一个坐垫让给了岛村。

"哎呀，脸真红！"她照着镜子说道。

"竟然醉成了这样！"

然后她摸索着衣橱的上方，说道："给你，日记。"

"够多的呀！"

她从旁边拿出了一个用千代纸糊的盒子，里面装满了各种香烟。

"都是客人给的，放在袖兜里或夹在腰带里带回来，就成了这样，都是褶子了，但它并不脏，而且各种牌子的基本都有啊。"她把一只手撑在岛村面前，另一只手在盒子里翻搅着给岛村看。

"哎呀！没有火柴。因为我戒烟了，就不需要火柴了。"

"没关系。你做衣服来着？"

"是的。因为赏红叶的客人多，根本没有什么进展。"驹子转过脸去，把衣橱前面没做完的衣服收拾起来。

大概是在东京生活时用过的木纹漂亮的衣橱和涂着红漆的高级针线盒，和住在老师家那像是纸箱子似的亭子间的时候一个样，但这个破旧的二楼，看上去有些惨不忍睹。

从电灯处耷拉下来一根细绳。

"我看完书要睡觉的时候就拉这个绳子把灯关掉。"驹子一边玩弄着那根绳子，一边却又乖巧地坐在那里，像个家庭妇女，略带羞涩。

"你好像是狐狸出嫁啊！"

"真是的呀。"

"你要在这个房间里生活四年吗？"

"不过已经过了半年了，马上就会过去的。"

似乎可以听到楼下的人睡觉呼气声，也没有什么可聊的了，岛村匆忙站了起来。

驹子一边关门一边把头探出来仰望着天空。

"要下雪呀。红叶也马上就要完了。"说着，她又走到了外边，说道，"因为这儿是大山里，所以下雪的时候还有红叶。"

"那，晚安！"

"我送你吧，送到旅馆门前。"

然而，她和岛村一起进了旅馆。

"祝你晚安！"说着她就消失不见了。可没过多一会儿，她又端着两个斟满冷酒的杯子进了他的房间，一进屋她就激动地说："来，喝酒！喝啊！"

"旅馆人都睡了，你这是从哪儿搞来的呀？"

"嗯，我知道一个地方。"

看上去驹子从酒桶里打酒的时候就已经喝过了，似乎刚才的醉意又上来了。她眯着眼睛，看着酒从杯子里洒了出来。

"不过，在昏暗处喝酒不带劲。"

岛村漫不经心地把推到眼前的酒杯里的冷酒喝掉了。

这点酒是不应该喝醉的，或许是因为走到外边身体凉了下来的缘故，他突然感到恶心，上头了。似乎他也知道自己的脸煞白，他闭上眼睛，躺倒下去，驹子马上就开始服侍起来，没过一会儿他在女人温暖的身体里完全放松下来了，显得很幼稚。

驹子似乎有些难为情，她的动作就像没有生过孩子的姑娘在抱别人的孩子似的，抬起头就像正在看孩子睡觉一样。

岛村过了一会儿嘟囔道："你是个好孩子啊！"

"为什么？哪儿好啊？"

"就是好孩子呀！"

"是吗？你这个人真讨厌！你说什么呢？你正经点儿好不好！"驹子扭过头去，一边摇晃着岛村一边断断续续地、一个词一个词地说道，随即沉默不语。

然后她一个人含笑说道:"我可不好。你在我会难受的,你就回去吧。我没的穿了,每次来你这里都想换不同的和服,已经没的可换了,这身就是跟朋友借的,我是个坏孩子吧?"

岛村哑口无言。

"都这样了,哪儿是什么好孩子啊?"驹子声音有些哽咽。

"第一次见到你的时候,我就觉得你这个人怎么那么令人讨厌啊!没有人会说那么没有礼貌的话。真的觉得你很讨厌。"

岛村点了点头。

"我告诉你,这个我一直都没说过,你懂吗?都让女人说到这个份儿上了,你不就完了吗!"

"没关系。"

"真的?"驹子似乎是在回顾自己的过去,久久地默不作声。岛村感到了一种温暖,感受到这样一个女人的活生生的感觉。

"你是个好女人啊!"

"怎么好啊?"

"就是好女人啊!"

"你这个人真是莫名其妙!"她似乎肩膀发痒似的将脸掩住,不知道她想到了什么,突然一下子撑着胳膊肘,抬起头来问道,"你这是什么意思?你说,你说的是什么?"

岛村惊讶地看着驹子。

"你说呀!就因为这个你才来这里的吗?你一直在笑话我吧?果然你笑话我来着呀。"

她满脸通红,盯着岛村质问他,驹子的肩膀由于愤怒而开始激烈地颤抖起来,一下子脸色发白,眼泪扑簌簌地掉了下来。

"我真后悔！啊，我真后悔！"她不停地滚动着身体，然后脸朝后面坐了起来。

岛村意识到是驹子听错了，他心中为之一颤，但他闭上眼睛，一言不发。

"我太可悲了。"

驹子自言自语道，身体缩成一团，趴在了那里。

后来或许是哭累了，她就用一根银簪子扑哧扑哧地扎着榻榻米，继而突然离开了房间。

岛村没有去追她。他让驹子这么一说，内心感到十分愧疚。

但是，似乎驹子又蹑手蹑脚地回来了，她在纸糊格子拉门的外边呼唤道："喂，去不去洗澡啊？"

"哦。"

"对不起啊！我想通了。"

她站在走廊里躲着，似乎没有要进屋的打算，所以岛村就拿着毛巾走了出来。驹子避开了视线尽量不与岛村对视，她略微低着头走在了前面，看身姿像是被拽去开批斗会似的，但温泉泡得身体发热了，这时她又出人意外地开始撒欢儿了，却令人心痛。哪还能睡得了觉啊？

第二天早上岛村被谣曲的歌声吵醒了。

他静静地听了一会儿谣曲，驹子在梳妆台前扭过头来，莞尔一笑。

"这是梅花包间的客人，昨天晚上宴会结束后，不是还叫我来着吗？"

"是不是谣曲会的集体旅行啊？"

"嗯。"

"下雪了吧?"

"嗯。"说着驹子站了起来,一下子打开纸糊格子拉门让岛村看。

"红叶也看不到了啊。"

透过窗户可以看到,灰蒙蒙的天空中降下的鹅毛大雪汹涌般地朝这里飘来,寂静得令人难以置信。岛村睡眼惺忪地眺望着窗外,感到一种虚幻。

唱谣曲的那些人也在打着鼓。

岛村想起了去年年底那个早晨在镜子里看到过雪景,于是往梳妆台的方向一看,只见镜子中浮现出鹅毛大雪冰冷的更为硕大的花瓣,驹子松开领口正在擦拭脖颈,她的四周漂动着一道白线。

驹子的肌肤非常洁净,好像刚刚洗过一样,根本想象不到这个女人会那样误解岛村不经意说出的一句话,此时看上去反而有一种难以抗拒的悲哀。

远山上红叶的铁锈色日益浓重,它由于今年的第一场雪而恢复了生机,耀眼夺目。

身披薄薄一层雪花的杉树林,一棵棵杉树清晰可见。它们傲立冰天雪地,树尖直指苍穹。

在雪中纺线,在雪中织布,在雪水中漂洗,然后晾在雪地上。从搓捻纺线到织成布,一切都是在雪中完成的。有雪才有绉纱,雪可以称之为绉纱之父。过去的人在书中这样写道。

村里的女人们长时间被大雪封在家里,这期间她们就做手工活。这个雪乡产的绉纱,岛村也多次在二手服装店里淘换过,然后把它做成夏天穿的衣服。因为与舞蹈有缘,所以他也认识回收能乐戏服的商店,于是岛村就拜托店里不论什么时候只要有了高档的绉纱都要给他看一看,他对这个绉纱的偏好由此可见一斑,他还把它做成单层的贴身内衣。

打开挡雪的竹帘子,春天冰雪消融时节,据说从前会有专门买卖绉纱的第一个集市。甚至还有远道而来买绉纱的三都[1]的和服批发商专门下榻的旅馆,姑娘们花上半年的心血纺织而成的绉纱也是专供这第一个集市的。因此,远近村落的男女聚集于此,杂耍的和摊贩鳞次栉比,热闹非凡,如同过节一般。绉纱上贴着写有纺织姑娘姓名和地址的标签,人们对其成色品头论足:这个第一,这个第二,如此这般。这也成了一个选媳妇的绝好时机。姑娘们从孩提时就开始学习纺织,而且,如果不是十五六岁到二十四五岁的年轻姑娘,是织不出品质上佳的绉纱的。一旦上了岁数,织出来的绉纱就会黯然失色。姑娘们为了能够跻身纺织姑娘的前茅,一定是精益求精。从阴历十月开始纺线,到第二年的二月中旬漂白结束。在大雪封山的日子里,其他也无事可做,就只有这件手工活儿。因此她们就格外上心,对产品一往情深。

在岛村所穿的绉纱里面,或许有明治初期[2]或江户末期[3]的

1　"三都"指京都、江户(东京)、大坂(大阪)这三个城市。

2　"明治"指"明治时代",公元1868—1912年。

3　"江户"指"江户时代",公元1603—1868年。

姑娘织的。即便现在，岛村也把自己穿的绉纱的衣服寄过去放到雪地里去晾晒，因为二手衣服说不定什么人穿过呢。每年都送到产地去晾晒，虽然有些麻烦，但一想到它是从前姑娘在雪天里精心纺织而成的，就觉得还是要在纺织姑娘当地用地道的方法去晾晒。晒在厚厚的雪上面的白麻，在朝阳的照射下渲染成了红色，分不清是雪还是麻布。仅凭这一点，就觉得夏天穿过留下的污浊可以清除掉，也像自身被净化一般，而感到心情舒畅。不过，因为是东京的二手服装店帮助处理的，所以从前的晾晒方法是否传承至今，岛村就不得而知了。

晾晒衣服的专门店古已有之。很少是纺织姑娘在各自的家里晾晒，一般都是送到专门店里。白绉纱织好了以后就要晾晒，带颜色的绉纱要将搓捻好的丝线搭在架子上晾晒。据说白绉纱要在雪上铺平晾晒，从阴历一月晾晒到二月，所以有时是把覆盖在田野上的雪地当成晾晒场了。

无论是麻布还是纱线，都要在灰水里通宵浸泡，然后第二天早上反复清洗后再拧干晾晒，这个工序要重复多日，而且就在白绉纱要晾晒结束的时候，旭日升起，阳光和煦，此情此景，无以形容，想与南国之人分享。从前的人也这样写道。而且，绉纱晾晒结束，这大概也是雪乡春天即将来临的一个象征。

绉纱的产地离这个温泉乡不远，山谷中的河流逐渐变宽，其下游的那片原野，就是产地。从岛村的房间里也隐约可见。传说过去有过绉纱集市的村镇也都通了火车，现在也作为纺织工业基地而远近闻名。

然而，无论是岛村身穿绉纱衣服的盛夏还是纺织绉纱的严冬季节,他都没有来过这个温泉之乡,因此对驹子也就无从谈起绉纱的话题。她也不适合一起去走访从前民间工艺品的遗迹。

但他听了叶子在浴场唱的歌,心中闪出一个念头,如果这个姑娘出生在从前的话,说不定会一边纺线或织布一边那样歌唱的。叶子的歌声的确足以让人联想。

比毛发还细的麻线,据说如果没有雪天带来的天然的湿气就难以搓捻而成,因此它适合在阴冷的季节作业。在严寒中织成的麻布在暑天穿在身上,皮肤会感到凉爽,这是大自然的阴阳使然。过去的人如是说。一直纠缠着岛村的驹子身上似乎也有一种先天的清爽,也正因为如此,驹子内心的一团热情对岛村而言则是一种悲哀。

然而,这种眷恋大概连一块绉纱都不如,不会留下那样实实在在的有形之物。身上穿的纱布衣服,在工艺品中属于寿命短的,即便如此,如果珍惜的话,五十年前,甚至更早的绉纱也不褪色,照穿不误。而这种人与人的相依为命却连绉纱的寿命都不如,恍惚中思绪至此,突然岛村的脑海中浮现出为别的男人生了孩子、做了母亲的驹子的身影,他下意识地环视了一下四周,心想这是不是自己太累了的缘故。

这次逗留时间太长了,以至于他都忘记了要回家,家中还有他的妻子。这并非他离不开这里,也不是他不想分开,而是等待驹子频繁地来相会已经成为一个癖好,而且,驹子越不开心地主动追求他,岛村就越会产生一种自责:自己到底还活着吗?可以说他一边看着自己的窘境,一边在那里呆若木鸡。驹子为何对自己用情至深,岛村不得其解。驹子的一切岛村都可以感受到,但似乎驹子对岛村毫无所知，毫无所感。驹子撞到了一堵虚无的墙壁上发出类似回声的声响，岛村在自己的内心深处听到了，宛如雪花飘落一般。岛村的这种任性也不可能无尽无休。

他感到这次回去以后，这个温泉绝对不可能再来了，岛村将身子靠近冰雪季节临近就开始使用的火盆，旅馆经理特意拿出来给自己用的京都产的古老的铁壶，此时发出柔和的松涛般的声响。铁壶的表面镶嵌着漂亮的银制的花鸟，有两个松涛声重叠在一起，但可以听出来一远一近，似乎比远处的松涛声再远一点的地方还有一个小铃铛在微微作响。岛村把耳朵贴近铁壶要听那铃声，就在铃声响个不停的遥远地方，岛村突然看到了迈着像铃声一样小碎步走来的驹子的一双小脚。岛村为之愕然，他觉得他该离开这里了。

于是，岛村想到了要去绉纱的产地看一看。这也是为了给自己离开这个温泉之乡创造一个契机。

但是，河的下游有好几个村镇，到底去哪个好，岛村不得而知。并非想看如今发展为纺织基地的大村镇，所以岛村反而在一个有些冷清的镇子下了车。步行不久就来到了一条过去似乎是驿站的大街上。

每家每户的房檐都伸出来很长，在它的外端有一根柱子支撑着，这些柱子排列在马路上，它与江户城里叫作"檐廊"的建筑样式非常相似，在当地似乎自古就称作"雁木"。在积雪深厚的季节，它就成了一条街道，它的一侧房檐整齐，连绵不断。

因为房屋一户挨着一户，所以房顶的积雪只能扔到马路的中央，实际上就是把大房顶上的积雪扔到道路中央用雪堆起的堤坝上面。为了过到马路的另一侧，就隔一段在雪堤上挖通一个隧道，似乎当地叫作"胎内门洞"。

虽然都是雪乡的房屋，但是驹子所在的温泉乡并没有一户挨着一户，所以岛村是在这个村镇第一次看到雁木的。因为好奇，就在那底下走了一会儿。古老的屋檐下有些阴暗，有些倾斜的柱子的根部已经腐朽了。他感到自己是在窥探祖祖辈辈被大雪覆盖的令人郁闷的房子里的情形。

在大雪覆盖的下面专心致志地干着手工活的纺织姑娘的生活，并非像她们织出来的绉纱那么光鲜亮丽，古镇给人的印象足以证明这一点。早先出版的介绍绉纱的书中，也引用了中国唐朝秦韬玉的诗[1]。之所以没有人家专门雇用纺织女工让她们来织布，是因为要织一身做和服的布料，需要花费许多人力，在经济上很不划算的。

付出如此辛劳的无名的工人早已不在人世，只有这美丽的绉纱留传下来。由于夏天穿在身上凉爽的感觉，而成为岛村等人奢侈的衣服。本来并非不可思议的事情，突然岛村感到了不可思议。她们这种出于执着之爱的所作所为，会不会在何时何地能够催人奋进呢？岛村从雁木下面走到了马路上。不愧曾经是驿站所在的马路，长而笔直。大概是从温泉之乡一直通到这里的古道。木板房顶铺的木板条和石板也与温泉乡并无二致。

---

[1] 秦韬玉，唐代诗人，生卒年不详，其《贫女》诗广为流传："蓬门未识绮罗香，拟托良媒益自伤。谁爱风流高格调，共怜时世俭梳妆。敢将十指夸针巧，不把双眉斗画长。苦恨年年压金线，为他人作嫁衣裳。"

房檐的支柱投下了淡淡的影子,不觉间已时近黄昏。

因为没有什么可看的,岛村又坐上火车到了另外一个村镇下了车。这里与前一个村镇差不多,他又闲逛了一会儿,只是为了御寒而吃了一碗面条。面馆就在河边,这条河大概也是从温泉乡流淌过来的。从这里可以看到尼姑三人一群两人一伙地先后过桥而去。她们脚穿草鞋,其中也有人背上背着圆顶斗笠,似乎是化缘回来,看上去像是乌鸦急于归巢。

"有不少尼姑路过啊?"岛村向面馆的老板娘问道。

"是的,这后面有一座尼姑庵。马上一下雪,就不容易出山了。"

桥的对面,夜幕即将降临的山峰已是白雪皑皑。

在这一带,树叶飘零、寒风乍起之时,连续阴天,寒气逼人,将有一场降雪来临。远近的高山也将被白雪覆盖。这叫作"绕山转"。而且,有海的地方会海鸣,大山深处会山鸣,犹如远处的惊雷,这叫"胴鸣"。看见绕山转,听见胴鸣,就知道很快就要下雪了。岛村想起来过去的书上是这样写的。

岛村在床上睡懒觉时听到赏红叶的游客唱的谣曲那一天,就降了初雪。是不是今年海里和山里都已经发出过鸣响呢?岛村独自一个人旅行,在温泉乡一直与驹子相会,或许这期间他的听觉变得异常敏感了,仅仅想一下海鸣和山鸣的声音,就会感到远处传来的声响从耳畔通过。

"那些尼姑马上也要猫冬了吧,她们有多少人啊?"

"这个呀,大概有不少呢。"

"尼姑们凑到一起,好几个月都是大雪封山的季节,她们都干些什么呀？过去这一带人们织过绉纱，如果尼姑庵也织绉纱不是挺好的吗？"

对于好奇心很强的岛村这话，面馆的老板娘一笑了之。

岛村在火车站等返程的火车等了将近两个小时，光线微弱的太阳落山以后，寒气逼人，星光璀璨，他感到有些冻脚了。

不知道他意欲如何，他又回到了温泉乡。汽车越过了熟悉的铁道路口，来到了有着守护神社的杉树林旁边。只见眼前有一家亮着灯，岛村心里一块石头落了地，这家是叫作菊村的小饭馆，门口有几个艺伎站在那里聊天。

驹子也在啊，脑中刚出现这个念头，他眼中就只有驹子了。

汽车突然减速了，已经知道岛村和驹子关系的司机似乎不自觉地把车速降了下来。

岛村猛地回头看向与驹子相反的后方，他坐的汽车在雪地上留下了清晰的轮胎痕迹，在星光照耀下，竟然能够看到很远。

汽车开到了驹子的面前，驹子一下子闭上了眼睛，转瞬间又跳到车上，汽车并没有停下，而是径直静静地往上边开去。驹子在车门外侧的脚踏板上蜷缩着身子，手抓着车门的把手。

虽然驹子是猛扑过来好像被吸在车上似的，岛村却感觉挨到了一个温柔的东西，对于驹子的举动既没有感到怪异，也没有感到危险。驹子像是要抱住车窗，她举起了一只手，袖口滑过，长袖和服贴身内衣的颜色隔着厚厚的玻璃泄露出来，浸入了冻僵了的岛村的眼帘。

驹子一边用额头贴住车窗的玻璃，一边高声呼喊："你去哪儿了？问你呢，你去哪儿了？"

"多危险啊!别胡闹!"岛村也高声地作答,而这是一场甜蜜的游戏。

驹子打开车门,瘫坐进来。但是,这时汽车已经停住了。他们来到了山脚下。

"喂,您去哪儿了?"

"嗯,没有。"

"哪儿啊?"

"也说不上哪儿。"

驹子用手整理和服下摆的动作显示出艺伎的风范,这在岛村看来却很稀罕。

司机一动不动,车停在那里,已无路可走。这样坐在车里有些奇怪,岛村刚一意识到这一点,"咱们下车吧。"驹子说着把手伸过来放到了岛村的膝盖上。

"哎呀,真凉啊!都冻成这样了!为什么你没有带上我呀?"

"也是啊。"

"什么呀?你这个怪人!"

驹子开心地笑了。他们沿着石头铺的陡峭的小路攀登而上。

"你走的时候我都看到了,那时候不到两点或三点吧?"

"嗯。"

"我是听到了汽车的声音跑出去看的。我是到旅馆的外边去看的。你呀,头都没回吧?"

"哎?"

"你没看!为什么你没有回头看看?"

岛村为之一愣。

"你不知道我是看着你走的吧?"

"不知道呀。"

"哎,你看你!"驹子很开心的样子面带微笑。接着,她肩膀就靠过来了。

"为什么你不带我走?天都冷了,我不愿意待在这里。"

突然,响起了火警的钟声。

二人回头望去。

"火!是着火了!"

"着火了!"

火是从山下村子的中央着起来的。

驹子喊了两三声后抓住了岛村的手。

随着黑色浓烟腾空而起,火苗时隐时现。似乎火势已经向四周蔓延,吞噬着房檐。

"那是哪儿?你以前住过的老师家,就在那附近吧?"

"不是。"

"在哪块儿?"

"在更上边,靠近火车站那边。"

火焰腾起,湮没了房顶。

"哎呀!是蚕茧仓库!是蚕茧仓库!哎呀,哎呀!蚕茧仓库被烧了!"驹子不停地说道,她把面颊贴在了岛村的肩膀上。

"蚕茧仓库啊!蚕茧仓库啊!"

火势越来越猛,从高处俯瞰广袤的星空下方,这场火灾像是在过家家,一片寂静。然而,又感受到了一阵恐惧,似乎可以听到迅猛的火焰的声音。岛村一把抱住了驹子。

"没有什么可怕的。"

"不嘛！不嘛！不嘛！"驹子摇着头哭泣起来。岛村用手摸着她的脸庞，感到它比往常小了，她那发硬的鬓角在颤抖。

她是看到了着火才哭的，她到底是在哭什么呢？岛村抱着她，并没有感到诧异。

驹子一下子又不哭了，她把脸拿开。

"哎呀，对了，蚕茧仓库放电影来着。就是今天晚上呀！有好多人在里面看电影呢！你说……"

"这可不得了！"

"会有人受伤的，还会烧死人的。"

二人慌忙沿着石头台阶飞奔而上。因为上方传来了一阵喧嚣声。抬头看去，高处的旅馆的二楼和三楼，几乎所有的房间都打开了纸糊格子拉门，有不少人站在灯下的走廊里在看着火呢。院子的尽头种着一排菊花，枯萎的花瓣尖处不知是在旅馆灯光的照耀下还是星光的照耀下显出轮廓，令人感到火灾映在那里，在那菊花的后面，也站着人。旅馆经理等三四个人跌跌撞撞地跑了下来，到了两个人的面前。

"喂，是蚕茧仓库吗？"

"是蚕茧仓库。"

"伤员呢？有人受伤吗？"

"正在不停地往外抢救呢。电影胶片一下子就着了起来，火势蹿得很快，这是在电话里听到的。快看那边！"经理迎面碰上就抬起一只手，说道："那些孩子，听说都是从二楼一个个地往下扔的。"

"哎呀，怎么办呀？"驹子也往下走去，像是在追赶经理。后面下来的人们跑着超过了驹子。驹子也被带得跑了起来。岛村也在后面追赶。

在石头铺的路的下方，看不到房子里的着火情况，只能看到蹿出来的火苗，火警的钟声也传到那里，更加令人感到不安。

"雪都冻实了，小心啊！脚底下滑！"驹子回头看向岛村，突然停住了脚步。

"哎，对了，你没关系的，不去也可以。我是担心村里的人。"

说起来也是那么回事。岛村一下泄了气，这时发现脚下就是铁轨。他们来到了铁道路口的前面。

"银河。真美啊！"

驹子喃喃自语道，抬头仰望着天空，又跑了起来。

啊，银河！岛村也回头望去，霎时间，他感到身体突然飘了起来，向着银河里飞奔而去。银河的光芒近在咫尺，似乎要将岛村捧起来一样。旅行中的芭蕉[1]在波涛汹涌的海上看到的，是否也是这么大的耀眼夺目的银河呢？赤裸的银河，已经降临于此，她要不施粉黛地将夜幕笼罩的大地卷起来，妖艳得吓人。岛村感到似乎自己渺小的身影从地上倒映在银河上。不仅银河里满天的星星一颗颗清晰可见，而且光云下的银色沙砾也一粒粒到处可见，晴空万里。而且，银河深不可测，夺人视线。

"喂！喂！"

---

[1] "芭蕉"，即"松尾芭蕉"（1644—1694），江户时代前期的俳句诗人。

岛村呼唤着驹子。

"哎,你过来一下!"

驹子向着银河垂落的黑暗的山峰方向跑去。

她好像手抓住了和服的前襟边,她手臂挥动的时候下摆就一伸一缩的,在星光照耀的雪地上,可以看出它是红颜色的。

岛村拼命地追赶。

驹子放慢了步子,将和服的前襟边放下了,抓起了岛村的手。

"你也要去吗?"

"嗯。"

"你好奇心真强。"她抓起落在雪地上的和服下摆。

"人家会笑话我的,你回去吧。"

"好吧,就到那儿。"

"不太好吧?我要是把你带到火灾的现场去,对村里人不好啊。"

岛村点了点头,站住了。可驹子轻轻地抓住岛村的袖口又走了起来。

"你找个地方等我一下!我马上就回来。哪儿等好啊?"

"哪儿都可以。"

"也是啊,那再往那边一点儿吧。"驹子窥视着岛村的脸色,她突然摇头道,"太讨厌了,你!"

"砰"的一声,驹子用身体撞了过来,岛村趔趄了一下。蒙了一层薄薄白雪的路边,长着一排大葱。

"我太窝囊了。"

接着，驹子语速很快地挑衅道："哎！你不是说我是个好女人吗？反正是要走的人为什么还要说这种话告诉人家呀？"

岛村想起了驹子用发簪扑哧扑哧地扎榻榻米的情景。

"我哭了，回家以后也哭了。我害怕和你分开。不过，你还是快点走吧。你的话把我说哭了，我是不会忘记的。"

岛村想起自己说的由于驹子的误会反而深入女人内心深处的那些话，似乎被一种依恋所束缚住了。突然，传来了火灾现场的喊声。新的火苗不断蹿出新的火苗。

"哎呀，都烧成那样了！火都着成那样了！"

两个人获救似的松了一口气，他们又跑了起来。

驹子跑得很快。看上去就像木屐在冻实的雪上飞也似的掠过，胳膊不是前后摆动，而是似乎撑在两侧的腋下，胸前憋足了力气，岛村没想到她身材如此矮小。微胖的岛村看着驹子的背影跑着，很快就上气不接下气了。但是驹子也突然气喘吁吁地把身子向岛村倒过来。

"我眼球都发冷，要流眼泪。"

她面颊发热，眼睛却感到很冷。岛村眼角也湿润了。试着眨眨眼，银河满视野了。岛村忍住不让眼泪掉下来。

"每天晚上都能看到这样的银河吗？"

"银河？真美啊！不是每天晚上都能看到。晴空万里啊！"

在两个人跑过来之前银河在他们后面，现在垂在了他们的前面。驹子的脸庞看上去仿佛是在银河中照耀一般。

但是，她那细而高挺的鼻梁并不分明，樱桃小口的颜色也消失了。天空上横穿而过的亮层竟然如此昏暗，岛村感到难以置信。星光比朦胧月夜还要暗淡，然而银河却比任何皓月当空还要明亮，而在地上没有任何影子的隐约中，浮现出驹子的面孔，犹如古老的面具一般。他感到了女人的气息，对此感到不可思议。

抬头望去，感到银河又要降临下来拥抱大地。

类似巨大极光一般的银河浸透了岛村的身体而过，也令人感到它似乎站在了大地的尽头处，尽管寂寞得令人身上发冷，但也妖艳得令人震惊。

"你要是走了，我就正经地过日子了。"驹子说着迈开了步子，她用手扶了一下歪了的发髻。走了五六步以后，她转过身来。

"你怎么了？真烦人！"

岛村一动不动。

"好吧，那你等一下，一会儿一起去你房间。"

驹子微微扬了一下左手就跑开了。她的背影像是要被黑暗的大山吸到它的下面。银河一直扩散到那山峦轮廓的尽处，同时又从那里向天际扩展开来，既绚丽多姿，又硕大无比。山峦因此更加昏暗沉寂。

岛村迈步走起来，没多久驹子的身影就消失在街道的房屋尽头。

"嘿哟，嘿哟，嘿哟"，远处传来吆喝声，可以看到有人在大街上拉动水泵。大街上似乎一直有人从后面跑过来，络绎不绝。岛村也急忙到了大街上。两人过来的道路呈丁字形，一直通到大街上。

又有水泵运过来了。岛村目送它过去以后，也跟在它的后面跑了起来。

这是一个旧式手压型的木制水泵，除了一根长长的绳子有一队人在前面拉动，水泵的四周围着许多消防队员，在其衬托下反而显得水泵非常渺小，有些滑稽可笑。

因为这个水泵要通过，所以驹子也躲到了马路边上。她看到岛村后就一起跑了起来。站在马路边躲避水泵的人们似乎被水泵吸引着似的也在它的后面追赶。现在两个人不过是赶往火灾现场的人群中的一员。

"你也来了？那么好奇。"

"嗯，这个水泵令人担忧啊，它可是明治时代以前的产品。"

"是啊。你别摔倒了啊！"

"可真够滑的啊！"

"当然了。下次整宿地吹雪的时候，你来看一次吧。你来不了吧？那个时候野鸡啊兔子什么的都会往人家里钻。"驹子说话的时候，被消防员的吆喝声和人群的脚步声所感染，她的声音也变得明亮清脆。岛村也感到一身轻松。

此时传来了火焰发出的声响。眼前又蹿起来了火苗。驹子一把抓住了岛村的胳膊肘。大街上不高而又黑暗的房顶在火光下像在呼吸似的一下子浮现出来，接着又淡出了。脚底下的马路上，有水泵压出来的水流淌过来。岛村和驹子自然而然地在人墙前面站住了。火灾的烟熏味掺杂着水煮蚕茧的味道。

人们到处在高声地谈论着类似的话题：是电影胶片引起的火灾；是把看电影的小孩从二楼一个个地扔下来的，而且没有人受伤；庆幸的是现在那里面没有村里的蚕茧和大米等等。然而，在火灾现场，却有一种寂静压倒了一切，它似乎让人们在倾听火声和水泵声。面对眼前的大火，人们都沉默不语。仿佛存在着远近两个极端，而无中间状态可言。

时不时有后来才赶过来的村里人在到处呼喊着家人的名字。有人回答，就欢呼雀跃。只有这些人的声音生动而洪亮。火警的钟声早已无声无息了。

因为要掩人耳目，岛村刚一悄悄地离开了驹子，就站在了一群孩子的身后。火光照得脸上发热，孩子们向后退了几步，似乎脚底下的雪也要有所松动，人墙前面的积雪由于大火和水的缘故开始融化，泥泞处可以辨认出杂乱的脚印。

这里是蚕茧仓库旁边的田地，和岛村他们一起赶来的村里人基本上都在这里。

火似乎是从安装了放映机的门口处着起来的，蚕茧仓库一半的房顶和墙壁都烧得坍塌了下来，但柱子和房梁这些骨架却矗立在那里，冒着烟。只剩下铺房顶用的木条、板墙和木地板，其他则空空如也，所以室内也并没有冒出来那么大的烟，被浇了很多水的房顶看上去并没有着火，但火势并没有停下来，在意想不到的地方又蹿出了火苗。三台水泵的水慌忙地浇向了那里，砰地喷出来了火苗，一股黑烟腾空而起。

那股火焰在银河中扩散开来，岛村感到了自己又要被捧到了银河上。浓烟流向银河，相反地银河则一下子宣泄下来。水泵的水没有浇到房顶上，晃晃悠悠地变成一股水雾，其淡白色看上去犹如银河的光芒映照着似的。

不知道是什么时候凑过来的，驹子抓住了岛村的手。岛村转头看向她，但没有开口说话。驹子一直看着着火的方向，她那有些涨红而又一本正经的脸上闪耀着火光，仿佛在呼吸一般。岛村的内心里热血沸腾了。驹子的发髻松了，头发有些往下耷拉了，岛村想把手伸过去，但他的指尖颤抖了一下。岛村的手有些发烫，但驹子的手更烫。不知何故，岛村感到离别将要来临了。

不知是入口处的柱子还是什么地方又着起了火苗，熊熊燃烧起来，有一道水泵的水浇了过去，房屋的栋梁啾啾地冒着热气开始倾斜。

啊！围成人墙的人们屏住呼吸，只见一个女人的身体掉了下来。

蚕茧仓库为了也能用于演戏，加盖了一个虚有其表的二楼当作观众席，说是二楼，但也不高。因为是从那个二楼掉下来的，所以掉到地上也就是瞬间的事情，看上去似乎有时间可以用眼睛清楚地追踪到掉下来的身影。或许是由于掉下来的方式有些令人不可思议，像是玩偶掉下来似的。一眼就可以看出来那个人是昏迷了。即使掉了下来，也没有发出声音。因为那个地方有水，所以没有溅起尘埃来。她是掉在了新燃起的火焰和死灰复燃的火焰的中间位置。

对着死灰复燃的大火，有一台水泵在斜对着它射出弓形的水柱，在它的前面突然浮现出一个女人的身影。就是这样一种落下来的方式。女人的身体在空中是水平的状态，岛村心中一惊，但由于太过突然，既没有感到危险，也没有感到恐惧。犹如非现实世界的幻影一般。僵硬的身体被抛到空中后变得柔软起来，但是，类似人偶般的不加抵抗，是一种没有生命的自由，是生与死似乎都停止了的姿势。岛村脑中出现了一闪念，产生了一种不安，这就是水平地伸展开的女人的身体会不会头先着地，腰或膝盖会不会弯曲。看上去似乎有这样的苗头，但还是水平地落下来的。

"啊！"

驹子尖叫一声，用手捂住了双眼。岛村则目不转睛地看着。

掉下来的女人是叶子，岛村又是什么时候明白过来的呢？人墙的人们惊呆地屏住呼吸和驹子惊叫一声实际上发生在同一个瞬间。叶子的腿肚子在地面上痉挛似乎也是在同一个瞬间。

驹子的叫喊声击穿了岛村的身体，与叶子腿肚子痉挛的同时，岛村的身体也产生了冰冷的痉挛，一直到脚尖。他受到了一种憋闷的痛苦和悲哀的打击，心脏跳动得非常剧烈。

叶子的痉挛非常细微，以至于难以看清，而且马上就停止了。

在看到叶子痉挛之前，岛村一直在看她的脸和身上穿的箭翎花纹的和服。叶子是仰面朝天掉下来的。有一个膝盖偏上的地方和服的下摆卷了起来。即便是摔到了地上，也只是腿肚子痉挛了，似乎还在昏迷着。不知为何岛村并未感到这是死亡，而是感到叶子内在的生命改变了形态，这是它的一个节点。

从叶子掉下来的二楼的看台上有两三根骨架的木头倾倒下来，并在叶子的脸上燃烧起来。叶子闭着她那尖锐美丽的眼睛。她下颌凸起，脖颈的线条看上去也变长了。火光在她惨白的脸上晃过。

岛村突然想起几年前在他来这个温泉乡见到驹子的火车上，看到叶子的脸部中央燃起山火时的情形，岛村心中又为之一颤。似乎一瞬间又映照出他与驹子度过的岁月。一种憋闷的痛苦和悲哀也在这里。

驹子从岛村的身边跳了起来，驹子叫喊和捂住眼睛似乎也是同一个瞬间发生的事情。正是人墙的人们惊讶地屏住呼吸的那个时候。

不时有水溅到衣服上，还有黑色的灰烬四处散落，驹子拽着她那艺伎和服的长下摆躲避着。她想把叶子抱在怀里把她带回去，在她拼命使劲的脸的下方，低垂着叶子将要升天而又茫然的脸庞。看上去似乎驹子在拥抱着自己的牺牲或刑罚。

人墙中人声鼎沸，队形开始散了，人们一下子将两个人围了起来。

"让开，请让开！"

岛村听到了驹子的喊声。

"这孩子疯了！疯了！"

驹子这样的声音听上去近乎发疯似的，岛村要靠近她，但被要从驹子怀里把叶子抱过去的男人们推搡了一下，他身体晃了晃。他努力地站稳脚跟，抬眼望去，唰的一声仿佛银河要落入岛村的体内。

新编新译
世界文学
经典文库

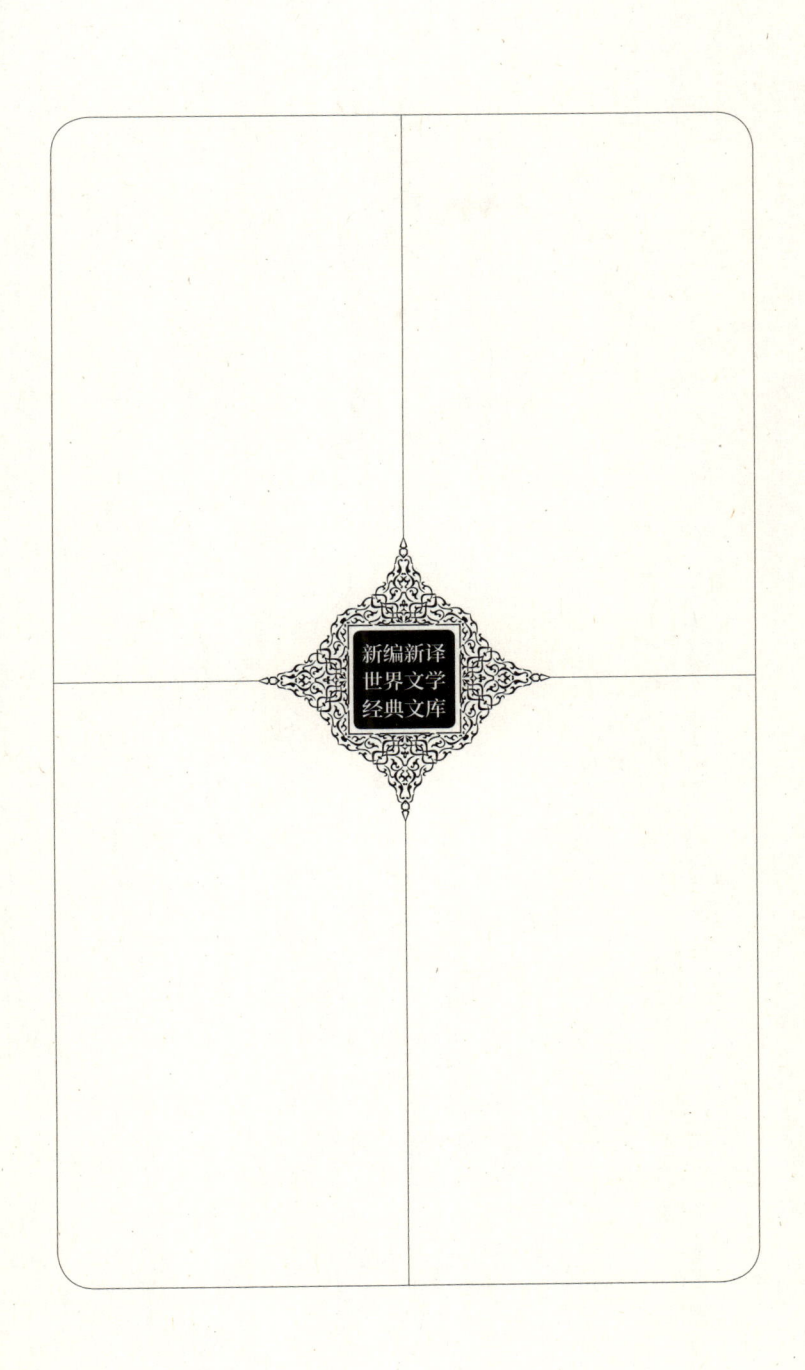

新编新译
世界文学
经典文库

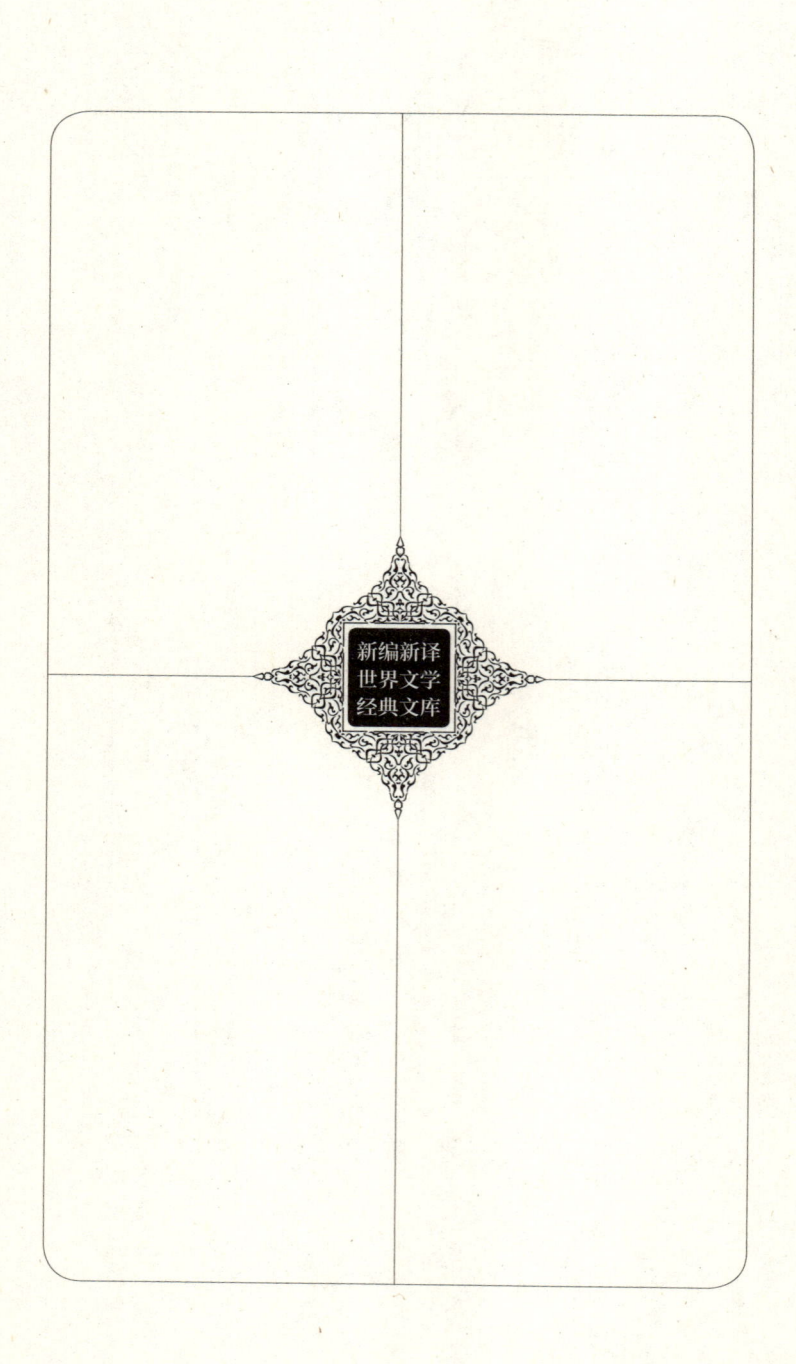

新编新译
世界文学
经典文库

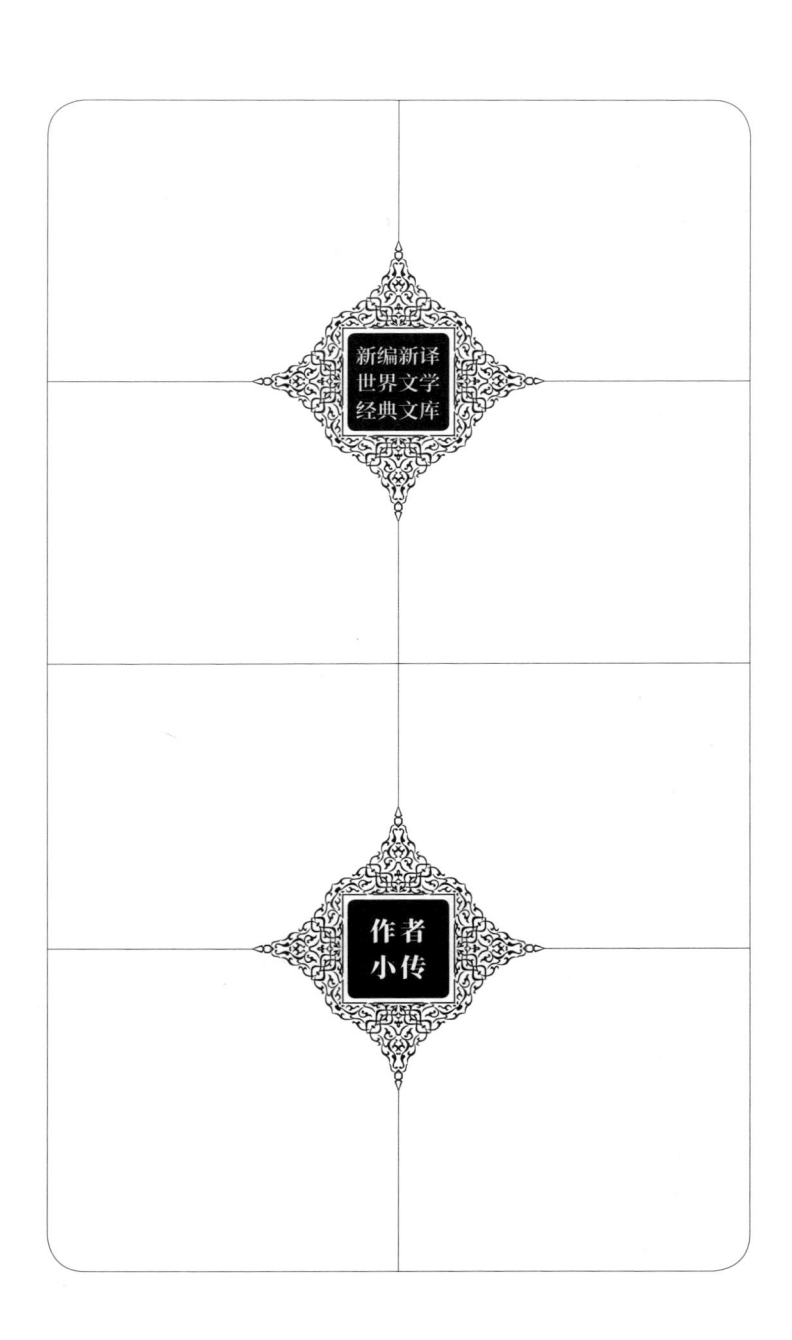

作者
小传

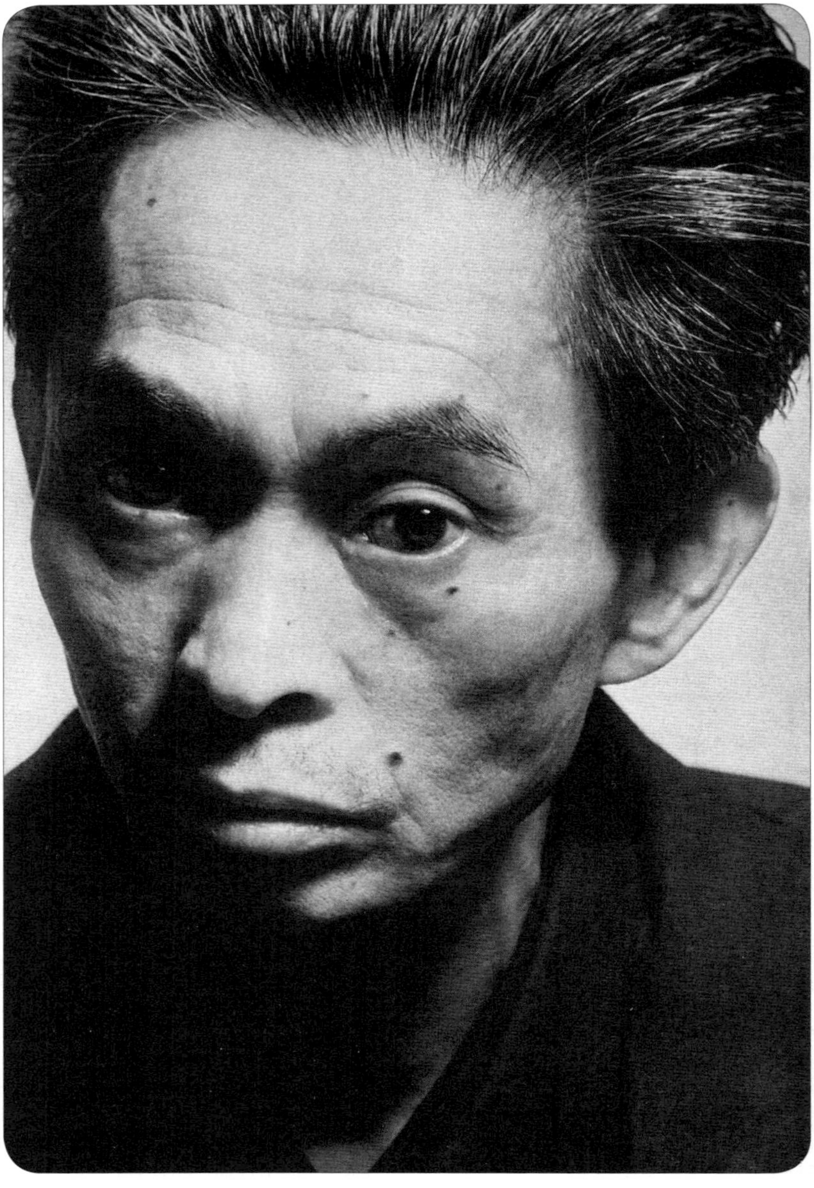

小堀峯成

(1899—1972)

川端康成小传

周阅

第一节　从凄楚童年到孤绝少年

一、衰落的贵族之家

大正三年(1914)初夏，日本大阪府三岛郡丰川村宿久庄东村一间低矮阴湿的农舍里，一位瘦骨嶙峋的老人躺在病榻上痛苦地呻吟着："啊，疼，真疼啊！啊！啊！"老人头顶上稀疏地飘着几根白发，身体干瘪，满脸皱纹，双手不住地颤抖。一个15岁的少年坐在旁边铺开稿纸，在昏暗的油灯下满怀悲伤地写着日记。谁也不会想到，半个世纪之后，这个少年将会成为日本第一位获得诺贝尔文学奖的著名作家。他就是川端康成(Kawabata Yasunari, 1899—1972)。古稀之年，功成名就的川端回想起自己幼年的生活就像梦幻一样，关于自己的出生地"只知道在大阪天满的天神附近的镇上，大约是在淀川之滨"。

川端家族曾经是全村的"贵族之家"，相传已有700多年的历史。但是，到了祖父川端三八郎时，家道中落，就连标志家族地位的墓山也卖掉了。三八郎羞于让人知道曾经拥有的辉煌历史和尊贵祖先，便将家谱秘藏在亲戚家的佛坛抽屉里，并且上了锁。川端的幼少年时期，被裹挟在家族衰亡命运的漩涡中——他刚满1岁时，身为医师的父亲荣吉因肺结核而离开了人世，第二年，因照料父亲而感染的母亲也撒手人寰。川端年仅两岁就失去双亲，而且在父亲、母亲和外祖父的老家三地漂泊。父亲临死之前，在病榻上强撑病体分别为川端写下了"保身"和"忍耐，为康成书"两条遗训。当时，年幼的川端还不十分明白父亲的意思，但他已能够隐约猜到父亲希望他健康成长的愿望，在后来的川端日记中也随处可见"保身"二字。虽然父母的音容笑貌在川端心中早已荡然无存，然而对于病痛和早死的恐惧却长久地沉积在川端的心中，挥之不去。川端说，他一次也不曾梦到过父母，父母的早逝对他来说"大概是幸运和不幸运各占一半"。他认为，自己的父母与活在人间的父母们不一样：他即使想干点儿什么，父母连眉头也不会皱一下；他不论做出多么荒唐的举动，父母也毫不惊奇；他连一句不满的话也不曾听父母说过。川端在看到心爱的人的背影时，反而比面对面时有更多的话涌上心头。他将这种情形归咎于早亡的父母，还在作品中对父母说："您们将这个尚未懂事的儿子留在这个人世间，他会遭受多么大的痛苦和多么大的悲伤，您们却不曾为他操过一点儿心啊。"这样的倾诉，满含着川端内心深处的苦楚、辛酸和怨恨。川端在《致父母的信》中，从第一封到第五封，每封信的结尾都深深地叹息："连您们的独生子也想不起您们了，故去的父母啊，安息吧！"在最后一封信中，他发出了这样的追问："您们是不是想看看留在人世间的儿子？您们是不是毫不迟疑地安详地闭上眼睛？"[1] 家庭身世给川端带来的屈辱与疑惑成为一种无形的压迫，沉淀在他的灵魂深处，蔓延于他的创作生涯。住吉三部曲——《反桥》《阵雨》《住吉》，每一篇都以"你在哪里呢？"的呼唤开头，又都以同样的呼唤结尾。

经受了"白发人送黑发人"之大悲痛的祖父母对川端家族传宗接代的唯一的命脉——川端康成，更是百般宠爱。川端是不足

---

[1] 此段引文均见川端康成《致父母的信》，《川端康成文集》第 2 卷，中国社会科学出版社 1996 年，第 211—254 页。

7个月的早产儿，自出生以来一直瘦骨伶仃，体质虚弱。由于祖父母过于精心的呵护，川端直到上小学前还不会用筷子，吃饭时都是祖母一口一口连哄带劝地喂。两位老人精心喂养孙儿的情景，令村里的人望而生怜。而且，祖父母担心川端的安全和健康，几乎从不让他出门。明治三十九年(1906)，川端进入大阪府三岛郡丰川寻常高等小学校。开学典礼那天，是由邻居领着他去的学校。看到别的孩子由父母双双牵引、欢欢喜喜的样子，一阵自卑感陡然袭上他的心头。长期幽闭暗室的生活，使他面对这一派欢腾的热闹场面不知所措。生平第一次夹杂在熙熙攘攘、喧闹嘈杂的人群中，川端惶恐不安，仿佛大祸临头，一双大眼睛噙满了泪水。在学校里，川端总是形只影单，很不合群，是逃学最多的孩子。一年级的187天课中，他缺席达69天。那时，学校要记考勤，同村的孩子每天都在神社前集合，结伴同去，各村的小学之间还要比赛出勤率。清晨，孩子们来叫川端，川端总是赖在家里不愿去，祖父母就连忙把窗户的挡雨板全部关上。孩子们在外面叫骂，用石子敲打挡雨板，直到快要迟到才离开。祖父母和川端一起缩作一团，一声不响。就这样，川端封闭在老家阴暗潮湿的农舍内，几乎与世隔绝，"除了祖父母之外，简直就不知道还存在着一个人世间"[1]。川端"变成了一个固执的扭曲了的人"，他"把自己胆怯的心闭锁在一个渺小的躯壳里，为此而感到忧郁与苦恼"[2]。

---

1 川端康成《祖母》，《川端康成文集》第2卷，中国社会科学出版社1996年，第443页。
2 川端康成《少年》，《川端康成文集》第10卷，中国社会科学出版社1996年，第227页。

二、相依为命的祖孙二人

川端7岁时，娇宠着他的祖母去世了；10岁时，仅见过两面的同母异父的姐姐也夭折了。从此，这个寂寞的家中只剩下相依为命的祖孙二人。祖父由于白内障几乎双目失明，之后的8年间，川端就是每天望着祖父那茫然无物的眼睛度过的。当时，家家户户都用上了煤油灯，祖父认为煤油危险，家里一直用着古老的菜籽油灯，对于祖父来说，无论明暗都是一样的。灯芯如豆，川端稚弱的灵魂，恰如那油灯寂寞的光亮。

夜幕降临，川端与眼瞎耳背的祖父隔灯对坐，他知道祖父什么也看不见，什么也听不见，于是便常常一动不动地凝视着祖父的脸，像是面对着一张照片或一幅画像。由此，他养成了直勾勾地盯视别人的习惯，成年乃至成名之后仍然没有改掉。川端的静默凝视是有名的，这种凝视往往令人望而生畏。川端的夫人秀子在战前写了唯一的一篇关于川端的文章，题目就是《那双严厉的眼睛……》

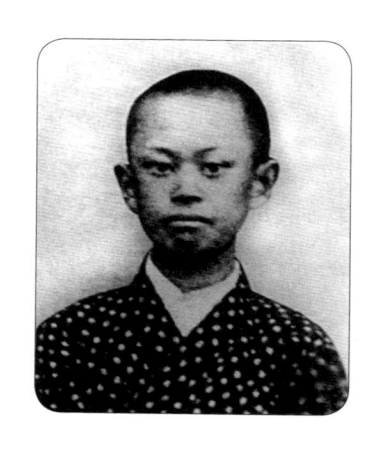

在川端康成立志学文之前，他曾想将来成为画家

(昭和四年十二月《文学时代》)，文中曾提及刚刚接触就被川端直勾勾地盯视，一定会觉得害怕。三岛由纪夫在《永远的旅人——川端康成其人与作品》中写道："世上总有慢性子的人，即使对方沉默不语

自己也不会感到不愉快，同时，自己无言地面对对方也毫不感到疲劳。川端大概就属于这种类型。"[1]川端自己也说过："这种毛病说不定是同盲人单独在一起生活了多年所养成的吧。"

　　有时候，川端把祖父气得发抖，看到苍老羸弱的祖父悲怆的神情，川端懊悔不已，但他只是泪流满面地看着祖父，一言不发。祖父看不见他懊悔的泪水，依然怒气冲冲。就这样，祖父那深刻的孤寂和哀伤无声地浸透了川端的骨髓。川端想摆脱这压抑而单调的气氛，上小学时常常在清晨披星离家，独自爬上村头寂静的山顶，翘首等待东方的日出，山边松树的针叶和枝丫随着旭日东升而明亮起来的情景能给川端带来一丝莫名的温暖。在后来的川端文学中，字里行间时时流露着这种与自然的亲近。每当晚饭过后，黑暗和寂寞就一起袭来，川端不堪忍受，在征得祖父同意后，像逃难一样跑出家去，却又边跑边开始惦记呆坐床前的祖父。川端每次都来到邻居一个小朋友的家，他喜欢接触朋友的母亲那温柔慈爱的目光，更喜欢感受那里其乐融融的气氛。同时他又深感不安，心中被撇下祖父的罪孽感搅扰着。但越想到孤独的祖父，他就越不愿回家。万般矛盾之中，总要挨到半夜才不得不离开。随着朋友家的大门在身后"砰"的一声关上，川端总是一下子被惆怅和凄凉包围住，祖父怎么样了？不会死了吧。树影摇曳，归途的黑暗与恐怖裹挟着担忧和后悔涌上川端心头，他提着木屐，赤脚在夜路上狂奔，大声呼喊着祖父。到了家门口，川

1　《川端康成》，载《群像 日本的作家13》，小学馆1991年，第26页。

端的声音被屋里的寂静哽住了。他轻轻走进房间，悄悄地爬到祖父床头，看到祖父熟睡的脸如同死人一样。川端贴近祖父的脸聆听祖父呼吸的声音，然后默默地合掌祈祷。有时祖父醒着，便会问："是康成吗？"祖父的声音令川端深深地自责，他发誓今后再也不扔下祖父去玩耍了。每天他都带着这样的决心入睡，可是第二天一到傍晚却又重蹈覆辙。童年时代的日子在同样的心情中重复着，但这种奇异的生存经验却造就了川端丰富的想象力和异常敏锐的感受力，无形之中帮助了他日后的创作。

川端缺课虽多，但成绩却很好，小学所教的东西他都早已知道了，尤其是作文，经常受到老师表扬。小学毕业的成绩单上，除了体格一项是"中"以外，其他成绩均为"甲"。大正元年(1912)，川端以优异的成绩考上了大阪府的茨木中学。茨木中学以重视体育锻炼和劳动而著称，它培养出了日本的奥运会游泳选手，并使日本游泳项目一度在世界上领先。这期间，川端不得不跟同学们一起参加锻炼和劳动，而且，每天还翻山越岭，徒步往返于家与五公里外的学校，体格渐渐强壮起来。但伴随他的健壮与成熟的，却是祖父的虚弱和衰老。面对祖父的痛苦，川端无能为力，于是他开始写日记，试图以白描的文字和忠实的记录来补偿精神上的空虚。每当他看到祖父在病榻上苦苦挣扎，就会点起一支蜡烛，以一个少年少有的冷静，在昏暗的烛光下写日记。日记不但是他排遣孤独的方式，也无形中牵引他走上了文学的道路，这是他当年无论如何也没有想到的。川端一生没能摆脱命定的漂泊生活，经常搬家，为此遗失了不少东西，甚至包括父亲的许多照片，但日记却总是带在身边。即使要扔掉原稿，也必先清晰地誊抄下来,他后来的许多作品都是在日记的基础上改写而成的。

棉被覆盖下的祖父已经看不出身形,他自觉不久于人世,比川端更加心如刀绞,因为他无法摆脱对于川端家道衰颓的自责,以及对尚且年少、孤身一人的孙儿的牵挂。他曾经在家乡颇有名气,著有风水书《构宅安危论》和随想集《要话杂论集》,还在痢疾流行时自配中药救治了很多病人。但是,他的所有事业都以失败告终。当时的川端尽管年少,目光却异常冷峻,他凝视着祖父那苍老的面孔,既看到了祖父的博学多才,也看到了祖父的落魄潦倒。他说:

> 祖父一生不得志。他干的一切事业全都失败了,他心里该怎么想呢。啊,感谢上天保佑。在这逆境中,他活到了七十五岁。他心脏良好(祖父所以能够忍受悲恸,活得长寿,我认为这是由于他心脏良好的缘故)。他的几个孩子和孙子都先于他辞世了。他没有话伴,看不到也听不到(又失明又耳背),很是孤独。祖父感到所谓孤独的悲哀。在祖父来说,"哭着过日子"这句口头禅,确是吐露了真情实况。[1]

难以想象,这样客观冷静的语言是一个年仅16岁的孩子伴随着祖父向苍天倾诉般的呻吟写下的,这声音令他"无比心酸,宛如自己的生命一寸寸地被剜下扔掉似的"[2]。川端准备了100页

---

[1] 川端康成《十六岁的日记》,《川端康成文集》第 2 卷,中国社会科学出版社 1996 年,第 11—12 页。
[2] 同上,第 23 页。

稿纸，打算做祖父弥留之际的记录，一边写一边担心着祖父的生命能否延续到他用完这些稿纸。不幸的是，他不祥的直觉应验了，稿纸只用了大约30张祖父就作古了。

十几年之后，川端27岁时，在伯父家的仓库里偶然发现了这些日记，经过改写之后发表在大正十四年(1925)8月号的《文艺春秋》杂志上，这就是川端发表最早的小说《十六岁的日记》(题目中的"十六岁"当为虚岁)。在编写全集时，川端将这篇作品放在卷首，因为在他看来，这是"相当重要的记录"，是他"生命中的一条线索"，是"唯一的直率的自传"，而且应当算是他的处女作和优秀之作，甚至还先后为此写了两篇后记。《十六岁的日记》字里行间流露着无尽的孤儿的悲哀，川端说："这种孤儿的悲哀从我的处女作就开始在我的作品中形成了一股隐蔽的暗流，这让我感到厌恶。"[1] 与失明的祖父所共度的8年时光，比之父母、祖母，更为深厚地成为培育川端文学的土壤。正是在这样的土壤之下，萌生了一篇篇直面人生的朴素而孤寂的孤儿自白。川端自己也认为，特殊的经历给他的创作带来了特殊的馈赠和恩惠。

三、孤独博览的中学时代

初中三年级时，祖父终于咽下了最后一口气。祖父的死标志着川端失去了最后一位亲人，家庭的温暖犹如最后一点火星在暗夜中熄灭了。亲人一个个从身边故去，因而川端比其他孩子更

---

[1] 川端康成《独影自命》，《川端康成文集》第10卷，中国社会科学出版社1996年，第16页。

早、更深刻也更痛苦地体会了生命的价值和意义。那一年，这个孤苦贫穷的中学生，默默地把自己过去所写的诗词文章全部整理出来，装订成册，并借用父亲的雅号，题名为《第一谷堂集》和《第二谷堂集》。正是从那时开始，对文学的憧憬清晰起来，矢志于文学的决心也日渐坚定。孤独使川端不得不寻求逃避的途径，

最有效的捷径就是读书。于是，各种典籍伴随他熬过了一个个孤寂的长夜，也牵引他步入了文学艺术的天地。但是同时，川端与家乡的关系也日渐疏远，中学之后，他已不再回望故乡，而且内心并不感到多么痛苦。川端几乎从未以作家的笔满怀乡情地描绘过生养他的故土，他深深依恋并且孕育出无数优美作品的是：伊豆、浅草、雪国、古都。

川端的许多短篇，如《油》《参加葬礼的名人》《祖母》《拾遗骨》《孤儿的感情》等，都是展现他孤儿生活的一种"私小说"。它们和朴素记录其孤儿经验的人生素描《十六岁的日记》相互映照，同后来的《致父母的信》《父亲的名字》《故园》《落花流水》等作品中触及其幼、少年时代的片言只语也都彼此相关。川端穿过童年的悲苦和少年的彷徨，直到成长为一个青年时，仍然未能摆脱其"孤儿根性"，他称自己为"天涯孤客"。从战前开始，川端文学论中关于"孤儿根性"的评说已成定论。

在茨木中学的几年间，川端把全部精力都投入到了广征博览的阅读之中。他经常出入学校附近的多家书店，欠下了很多书款，最后不得不由伯父们做主卖掉了祖上的房产，这才还清了祖父及他自己购书的欠款。也正因如此，他的成绩直线下降，从第一名落到第十八名，从甲班降到乙班。然而，川端并没有默认自己的迅速滑坡，自卑与自尊同样地在他心中滋生和膨胀。在一股反抗的冲动之下，他把同班名列前茅的同学的成绩一一抄写在笔记本上，时时提醒自己直视这屈辱的记录。同时，川端开始了文学创作，发表了不少散文、短歌和俳句等。

大正六年(1917)年初，到了川端临近初中毕业的时候，他突然决定报考有"天下一高"之称的东京第一高等学校。这是当时日本出类拔萃的一流学校，进入这个学校，就意味着一只脚已经跨入了培养上层社会学者和官僚的日本最高学府——东京帝国大学(东京大学的前身)。在众人的反对声中，川端日夜苦读，终于如愿以偿，成为茨木中学当年唯一一个、也是有史以来第一个进入东京第一高等学校的学生。

一高期间，川端常常钻进东京帝国大学的教室旁听，既不参加考试，也不交听课费。那时著名的中国学家、中国俗文学研究的开创者之一盐谷温先生在东大讲授汉文学课程，听讲的往往只有寥寥几个学生，其中坐在最前边、一次也没有缺过课的就是川端。川端还常常借朋友的学生证去东京帝国大学的图书馆看书。图书馆的老师虽然识破了这个假学生的身份，但看到他如此入迷地读书，也就热心地默许了。此间川端阅读最多的是俄国文学和芥川龙之介、志贺直哉的作品，尤其为陀思妥耶夫斯基倾倒。

第二节　从文坛新秀到知名作家

一、东京帝国大学时代

三年之后，即大正十年(1921)，川端又一次如愿以偿，以优异的成绩考取了日本国立最高学府——东京帝国大学，在文学部学习英国文学。

也恰在这一时期，川端正式开始了他在日本文坛的活动。大一这年，川端与一高时期的同学石浜金作、铃木彦次郎、酒井真

东京帝国大学时期的川端

人以及校外旁听生今东光等五人，开始筹备第六次复刊《新思潮》。《新思潮》最早创刊于明治四十年(1907)10月，由戏剧家、小说家小山内薰主编，重点介绍国内外新兴文艺流派和戏剧界的动向。它的创刊推动了日本话剧的发展，但不到半年就停刊了。三年之后复刊，仍由小山内薰任编辑，并聘请著名作家和诗人岛崎藤村担任顾问。以后《新思潮》又多次停刊。大正三年和大正五年(1916)，由山本有三、久米正雄、芥川龙之介、菊池宽等人分别实现了第三次、第四次复刊，以他们为代表，日本文坛诞生了一个新的文学流派——"新思潮派"。第五次复刊是在大正七年(1918)，但影响不大。

第六次《新思潮》创刊后，川端以此为阵地，发表了一系列作品，获得了文坛前辈们的一致好评。在第二期上川端发表了《招魂节一景》，主持该期评论的菊池认真阅读了这篇小说，还用红铅笔画了许多着重线。他一句句地给川端念画线的地方，作了细致入微的分析，称赞川端的想象力具有光彩夺目的魅力。川端的才能第一次得到了名家的认可。菊池很快向久米正雄推荐了这篇小说，并在他所遇到的每一个人面前夸赞一番。很快，当时雄霸日本文坛的三大文学流派——"三田文学派""早稻田文学派"和"新思潮派"的众多前辈作家都对这篇作品提出了褒奖；三家大报之一的《时事新报》也很重视这个文坛新秀的出现，在发表对同人杂志作家们的评论时，对新人川端和他的这一作品也给予了热情的介绍和推荐；文艺杂志《秀才文坛》称川端为很有前途的新晋作家;《文章俱乐部》的"最近文坛种种"栏目所列出的近期代表作家的名单里,第一位就是川端。川端一举成名,这个短篇成为川端第一篇在文坛上引起反响的作品,同时也成为川端知遇菊池先生的一个契机。此后,川端不再依靠亲戚的资助,开始了他真正意义上以文为生的生涯。

在弱冠之年就成为文坛新秀的同时,川端也迎来了人生中的第一次婚约。女方是川端在一高期间认识的一家咖啡馆的女招待伊藤初代。考入大学之后川端两次追赴岐阜,先后征得如同自己养父般的菊池宽以及初代生父的同意,终于与初代订了婚。然而,当川端回到东京,在刻骨铭心的思念中等待初代时,却突然收到了不明缘由的毁约信。初代在信中说有了"非常"(日语的"非常

川端与初代

川端珍藏在相簿中的初代照片

为"非同寻常"之意)情况，而且不能说明缘由。这一"非常"事件不仅在川端的人生历程，而且在他的文学生涯中，都留下了不可磨灭的印记。川端以此为蓝本，写下了《篝火》《非常》《霰》《南方之火》《她的盛装》《海之火祭》等被学界称为"千代故事(ちょ物)"系列作品,这里的"千代"即是"初代"。[1] 2013年夏季,在神奈川县镰仓市的川端宅邸发现了11封信件,其中10封是初代写给川端的,1封是川端给初代的,但该信未录日期,也未投寄。这封没有发出的信,伴随在川端身边,历经近一个世纪的颠沛辗转才结束了被尘封的命运。川端在第六次《新思潮》创刊号上发表的小说《一次婚约》,即是描写此次订婚和失恋事件的。

整个大学期间,川端对学业依然漫不经心,尤其讨厌要点名的课。倒是高中时的"传统"依然如故地保留着——上课时桌子下边总有一本私藏的小说。"非法旁听"时期从不缺课的川端,在获得了合法的听课资格以后却开始逃课了,第一学年,川端所有课程的考试全部挂科,没有取得一个学分。但是没有成绩的川端却完成了大量文学原著的阅读,还翻译发表了高尔斯华绥、契诃夫(译自英译本)等人的作品。最后,川端被取消了听课资格,第二年转入了国文学专业。

转过专业之后的川端依旧散漫,几乎没有好好上课。受此影响,他始终成绩平平,还多读了一年,即便如此,到临近毕业时也还没修够学分,不得不向几位先生预借学分,险些没能获得学位。他最终能够涉险毕业,是得益于主任教授藤村作的宽容和慧眼。在教授会议上,藤村极力肯定川端的写作天赋,说像这样的学生是没有先例的,完全是个天才,而且川端已经在文坛崭露头

---

1 "初代"的日语发音虽为"はつよ",但东北方音读作"はちよ",简化之后即为"ちよ",就是"千代"的发音。参见《川端康成"未投寄的恋文"独家公开历史性的发现》,《文艺春秋》平成二十六年(2014)8月号,第111页。

角，应该鼓励他在这个方向上继续努力。另外还有一件在川端作家生涯中的幸事：藤村教授虽然批评了川端的论文虎头蛇尾，也指出唯一值得肯定的是序言部分，川端恰恰在毕业之前将这序言部分独立成篇，在修改润色后以《日本小说史的研究》为题，发表在大正十三年(1924)3月号的《艺术解放》杂志上，获得了好评。就这样，川端成为毕业于东京帝国大学文学部国文学专业的第一个职业作家，并且很快在国际文坛上享有声誉。

二、从《文艺春秋》到《文艺时代》

川端在创作生涯的前半期，之所以能够在文学之路上坚持下来，很大程度上得益于师友的帮助，特别是菊池宽。无论在文学还是在人生的道路上，日本文艺界深孚众望的菊池氏都给予了川端慷慨无私的帮助。有一次，川端拖欠了房租，房东三天两头就来讨债，迫于无奈的川端首先想到的就是向菊池求助。菊池每次接济川端时，都是一副若无其事的样子，事后也常常装作早已忘了借钱的事。

为了给文艺新人提供更加广阔的创作园地，大正十二年(1923)1月，菊池宽慷慨解囊，自费创办了一份新的同人杂志《文艺春秋》。这份薄薄的杂志把以川端等人为首的《新思潮》同人尽数吸收过来。他们将这份杂志的宗旨定位为：以新的表现力表现新的精神，以新的文章展示新的内容。从第二期开始，川端加入了该杂志的编辑工作，正式成为编辑部的同人。《文艺春秋》创刊后的5年间，川端是该杂志同人中撰稿最多的，共计20余篇，被菊池誉为"《文艺春秋》所属的有为的作家"。在踏上文学道路之初，川端就在创作和评论两个方面都显示出了巨大的潜力。川端文学在《新思潮》扎根、发芽，移植到《文艺春秋》后迅速绽放出花朵。

《文艺春秋》创刊的同年9月发生了历史上著名的关东大地震。由于地震的影响，大量杂志相继停刊，许多文学家也纷纷逃离东京。这次地震不仅轰毁了城市生活，也使既有的文化秩序化为乌有，它成为日本文坛一个重大的转折契机。川端在这一年10月的《时事新报》上发表《余烬文艺作品》，文中说他做梦也没有想到，地震使文坛变得新鲜了。震前的文艺已发展到近于烂熟的境地，因而各种弊端也逐渐暴露出来，地震过后，萧条的文坛迫切等待着新生力量。

在此之前，日本无产阶级文学运动正蓬勃兴起，在地震中虽然遭受了沉重的打击，但很快就以强劲的势头再度崛起。震后翌年，即大正十三年(1924)6月，作为无产阶级文学先驱杂志《播种人》的后身，《文艺战线》创刊了，并且以此为中心成立了"日本无产阶级文艺联盟"。另一方面，自大正中期开始，欧洲20世纪的艺术未来派、达达主义、表现主义等现代派文艺思潮已经波及日本。不仅有大量现代主义小说被译介到日本，还有表现派电影以及大量西方现代戏剧也相继进入日本。这些先锋艺术在年轻一代的文学新人中得到认同，成为日本现代派文学形成的催化剂，高唱"艺术革命"的前卫艺术的火种渐呈燎原之势。在这双重背景之下，大正十三年9月《文艺春秋》废除了同人制，新晋作家们集体退出了《文艺春秋》，而第六次复刊的《新思潮》也宣告解散。

一个月后，《文艺时代》由金星堂正式发行创刊。杂志名称是川端康成首先提出的，他认为远古时代宗教在人生及民众中所占据的位置在新的时代应当由文艺取而代之，由此提议新杂志起名为"文艺时代"，它意味着要"从宗教时代走向文艺时代"。这也是在川端脑海中朝朝暮暮萦绕不去的信念，他的提议得到了众人的一致赞同。这一时期，川端显得精神抖擞、雄心勃勃。

川端在《文艺时代》的《发刊词》中宣告："《文艺时代》的诞生，是新作家对老作家的挑战，也可以说它是一场破坏既有文坛的运动。""我们的责任在于革新文艺，进一步说，必须从根本上使人生中的文艺或艺术观念得以更新。命名为《文艺时代》既是偶然也未必完全偶然。……只有我们才能创造新的文艺，同时创造新的人生。"《文艺时代》一经问世即引起了轰动，其创刊号不仅在大城市东京、大阪，即使在地方上也被抢购一空。几乎所有报纸的文艺版以及文学杂志上都载文评论这一刊物，祝贺与鼓励的信函沸腾了编辑部。此时的川端已不仅仅是个年轻作家，同时也是一个满怀自信、意气风发的文艺批评家。

三、"新感觉派"时期

全身心投入《文艺时代》编辑工作使川端显示并确认了自己的才能和气魄，也给他带来了自信和充实。他感到自己已经走出了盲从的误区，具有了识别精华与糟粕的鉴赏能力。这一时期是川端文学观念的形成期，也是川端所代表的"新感觉派"的形成期。

早在《文艺时代》创刊前后，川端和横光等人就发表了一系列反传统的作品，他们脱离事物表面的真实外壳，抛弃干瘪的文体和凝固的语言，以奇异的修辞和绚丽的辞藻把内在的感性直观地暴露出来。川端康成的掌小说集《感情装饰》（大正十五年）以及横光利一的《太阳》（大正十二年）、《静静的罗列》（大正十四年）等已经逐渐显露出了这方面的特征。作品摒弃以再现事实为志向的创作原则，沉没于纯粹的虚构中去谋求文学的创造性，在与理智相悖的纯感觉世界里挖掘表现新的生活情感的可能。作家们相信，在感觉与现实世界的表象相接触的瞬间，强烈的生命感会得到复苏。在描写手法方面，他们大胆尝试拟人、比喻、隐喻、象征、逆说等手法，捕捉人物瞬间的、纤细微妙的心理感觉，并以奇特的形式呈现在读者面前，传达出几近美术和音乐般的感受。这种过去的文体所没有的新颖奇特的感觉表现形式以及异想天开的主题和构思，引起了新闻记者、文学评论家千叶龟雄的注意。他在大正十三年11月号的《世纪》杂志上发表了题为《新感觉派的诞生》一文，充分肯定了这一新的文学现象。千叶的文章宣告了日本最早的现代主义文学流派——"新感觉派"的诞生。

应当说，"新感觉派"是在日本由大正进入昭和的大动荡时期，也是在东京大地震所带来的日本政治、经济乃至思想上的一片动荡萧条之中乱世横生。第一次世界大战，日本虽然是战胜国，在战争中获得了短暂的繁荣。但"一战"之后在整个资本主义经济通货膨胀的冲击之下，日本也不可避免地卷入了经济危机，工人失业，农民破产，社会生活陷于困境，人们的思想和心理也开始走向崩溃。日本传统的伦理观、价值观在无政府主义、虚无主义等形形色色的西方社会思潮挤压下剥落、坍塌，社会上充溢着及时行乐的气氛。而地震的惨祸加剧了这一混乱状况，东京、横滨等重要城市化为焦土，死伤20余万人。日本为进行震后复兴急速引进了大量的美国工业资本，资本主义的迅速发展成为社会主义思想生长的诱因。

同时，机械文明的成熟带来了人性的解体，站在文明前沿的知识分子面临着自身内部的"精神危机"，日本国土上也产生了与第一次世界大战之后西欧社会相同的精神状态。因此，从血缘关系来看，"新感觉派"是在20世纪初叶法国出现的以富于个性的自由表现方法而著称的"构成派"、20年代意大利出现的以速度和音响为特征的动感文学"未来派"、第一次世界大战时期以罗马尼亚诗人为主流发起的破坏性文艺运动"达达派"和反自然主义的"表现派"的综合营养液中孕育生长的。从此，"新感觉派"与无产阶级文学共同揭开了日本现代文学的序幕，"形成昭和文学史上最显著对立的两大潮流"[1]，在昭和初年的文坛上大放异彩。

川端康成和横光利一共执牛耳，并肩成为"新感觉派"的骁将，二人分别高举着理论和创作这两面大旗，支撑着这一流派的发展，被誉为"新感觉派的双璧"。他们将"新感觉派"的印记深深烙入了日本文学史的里程碑。当时川端在文坛的形象，与其说是一个作家，不如说是一位文艺理论家和时评家。他在大正十四年(1925) 1月的《文艺时代》上发表了一篇引人注目的论文——《新进作家的新倾向解说》，此文全面系统地论述了"新感觉派"表现方法的理论依据、文学形式和哲学渊源，并就"表现主义的

---

[1] 市古贞次《日本文学史概说》，东北师范大学出版社1987年，第278页。

认识论"和"达达主义的思想表达方法"等问题进行了深入的阐述，成为"新感觉派"理论大厦的重要基石。川端向人们呼吁：没有新的表现，就没有新的文艺；没有新的表现，也没有新的内容；而没有新的感觉，便没有新的表现。这样的论述使"新感觉派"终于在日本文学史上落地生根，成为一段不可忽视的历史。

但另一方面，仅凭感觉的摄影机去反映现实，只能实录表象，难以触及本质，因而往往造成作品人物缺乏典型性，主题立意与社会现实脱节。这种将焦点凝聚在表现技巧的细枝末节上的冒险行为，把主观的感觉抬升到至高无上的地位，使"新感觉派"濒临陷入形式主义的危险。当时日本文坛上另一醒目的流派——无产阶级文学正开展得如火如荼，它客观而直接地反映了劳苦大众的平凡生活和切身利益，因而在大众读者群中引起了共鸣，在更为广阔的范围和更为普及的层次中获得了稳固的根基。"新感觉派"文学诞生之时，以促使日本文学与西方现代文学并轨的先驱者的姿态出现，确实成为许多关心和爱好文学的青年学者关注的焦点。但过于强调艺术技巧的主张以及在模仿西方艺术的过程中暴露出来的弱点，使这一流派缺乏民众的支持。一些原来对"新感觉派"大加赞赏的文学青年也渐渐看到，日本的知识阶层正受到民主主义、社会主义和马克思主义的影响，因此脱离现状地追求技巧与形式将会逐步丧失博得人们青睐的精神魅力。"新感觉派"在时代的浪尖开始分流，今东光、片冈铁兵、铃木彦次郎先后退出，转而投入无产阶级文学，另一些作家则转向"新兴艺术派"和"新心理主义"。结果，"新感觉派"只在文坛上生存了三年就迅速凋落。

四、战争风云中的文学历程

在"新感觉派"衰微和消失的日子里,日本法西斯势力日益膨胀,当局开始大批检举共产党人。一生看重友情的川端,对文学界的友人伸出了援助之手。他帮助过逃避搜捕的剧作家村山知义和无产阶级作家林房雄,称赞村山"如同钢铁的战士","凝聚着理智和意志"。两年以后,他掩护了正遭到特务搜捕、试图逃亡苏联的无产阶级文学运动领导人之一藏原惟人。不久,"九一八"事变爆发,日本向中国的东北三省迈出了侵略的第一步。昭和七年(1932)2月,著名的无产阶级作家、革命活动者小林多喜二在街头联络时遭到了法西斯当局的逮捕,在狱中受尽折磨,英勇不屈,当晚就被严刑拷打致死。川端极为震惊,撰文《三月文坛之印象》,认为尽管小林已壮烈牺牲,但他"是一味前进的,是幸福的"。

当时许多日本作家在残酷的镇压和强烈的冲击之下都丧失了原有的立场,纷纷"转向",沦为法西斯政权的工具。横光利一也公开表示了对军国主义的支持。川端以少有的直率批评了曾经和自己并肩叱咤于文坛的挚友横光利一:"我真心感到活着的横光利一是不幸的,还不如死去的小林多喜二","小林离开作家的道路'突然死亡',远比横光作为作家所走的道路更能使后来人感到乐观"。

但是在整个战争期间,川端总体上采取了消极回避的态度。他虽然没有主动与军国主义同流合污,却也没有鲜明地站在反对的立场上,而是强作外在的超然,掩饰内心的彷徨。有时,对于战争给文学造成的侵害以及政府对创作的干预,他也委婉地发出怨斥之声。当他看到一些作品被"删改得遍体鳞伤"时，深感痛心和失望，他大声疾呼："这种随心所欲的缺字越来越严重了，就如同既让人演讲，又不让听众听见！"他指斥政府当局对文字的检查制度是"世道昏暗的原因之一"。然而，川端的脚步又是犹疑摇摆的，他徘徊在此岸与彼岸之间，有时甚至为自己所说的一些话采取弥补措施。因此，他为自己曾经批评过的当局的做法进行解释，说为了国家和社会的安宁与秩序，检查也是不得已的，"言论的绝对自由只是一种理想"。这些自相矛盾的言辞，充分表现了川端复杂的心态。

川端在不知情的状态下，被列入了政府的御用组织"文艺恳谈会"的名册，但他并没有积极地设法脱离或进行抵抗。一方面，他写下了《告别"文艺时评"》，指出眼下的文坛已看不到有价值、有良心的作品，文学阅读不仅是无效的徒劳、身心的浪费，更是精神的堕落。他痛心疾首地发出呐喊："不要在一夜之间制造出粗糙的战争文学，否则会遗臭万年。"并愤然宣告搁笔，放弃已经活跃了十余年的文学批评。但是另一方面，昭和十二年(1937)，当《雪国》获得"文艺恳谈会"主办的第三届"文艺恳谈会奖"时，他不但没有拒绝领奖，还用这笔奖金在轻井泽购置了一栋山间别墅。这栋别墅至今犹在，只是破败荒凉，无声地承载着历史的变迁。面对严酷黑暗的现实，川端选择了将自己隐没于艺术的世界，或是埋没于个人的爱好当中，因此战争期间他经常去旅行、摄影、下棋或者研读日本古典名著。

无产阶级文学运动在严酷的镇压之下渐渐走向低谷，随之而来的是日本文坛的严重危机。川端的许多恩师、挚友也在军国

川端下围棋 (1938)

主义的鼓噪声中终于迷失了方向，卷入了所谓"报国文学"的逆流。文艺界如秋风横扫的荒原，连唯美派作家谷崎润一郎和德田秋声的作品也在劫难逃，遭到查禁。昭和八年(1933)，由丰岛与志雄、三木清、川端康成等70余人共同发起成立了"学艺自由同盟"。他们试图在法西斯主义泛滥的世界为文艺谋求一块自由的空间，争取保留"说话"的权利。同年8月，川端康成又协同小林秀雄、武田麟太郎、丰岛与志雄、宇野浩二、广津和郎等文艺界人士，第二次创刊了同人杂志《文学界》。这一刊物吸纳了不同的文学流派和各种政治倾向，既有左翼作家，也有新兴艺术派的作家，既有新晋作家，又有前辈作家，因而有"吴越同舟"之称。这些复杂的成分为了一个共同的目标——维护创作自由而汇聚到一起。《文学界》的出现成为当时日本文坛的一股主要力量。川端在创刊号的编后记中指出，这是日本"文艺复兴"的萌芽，《文学界》就此成为日本现代文学史上"文艺复兴"运动的据点。

随着时局日益严峻，川端最终接受了日本关东军的特邀，到中国东北的奉天（今沈阳）、抚顺、海拉尔、哈尔滨、新京（今长春）等地进行了访问。回国后，他写了文学杂感《满洲国文学》和《满洲的书》，又编辑了《满洲国青少年生活记》《满洲各民族创作选集》和《满洲各民族创作选集》，他尽可能地从文化的视角出发，努力回避着政治与战争的话题。这一时期川端的创作，总的来说较少带有尘嚣四起的战争文学的痕迹，如描写以鸟犬为伴之生活的《禽兽》、以吴清源为原型的《名人》，等等。

徘徊在矛盾之中的川端，并没有松懈文艺界的活动。他先后

昭和七至八年，在上野樱木町的家里创作《禽兽》时的川端

参加了众多文艺奖项的设立和评选工作,并担任评选委员。昭和十年(1935)1月,文艺春秋社创立了"芥川奖"和"直木奖",这是那一时期日本文坛上令人欣喜和安慰的大事。二者分别是纯文学领域和大众文学领域的新人奖,川端作为"发掘文学新人的名人"理所当然地担任了评选委员。这两个奖项至今仍是日本最著名的文学新人奖,许多文学青年都是通过这两个奖项在文坛获得立足之地的。芥川奖和直木奖创立之后不到两年,以已故的池谷信三郎的名义又设立了"池谷信三郎奖",川端也担任了评选委员。昭和十三年(1938),在日本文学振兴大会上,设立了"菊池宽奖"。这是针对中年作家的精进奖,川端先是评委,后来以其《故园》和《夕阳》成为战前最后一届(第六届)"菊池宽奖"的获奖者。与此同时,川端还致力于培养少年儿童和女性的写作能力,他编选过少儿读物,阅读了大量小学生的作文和初学写作的女性的投稿。这些妇女儿童的文章虽然还谈不上是真正的文学作品,但字里行间充溢着清新的率真和朴素的纯情,使川端在严酷的战争环境中感受到了人间的温暖。直至战后,川端始终担任着各类文学奖项的评选工作,包括重新恢复的"芥川奖"、改造社创立的"横光利一奖"、"小学馆儿童文化奖"、"岸田

中年川端(1932)

演剧奖"、"新潮社文学奖",等等。川端的文学生涯不仅是创作的生涯,而且也是积极从事文学评论、热情投身文坛活动的生涯。

第三节　世界声誉及文学评价

一、回归传统与走向世界

第二次世界大战结束后的几年间,川端的友人们相继离世。战后翌年(1946)的3月31日,武田麟太郎辞世,川端第一次在葬礼仪式上宣读悼词,从此开始了他宣读悼词的漫长岁月。他先后为横光利一、堀辰雄、尾崎士郎、佐藤春夫、三岛由纪夫等人撰写并宣读悼词，特别是昭和二十三年(1948)，横光利一、菊池宽两位最亲密的师友在冬去春来的短短时日里接连去世，川端的遗孀秀子夫人在《与川端共度的日子》一书中，把这段时间称为川端的"第二次孤儿体验"时期。于是，他在死亡阴影笼罩下的一片空寂当中，寻找着往昔忍受空寂而生存下来的古人心中的支点。这种心境反映在创作中，从早期的以下层女性作为主人公、描写她们的纯洁和不幸，逐渐转化为后期的描写近亲之间，甚至老人的变态情爱心理，并显露出颓废的一面。

为了纪念故去的友人，川端致力于为他们撰写作品后记或编辑出版选集和全集。在梶井基次郎、池谷信三郎、北条民雄、

战后的川端(1946)

武田麟太郎、横光利一等人去世后，川端与其他文艺界人士一起分别为他们编撰出版了全集。此外，他还为已故林芙美子的《涟漪》《饭》等作品的出版撰写过后记。从出版委员会委员到编辑委员、监修委员，川端都担任过。这不仅是对友人的最好纪念，而且也是对日本文学史的极大贡献。在战争的严酷环境中，川端与武田麟太郎、间宫茂辅三人共同编辑了《日本小说代表作全集》。日本投降后，川端还担任了战后日本第一套文学全集《现代日本小说大系》的编委以及《叶山嘉树全集》《小川未明童话全集》《内田百闲全集》的编委。在他生命的最后四年，还担任了《新潮日本文学小辞典》的编辑委员。而他从事《内田百闲全集》的编辑工作距他告别人世不足半年。

战后，川端怀着复杂的心情将自己的文学生涯画上了一道分界线，为自己树立了新的目标："我把战后自己的生命作为我的余生。余生以不为自己所有，它将是日本美的传统的表现。我这样想，没有丝毫不自然的感觉。"[1]川端逐渐进入了新的写作状态。他分别于昭和二十四年(1949)的5月和9月开始连载著名的《千羽鹤》和《山音》。《山音》是川端战后创作的第一部长篇小说，获得了野间文艺奖。此后，川端进一步恢复了旺盛的创作精力和热情，一连写出了《波千鸟》《舞姬》《日兮月兮》《东京人》《湖》《河畔的城镇》等许多作品。

50岁对川端来说，不仅是他文学创作的一道分界线，而且也

1　川端康成《川端康成文集·独影自命》，中国社会科学出版社1996年，第3页。

是他文学活动和社会活动的一道分水岭。此前的川端几乎从不在任何社会活动中抛头露面，在文艺界的活动也仅限于从事写作、创办同人杂志、编辑文学书籍等，似乎是与仕途绝缘的。但昭和二十三年(1948)，在川端即将步入50岁的时候，日本笔会评审委员会选举川端接替5月刚刚辞职的志贺直哉的职务，担任日本笔会的第四任会长。从此之后，川端除了一如既往地笔耕之外，还致力于笔会的组织运作工作。在他担任日本笔会会长的17年间，组织了多次国际活动，为日本文学乃至文化走向世界作出了重要贡献，同时也极大地服务了日本形象的重新塑造。

川端上任后不到两年，就组织日本笔会的会员们以及部分新闻记者一起前往广岛和长崎参观。一行人在广岛召开了"日本笔友俱乐部广岛之会"，并宣读了《和平宣言》。组织这样的活动,在日本笔会还是第一次。战争刚刚结束时,日本处在被管制状态,尚未取得自由使用外汇的权力,因而日本笔会的成员无法参加国际笔会的活动。川端和其他文艺工作者共同努力,终于使日本如愿地派代表参加了昭和三十年(1955)在维也纳召开的国际笔会。

川端作为日本笔会会长最辉煌的业绩是,促成了第二十九届国际笔会于昭和三十二年(1957)9月在东京召开。此前,在日本笔会内部,对于是否要提出在日召开国际笔会的申请,进行过反复的讨论和酝酿,因为一旦申请就意味着必须接待150名左右的与会代表,所需经费达3000万日元,这对战后羸弱的日本来说,是超负荷的。最后,川端作为会长宣布了在经费与机遇之间权衡的结果:为了促进文化交流、推动日本文学走向世界,应当申请在日本召开国际笔会。提出申请的翌年,日本就在伦敦召开的国际笔会上极为顺利地获得了许可。为了成功举办国际笔会,川端亲赴伦敦出席国际笔会执行委员会,在伦敦同法国作家莫里亚克、英国诗人艾略特等人会面,然后又访问了法国、联邦德国、丹麦、意大利等欧洲国家以及亚洲各国,热情邀请代表出席,为此花了近两个月的时间。回国后,川端又立即为大会相关的诸多具体事宜逐一拜访出版社、银行、大公司以及日本政界、财界要人。在他的不懈努力下,天文数字般的会议经费终于落实了。

东京国际笔会成为首次在亚洲召开的大会,来自近30个国家的171名著名作家和文艺界人士,加上日本笔会会员共185名云集东京。日本迎来了战后空前的国际文化交流的热潮,如此众多的国家、众多民族的优秀文学家相聚于日本,这是前所未有

的。应当说，这些活动与他日后获得诺贝尔文学奖也不无关系。

二、巅峰时刻

从参与日本笔会和国际笔会的活动开始，川端逐渐从这个小小的岛国走向世界，赢得了国际声誉和地位，由此也开始了川端在国内和国际上声名日上、获奖不断的道路。昭和三十三年(1958)3月，经国际笔会执行委员会一致通过，推举川端康成担任国际笔会的副会长。昭和三十四年(1959)7月，在联邦德国法兰克福召开的第三十届国际笔会大会上，川端荣获该市授予的"歌德奖章"，这是专门授予那些对文化事业作出突出贡献的作家的奖章，此次授给川端，是奖励他创造出了"具有创造性个性的日本梦幻美和独特的诗的世界"。但是，此次会议召开时，正值川端在东大医院木本分院做完胆结石手术的恢复期，由于体弱无法旅行，所以他未能出席这次会议，奖章是由出席大会的日本代表代领的。一年之后，川端又获得了法国政府授予的文化艺术骑士勋章。这一勋章是法国政府为奖励文化名人在第二次世界大战后新设立的，给川端授勋的理由是："为了感谢您在法日文化交流中所做的杰出贡献。"再过一年，川端又荣获了日本政府颁发的第二十一届文化勋章。这是日本文化界的最高奖赏，标志着川端成为日本文化的功臣。日本政府授予川端此项勋章，是为了表彰他成功地领导了国际笔会日本大会的召开，以及在《禽兽》《雪国》《名人》《千羽鹤》《山音》等一系列优秀作品中，"以独具个性的样式和浓重的感情色彩，描绘了日本美的象征，完成了前人所没有的创造"。同年，川端还因小说《睡美人》获得了"每日出版文化奖"。

　　川端在国内外的接连获奖，同他的作品被译介到外国并进而在世界范围引起反响是分不开的。昭和三十年(1955)，美国学者爱德华·塞登斯特卡将川端的代表作《伊豆的舞女》节译成英文，发表于《大西洋月刊》的日本特辑上。是年起，川端的作品就源源不断地被译介到海外，并逐年递增。从此，川端文学跨出

川端康成与《伊豆的舞女》中饰舞女的吉永小百合在拍摄现场（1963）

了岛国，走向了世界。实际上，塞登斯特卡所起的作用是不可低估的。塞登斯特卡是哥伦比亚大学的名誉教授，日本文学研究家和翻译家，除了众多的川端作品外，他还花费15年的时间翻译了《源氏物语》。在昭和二十六年(1951)他就认识了川端，成为川端后半生中的一个重要人物。

随着川端的名声在国外不断传播，他本人也更为频繁地出访外国。昭和三十五年(1960)5月，川端应美国国务院的邀请访问美国。同年7月，他作为特邀代表，直接从美国取道巴西的里约热内卢出席了在圣保罗召开的第三十一届国际笔会大会。8月，再度

返美后回国。四年之后,川端再次作为特邀代表,参加了挪威奥斯陆主办的第三十二届国际笔会大会。归途中遍访欧洲各国,历时两个月。

昭和四十三年(1968)10月16日,瑞典科学院从斯德哥尔摩传来了将本年度的诺贝尔文学奖授予日本作家川端康成的消息。当时,川端刚用完晚餐,接到一家外国通讯社记者打来的电话,得知了获奖之事,他放下电话说:"不得了了,找个地方藏起来吧。"果然,询问和祝贺的电话紧接着就如潮水一般不可阻挡。由于新闻界早就做好了充分的准备,消息一到,备战已久的记者立刻从四面八方蜂拥而至,几乎要踏破了川端家的门坎。尽管已近深夜,但通往川端家的小路却被采访和道贺的阵营挤得水泄不通,使前来祝贺的知名作家,甚至日本文化厅的官员们都不得不相继钻出汽车,步行到川端家。

在镰仓长谷川的川端宅邸,一束束鲜花迅速填满了川端的房间,前所未有的喧闹、沸腾的场面与川端的沉静形成了强烈的反差。川端身穿藏青色和服,面对二三十支直指嘴边的话筒,他的声音十分细弱,完全没有接受记者采访的架势。川端成为日本第一个获诺贝尔文学奖的作家，并且也是亚洲继印度作家泰戈尔之后第二个获此殊荣的作家。第二天，日本各大报刊纷纷以迅疾之势不惜版面地报道了昨夜百余人前往川端家道喜的盛况，东京的各家报社也破例以头版头条报道了川端获得诺奖的新闻。10月19日，瑞典驻日本大使亲自来到川端家传达了授奖决定。一时间，种种报纸杂志也纷纷刊登作家和评论家解析川端文学的文章，就连伊豆半岛汤岛汤本馆的老板娘、《雪国》中驹子的原型小高菊、曾经出借房子让川端写作《古都》的房东太太、茨木中学时代的老师等，与川端有过或远或近关联的人物，也都从各个不起眼的角落被挖掘出来，做梦也没想到地出现在媒体上。川端家除了新闻记者、文坛友人和亲朋好友之外，还挤满了来看热闹的人，而且有增无减。镰仓市不得不出动警察来维持秩序，疏通交通。11月29日，日本笔会召开了盛大的庆祝川端获奖的纪念会，会场布置得十分豪华，日本首相佐藤荣作夫妇、瑞典驻日本大使夫妇也亲临道贺。贵宾们满怀期待，兴奋地睁大了双眼，注视着川端缓缓走上讲台。但川端只说了一句话："有妻子在场，不好意思说什么。"说完，就很快离开讲台，瘦小的身躯迅速淹没在涌动的人丛中。

颁奖仪式于12月10日在斯德哥尔摩市的音乐厅举行，川端身着绣有家徽的日本传统和服，下身是宽大的裙裤，颈上挂着带有紫色绶带的文化勋章。这身地地道道的日本打扮显得有些与众不同，因为会场上几乎所有的人都穿着黑色的西服或燕尾服，只有川端穿着青色与茶色的和服。塞登斯特卡事后回忆说，当时自己也是一身黑色的燕尾服，活像一只企鹅，川端的服装给他留

1968年12月10日，当时的瑞典国王古斯塔夫六世为川端康成颁奖

下了深刻的印象。颁奖词称，将诺贝尔文学奖授予川端，"旨在表彰您以卓越的感受性、高超的小说技巧，表现了日本人心灵的精髓"。同年12月12日下午，川端在瑞典文学院礼堂作了题为《日本的美和我——序说》的著名演讲，将日本传统美的世界展现给在场的所有人，赢得了听众热烈的掌声。在刚刚摆脱战争阴影的日本，川端的获奖带来了巨大的冲击波，从此，日本以其独特的

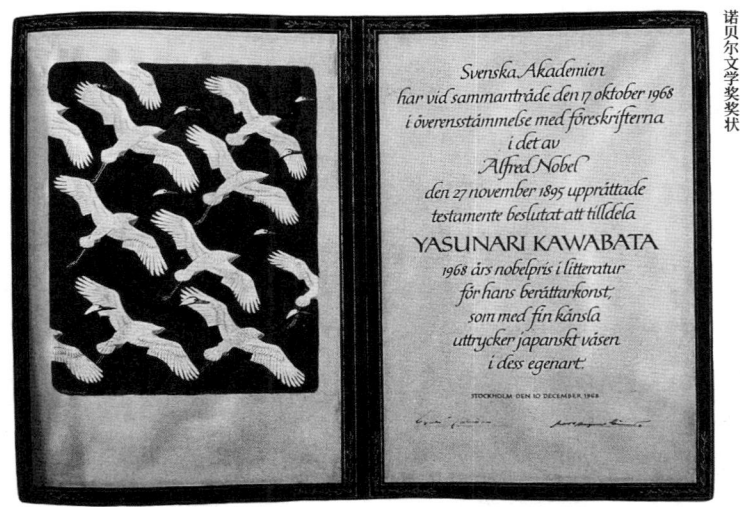

小说传统进入了世界文学作品群。

川端获诺贝尔文学奖之后，不仅在日本，而且在世界上也成为令人瞩目的作家，各种邀约、采访和荣誉接踵而至，他更加频繁地出访外国，在世界各地作文化演讲。颁奖翌年，由于繁忙地往来穿梭于日本和其他国家，以至全年没有发表任何一篇小说。这年1月，他先是前往欧洲旅行，但此时他已经体会不到初次欧洲之旅中的那种逍遥自在了，记者采访、晚宴、招待会等等填满了他的日程；3月，他远赴夏威夷大学作有关日本文学的特别讲授，同时受东亚文学系之邀向学生们介绍自己的作品；4月，与索尔仁尼琴一起被选为美国艺术文艺学会的名誉会员；5月，在夏威夷大学作《美的存在与发现》的特别演讲；6月，被授予夏威夷大学名誉文学博士的称号并成为美国文学艺术院的名誉会员；7月，日本驻伦敦大使馆举办"川端康成展"；9月，以文化使节身

川端书《美丽的日本》(1971)

份赴美出席"纪念日本移民一百周年旧金山日本周",作了题为《日本文学之美》的演讲……这篇演讲文连同此前的《我在美丽的日本》和《美的存在与发现》,成为三个稳固的支撑点,共同铺展了川端康成关于日本艺术和日本美学的理论体系。

三、无言的终结

昭和四十七年（1972）4月16日深夜，用人在川端的工作室门外闻到了从门缝里渗漏出来的浓烈的煤气味，但房门却从里边反锁着。用人感到情况不妙，马上叫来了公寓的警卫人员。警卫拿来钥匙，又设法切断插死了的插销，冲进屋去在盥洗室里发现川端口里含着煤气管，身上裹着棉被，已经停止了呼吸。这间工作室是川端于同年1月中旬在逗子市玛丽娜公寓的四楼买下的，此后他每周定期去那里工作三四次。直到川端自杀，这种规律已经持续三个月了。此处依山傍海，可以一边聆听涛音一边眺望着富士山山顶的积雪从事写作。川端自杀的这天下午2点45分左右，他毫无异常地对家人说了一句"我出去散散步"就独自离开了家，临走前的神情同平日没有什么两样。但直到晚上9点过了仍然未归，家里这才派用人去找他。

神奈川县警察署立即赶往现场进行调查，经过细致的分析，排除了他杀的可能。据公寓管理人员说，川端是在下午3点以后来到公寓的。有关当局初步推断川端的死亡时间是当晚6点左右。在他的枕旁有一个已经打开瓶盖的威士忌酒瓶和一个酒杯，整个房间没有发现遗书之类的东西。与此同时，在川端镰仓宅邸的二层，他为《冈本鹿子全集》写的介绍文章摊在书桌上，正写

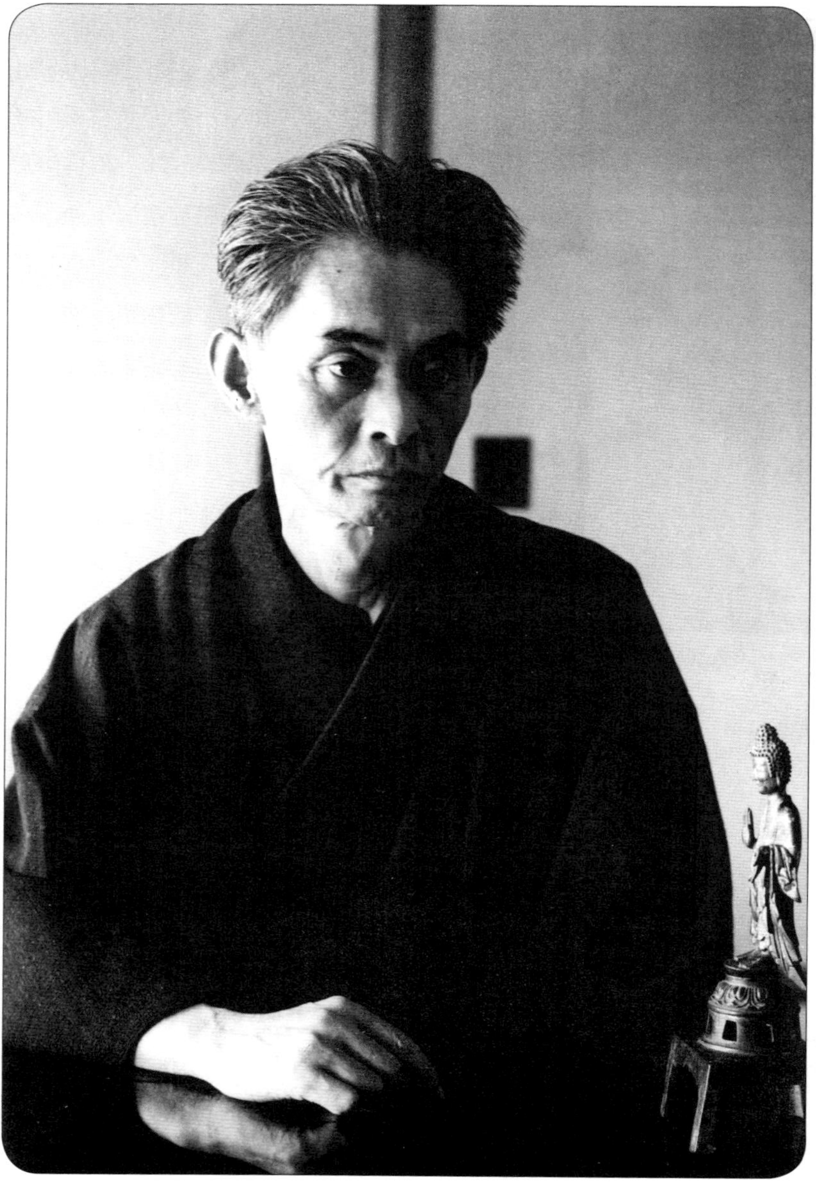

到中途，只完成了不到两页稿纸，而且连钢笔的笔帽也没盖上。川端自杀时，并非仅仅是这一件工作尚未完成，许多作品都只进行到一半，因此，他的自杀更加令人震惊和迷惑。

18日在川端宅邸秘密地举行了家庭葬礼。但这并没能躲过从四面八方专程前来参加吊唁的客人，场面之壮观可与川端获诺贝尔文学奖时相媲美，只是气氛截然不同。川端家的庭院里，二百多人在绿色的草坪上围成了一个半圆形的厚厚的人墙。人墙前，祭奠亡灵的香烟正从四只香炉中袅袅飘升。正面的堂屋里，安置着川端的灵堂祭坛。川端的巨幅遗像安置在祭坛中央，周围摆放着大大小小的菊灯、六角灯、行灯，身穿深色和服的川端被映照在一片交融的灯光与烛光之中，大睁双目，同生前一样凝视着空间的某处，宁静的表情中渗透着孤独和忧郁。

一时间，围绕着川端之死流言四起，众说纷纭，报纸杂志纷纷发表新老作家以及许多同川端有关系的人们对川端之死的感受或分析。许多人认为川端的自杀是吞服了过多的安眠药后在神志不清的蒙眬状态下的非自主行动。实际上，川端的安眠药成瘾症早已不是秘密，晚年的川端多次因病住院，包括胆结石、肝炎、盲肠炎等，但最多的原因还是安眠药中毒症。从青年时代川端就患有失眠症，到20世纪50年代中期，川端已开始通过服用大量安眠药来缓解紧张的神经。这时，安眠药已经成瘾，欲罢不能，而且剂量越来越大。大量而长期地服用安眠药带来了肝脏功能障碍等可怕的副作用，另外，大剂量的安眠药还会引起乳房像女性一样隆起。在昭和二十九年(1954)完成的小说《山音》中，川端就让男主人公患上了乳房膨大症。而昭和三十五年(1960)写作

《睡美人》的时候，正是川端身体遭受失眠症侵害的时期，因此，作品中弥漫着颓废、消沉的情绪，这与川端创作时的身体状况是分不开的。在创作并连载《古都》的一百多天时间里，川端对安眠药的依赖达到了登峰造极的地步，几乎每天都在开始写作之前和写作过程当中服用安眠药，以便利用一种半混沌半清醒的状态来写作。后来川端虽然对小说中显得怪异的部分进行了修改和删补，但仍然可以从《古都》的部分段落中感觉到布局的混沌和笔调的弥散。《古都》完成之后，川端立即试图摆脱安眠药，他在昭和三十七年(1962)2月的一天突然停止了服药，结果出现了严重的戒断症状，恶心呕吐，步履蹒跚，神志恍惚，为此被送进了东大医院，连续10天昏迷不醒。川端在《古都》的后记中也很直率地将此事告诉了读者。大约两年之后，川端才恢复到比较好的状态。但此后各种繁杂的文学活动和写作又使他重蹈覆辙。尤其是昭和四十年(1965)春开始为NHK创作电视小说《玉响》，由于小说是作为每日播放的电视剧剧本来写的，因而必须遵守时间限制并按照一定的形式完成规定的篇幅，川端很快重陷失眠的深渊，再次开始了对安眠药的依赖。作为电视剧，这部作品并未获得很大的好评。那时川端在饭店写作，夫人时常去探望，每次总看见川端身体疲软、步履蹒跚。当《玉响》的单行本出版时，所得的版税几乎全部变成了药费。川端不得不去看精神病科，医院为了避免外界产生误解，还专门在内科为川端安排了一间病房。但是，对于川端究竟是否因为安眠药而离世的问题，秀子夫人是断然否定的，因为当时川端已经成功戒掉了安眠药。

另一部分人认为，立于艺术巅峰的川端已经才思枯竭，再也

川端与夫人秀子及养女麻纱子

无法逾越业已达到顶点的成就。他晚年创作的《睡美人》《一只手臂》等作品，已经开始遭到评论界的批评，认为这类作品越来越远离现实，沦落到幻觉的世界，充满衰颓、枯竭和扭曲的意象。然而在获奖之后，川端还创作了《长发》《竹声桃花》《隅田川》等小说，并开始了《源氏物语》的现代语翻译。由此看来，川端在事业上并非黑暗到非自杀不可。

也有人将原因归咎于诺贝尔奖的荣誉本身带来的重压，认为他最终未能从荣誉的沉重锁链中挣脱出来，死亡便成为获取自由的唯一出路。与此相关，获奖后一系列繁冗复杂的礼仪应酬，也令川端不胜其烦。此外，身体的每况愈下、三岛由纪夫自杀带来的刺激、晚年不成功的参与政事等等，都是人们猜测的原因。

川端与谷崎润一郎、三岛由纪夫、太宰治等知名作家之间有着错综复杂的恩恩怨怨。他与谷崎、三岛都曾出现在诺奖的候选人名单中，尽管川端比三岛早三年成为诺奖候选人，但在川端获奖的那一年，三岛获奖的呼声并不亚于川端。此前七年，川端还曾专门致信三岛，拜托他为自己写诺奖推荐信。

另一方面，川端在战争期间刻意保持的与世无争、远离政治的形象，也在频繁的政事露面中崩塌。他曾出人意料地为日本前警察头子秦野章竞选东京都知事出力，尽管他最初拒绝在声援书上签字，面对游说也一再谢绝，但是当顶级人物佐藤荣作首相和福田赳夫大藏大臣亲自出面劝说时，他终于犹疑了。在距最后的投票仅剩一个月，而秦野章仍然处于劣势时，川端终于表示将支持秦野章的竞选。这一决定在文学界引起了极大的震惊和非议，破例的政坛亮相最终也以彻底失败而告终。川端还为好友今东光的日本参议院议员选举，担任了选举活动的最高责任者——选举事务长，甚至强忍病痛赶赴街头演讲会演说拉票，又亲笔挥毫写下"今东光大胜"五个大字。直到两人都已离世多年，这幅字仍然挂在今东光家的匾额上。物在人亡，这五个大字记录着川端人生历程上一段特殊的经历。许多人认为，加入声援选举的行列，在政界抛头露面，全然不像川端的行为，甚至有人传言这种怪异行动是老年抑郁症的征兆，佢栗原医生坚决否认了这一可能性。

小说家、文学评论家臼井吉见在昭和五十二年（1977）发表了《事故的原委》，以小说的形式探究川端自杀的"原委"，但小说作者连同出版社都被川端家人告上了法庭,最终被判停止出版。尽管人们议论的任何一条都不太可能独立成为川端作出这一抉择的直接理由,但在这样的身心状态下,即使一个小小的打击也可能成为致命的导火索。

川端没有给读者们留下哪怕一丝细微的线索,逝者的一切思想都已随他而去,留下的是生者空无凭据的猜测和判断。川端很早就把死亡看作一种"灭亡的美",并由此认为应当用"临终的眼"去观察自然,这样才能反映出自然的美。他曾说:"最好不过的就是自杀而无遗书。无言的死,就是无限的话。"他确实以自己"无言的死",给全世界留下了"无限的话"。

第四节　川端文学在中国的译介、评价与影响

虽然现在川端在中国已是家喻户晓的作家,但是中国的川端文学的翻译和研究[1],实际上都经历了一个从低谷到高潮的巨大起伏,这与社会历史的发展密切相关。

一、1978年之前中国的川端文学翻译与研究

中华人民共和国成立以前,对日本文学的译介和评论曾经在五四运动后进入一个高峰期,但这一时期学者们的目光并没有投向川端康成,周氏兄弟作为译介日本文学的先锋人物也没有关

1　除特别注明外,本文论及中国的川端康成小说研究时均指中国大陆的研究。

注川端康成，其原因主要是彼时的川端康成在日本尚属初出茅庐的文坛新人。从1930年"左联"成立到1937年抗战全面爆发，中国对日本文学的译介主要集中于无产阶级革命文学，高举"新感觉派"大旗的川端康成依然没有进入中国学者的视野。从抗战开始到新中国成立，对日本文学的关注整体上陷入低谷，川端小说也不例外，虽然在1942年曾有川端作品被译成中文，但并非小说，只是一部随笔集，且亦未引起研究界的注意。因此，1949年之前的川端康成小说研究还几乎是一片空白。

1949—1966年，中国的日本文学研究界对于日本无产阶级文学较为重视，而对于内涵复杂的川端康成小说，依然没有展开研究，甚至连译介者也未曾出现。

从1966年至20世纪70年代，由于"文化大革命"对人文研究的冲击，日本文学在中国的翻译和研究几乎完全停滞。直到1972年中日恢复邦交后才开始复苏，但关注的仍然是小林多喜二等"革命"作家。这期间，与川端康成私交甚密的三岛由纪夫开始被中国了解，但仍然是作为"反动作家"的代表，为研究者提供批判军国主义的材料。

1978年，《外国文艺》的创刊号上刊发了川端康成的短篇小说《伊豆的歌女》_(后普遍译为《伊豆的舞女》，侍桁译)和《水月》_(刘振瀛译)。侍桁在作者介绍中，将川端康成作为日本"新感觉派"的代表，总结了其创作风格。"侍桁的介绍着重突出了川端康成作为诺贝尔文学奖获得者和'新感觉派'作家的身份，并大致勾勒了'新感觉派'文学的主要特征"，但是他"将《伊豆的舞女》当作'新感觉派'文学的代表作来极力介绍显得有些错位"，实际上对这篇

川端欣赏罗丹的雕塑《女生之手》

小说来说,"文体的新奇性和感性化的表达方法是其最大特点,但恰好是这一特点在侍桁的介绍里被忽略了"。[1]尽管存在着评价上的错位,但这毕竟是中华人民共和国成立之后最早的川端康成小

---

[1] 王志松:《川端康成与八十年代的中国文学——兼论日本新感觉派文学对中国文学的第二次影响》,《日语学习与研究》2004年第2期,第54页。

说评论。自此之后，川端康成小说在中国得到了大规模的译介，并逐渐受到文学研究者的重视。

二、1979年及20世纪80年代

中国的川端康成小说研究在20世纪即将进入80年代时，才随着改革开放的到来而起步。1979年9月，研究日本文学的专门学术组织"日本文学研究会"成立，并在长春召开了日本文学研究会，会议提交的30余篇论文中出现了关于川端文学的评论文章，这标志着中国的川端康成小说研究在学术会议上正式登场。中国的川端康成小说翻译也在70年代末80年代初启动并很快进入发展轨道。1981年，上海译文出版社和山东人民出版社分别出版了侍桁翻译的《雪国》和叶渭渠、唐月梅翻译的《古都 雪国》。此后，随着翻译从零星到系统、从局部到整体的发展，川端康成小说研究也渐成规模。

尽管自20世纪70年代末以来，文学研究界对文学社会功能的单一认识以及对文学阶级性的片面强调都开始失去市场，但这种转变并非一夜之间突然完成，而是经过了一个循序渐进的过程。因此，在80年代初期，把文学当作阶级斗争的工具，过度强调文学的人民性和党性的观点依然存在。表现在川端文学研究领域，即是简单乃至武断地以社会批评的方法加以评判，有些论文甚至局限于道德评价或阶级划分而做出全面否定的价值判断。以改革开放后最早得到翻译和研究的中篇小说《雪国》为例，有论者将主人公驹子定性为自甘堕落、愿做男人玩物的烟花女子，并据此对《雪国》提出了政治性的价值批判，认为作品意在歌颂腐朽没落。[1]但值得注意的是,此期对川端文学价值的探讨已经开始从单一走向多元,因此,即使围绕同一作品,也出现了截然不同的判断。同样是《雪国》研究,有学者摆脱了泛政治化的标准,从艺术层面展开分析,认为驹子身上蕴含着日本的传统美,她的沦落是社会使然,也恰恰因此而成就了对资本主义社会的有力揭露。[2]

1985年,日本国际交流基金与原国家教委(现教育部)合作在原北京外国语学院(现北京外国语大学)成立了"北京日本学研究中心"。此类机构的建立大大推进了中国对日本文学的研究,川端康成小说研究也在这种总体氛围中得到了迅速发展。到80年代后期,随着文学观念的进一步转变,学者们开始关注川端康成小说中的个体体验和审美特征。一些研究者开始强调川端文学中所蕴含的纯真与朦胧之美,如李德纯的《川端康成的〈伊豆的舞女〉》(《读书》1983年第8期)就细致阐述了《伊豆的舞女》中对刹那感觉和压抑情感的"美"的表现。

与对川端康成小说思想价值褒贬不一的两极化评判不同,中国研究界对于川端文学艺术风格和艺术技巧的评价基本趋于一致,大都不同程度地对其艺术成就予以肯定,纷纷赞赏川端康成有效地借鉴了西方现代派小说手法,并且将其与日本传统巧妙结合。研究领域的这种肯定评价实际上与80年代中国的整体人文环境密不可分。当摆脱了长期精神桎梏的学者们终于得以放眼

---

1 见李芒:《川端康成〈雪国〉及其他》,《日语学习与研究》1984年第1期。
2 见平献民:《谈〈雪国〉的艺术特色》,《外国文学研究》1982年第4期。

世界时，他们看到了完全不同于现实主义和阶级评判的崭新的文学风景，并且在西方文艺思潮的共时性涌入中无比兴奋。而川端之获得诺奖，恰使他成为借鉴西方文学现代技巧的最成功案例，因而成为中国的文学研究者们评说的重要对象，川端文学中传统与现代的接点遂成为研究者普遍关注的课题。

在整个80年代，虽然有大量研究川端康成小说的论文发表于各级学术刊物，但研究专著的出版十分滞后。根据日本川端文学研究家林武志在《川端康成战后作品研究史·文献目录》"海外的研究文献目录"中的统计，截至该书出版的1984年，在日本本土之外的川端文学研究中，中文版的仅有台湾出版的《日本的美与我》<small>(台湾商务印书馆，1968年)</small>，但该书也仅仅是收录有乔炳南撰写的《川端康成传》<small>(第26—58页)</small>。[1]在中国大陆，直到1989年才出现了第一部真正意义上的专著——《东方美的现代探索者——川端康成评传》<small>(叶渭渠著，中国社会科学出版社，1989年6月)</small>。

总体来看，80年代中国的川端康成小说研究在批评方法上还比较单一，研究对象也比较狭窄，大都集中于《伊豆的舞女》和《雪国》等少数几篇著名的代表性作品。进入90年代以后，中国的经济转型速度加快，商品意识逐渐得到强化。在这种时代氛围下，许多出版社出于经济利益和社会效益的考虑，倾向于出版有影响的日本作家的个人作品集，如1996年中国社会科学

---

1 见"川端康成战后作品研究史·文献目录"、林武志编、教育出版社昭和五十九年（1984）12月，第336—349页。

出版社出版的十卷本《川端康成文集》。另一方面，80年代曾经引领中国文坛的许多作家如余华、莫言、贾平凹等，到90年代已经获得了十分稳固的文坛地位，他们纷纷撰文，言说自己在文学创作的探索阶段所接受过的川端康成的影响，这从中国本土作家的创作层面与外国文学的研究恰好形成了呼应。川端康成小说研究正是在这种背景下得到了发展壮大，其不同时期的文学创作也因此得到了中国学界较为系统和全面的认识，相关论文和著述日益丰富。

三、20世纪90年代

在批评方法上，20世纪90年代以后，中国的川端康成小说研究才基本上摆脱了社会批评的思维模式。研究者们不但发现和承认了川端文学的复杂性，而且开始对这种复杂性的组成成分加以追究，体现了研究方法上的进步。随着时代的发展，对川端文学艺术性的关注进一步成为研究的焦点，许多论文结合作品文本进行了细致入微的鉴赏性分析，出现了多视角、多层面探讨川端文学的论文。但相较于之后的研究，这一阶段对川端艺术风格形成根源的探讨尚不够深入。

在研究范围上，随着人们思想观念由封闭转向开放，对日本文学的译介逐渐呈现出多元化趋势。作家的意识形态不再作为译介和评价的唯一标准，而是注重从多个角度、多个层面对同一作家的不同作品加以分析和评论。作为研究对象的川端小说，其范围不仅扩展到了战后作品群、晚年作品群，而且还向前回溯至早期作品群。一些曾经遭到严厉批判的川端康成小说也得到了重新评价，如有研究者明确反对把《睡美人》斥为颓废和色情而不屑一顾的观点，而是肯定这篇小说的美的深层意义和价值，认为小说体现了川端化丑为美的艺术追求。这也引起了新世纪之后对《睡美人》这类争议作品重新评价的热潮。

在研究视角上，也出现了从未有过的丰富多彩的局面。许多

研究从视觉艺术、佛经启示乃至死亡美学等不同层面展开。即使是已经被反复研究过的作品如《伊豆的舞女》，也有不少学者从不同的新视角切入。

90年代川端康成小说研究的另一个重要特点是，出现了对国内的研究史本身的总结和梳理——既包括日本文学研究史，也包括川端文学研究史。这一方面从侧面说明研究成果已经蔚为大观，另一方面也说明学者们对这一研究领域已经具有了学术史的反省意识和谱系意识。此外，与80年代不同的是，90年代川端文学的研究专著层出不穷，达十余本之多。

另一方面，随着比较文学学科在中国的确立和发展，加之

1997年国家教委将"世界文学"和"比较文学"这两个原本相互独立的二级学科整合为"比较文学与世界文学",日本文学专业以及中国文学一级学科下的比较文学专业的学者都不约而同地突破学科界限和国别限制,开始借助比较文学的方法展开对川端文学的研究,如中国的朱自清、沈从文作品与川端文学,海外的泰戈尔、海明威与川端的比较研究等。此外,针对一些曾经自己表示接受过川端影响的作家,也有学者进行了比较文学意义上的研究,如贾平凹与川端、余华与川端,等等。

以比较文学方法研究川端文学的倾向从20世纪90年代一直延续到了21世纪,并且在新世纪有了进一步的发展和深化,这与全球化时代的到来是相一致的。但是总体来看,这类研究中有相当一部分还停留于浅表层面的平行"对比",而不是深入文学与文化内部的真正意义的"比较"。

四、21世纪以后

进入新世纪以后,川端康成小说研究领域一个值得一提的现象是,当川端康成已经不被日本年轻一代阅读的时候,却开始得到中国年轻学人的关注,最典型的表现就是出现了大量研究川端文学的硕士论文和博士论文。此外,对于以往被普遍忽略的掌篇小说[1]的研究也取得了大量的成果。同时,研究专著也层出不穷。

---

1 日文原文为"掌の小説",指篇幅短到可以放在手掌上的小说,相当于一般所言"微型小说"或"小小说"。

但总体来讲，与日本研究界相比，中国的川端康成小说研究的视野还相对狭窄，关注的作品较为集中，对川端文学的整体把握和全面分析尚待加强。当然，这也与中国对川端文学的译介尚不全面，还未出版过完整的川端康成全集有关[1]。此外，中国的川端康成小说研究，在资料挖掘的广泛深入和文本分析的细致入微方面，仍与日本学界有较大差距。在这种状况下，要客观真实地解析川端文学的本质特征及其形成过程还需要付出更多的努力。

值得一提的是，日本对于川端文学研究史本身一直在进行定期的梳理和研究，做了大量的文献汇集整理工作，还进行了川端文学作品的目录学研究。与此相对，中国一直较为侧重针对作家本人以及作品文本的研究，而尤以后者为重，在川端作品中译本的整理和研究文献的收集汇编方面，特别是中国川端文学研究史的梳理方面，都缺少体系性的成果。

日本与中国川端文学研究的共同之处是，两国学者都更加侧重于单维度的作家、作品研究，或者较多地集中在其与西方文化的关系方面，而较少关注甚至忽略川端对东方文学和文化（除日本传统之外）的汲取。在对川端康成小说展开比较文学研究的方面，中国与日本大致相当，中国起步较晚，但发展势头较为强劲。这一领域的研究，中日两国学界也多有类似。如多数论著都集中于两个方面——"新感觉派"和日本传统，且在川端康成对西方文艺思潮的借鉴问题上，都有过分强调之嫌。可喜的是，

---

[1] 日本的新潮社版的《川端康成全集》共计 37 卷。

近些年来，针对川端文学及其思想，中国学界已经出现了更加多元的研究成果，如有些研究聚焦于川端在战争期间的经历，就其对战争本质的认知过程和面对日本国策的精神世界进行了探究。

对于川端文学与中国文化的关系，两国的研究都有待进一步加强。自古以来，中日之间的文化交流都远比日本与西方之间更加久远和频繁，这种在中国以及其他东方国家的文化渗透中所形成的宽广丰厚的文化土壤，正是川端文学诞生的基础。因此，研究川端的小说，绝不应该忽视东方文化特别是中国文化因素的影响。

川端康成是一位公认的善于吸收和消化异文化因素的作家，他始终坚持自觉地汲取外国文学和外国文化中可资借鉴的因素，并努力使之化作自身文学创作的有机组成部分。正是由于川端的这一艺术创作特点，决定了对其小说创作的研究，不但应该超越单纯的作品赏析，挣脱国别文学框架的束缚，而且还应该在更加广阔的文化视野中进行，即力求以跨文化和跨学科的视角，既关注其中的异民族文学的因素，同时也挖掘出文学之外的其他艺术门类的因素，探明这些文化因素是如何进入到川端文学的内部并发生作用的。

另一方面，川端康成是一位以美为最高艺术追求的作家，这就决定了对川端文学的研究不能脱离审美的立场。同时，任何文学作品的创作都需要作者高度的艺术感悟力，同样，对文学作品的分析阐释也离不开研究者的感悟。因此可以说，立足于文本的审美分析是文学研究的最基本方法之一，对川端康成小说的研究

尤其如此。在这两个方面,今后的川端康成小说研究还有很大的发展空间,值得期待。

2022年是川端康成逝世50周年,随着川端作品进入公版期,中国将掀起一大波翻译和研究川端文学的热潮,相信广大读者能够更加全面深入地理解川端文学。

川端康成年谱

1899年 明治三十二年 （0岁）	6月14日生于大阪市北区此花町1丁目79番地（川端自写年谱为6月11日，并终生认为是这天出生的，但根据户籍记录应为6月14日。）父亲荣吉，明治二年(1869)1月13日生，母亲阿原（日文名:ゲン），明治元年(1868)7月27日生。川端是家中长子，上有一个年长4岁的姐姐芳子，明治二十八年(1895)8月17日生。父亲荣吉毕业于东京医学校（东京市本乡区汤岛的济生学舍，校长为长谷川泰），获医师资格。毕业后曾在大阪府桃谷的桃山医院以及大阪市北区若松町的高桥医院等处任职。自明治三十年(1897)起自己开业行医，至今"医师川端荣吉"的门牌尚存。他曾在"浪华"（大阪旧名）的"易堂"习儒学，也学过汉诗文和文人画，号"谷堂"。母亲和外祖母均出生于黑田家。据川端本人的《文学自叙传》称，他是北条泰时的第31代孙。另据大阪府三岛郡丰川村极乐寺的川端家系图记载，其先祖为"北条泰时之九男、骏河守有时之嫡子骏河五郎道时之三男，川端舍人助道政"。
1901年 明治三十四年 （2岁）	1月17日清晨5时左右，川端的父亲因肺结核病去世。川端随母移居母亲娘家黑田家所在地大阪府西成郡丰里村大字三番745番地。
1902年 明治三十五年 （3岁）	1月10日母亲也因感染肺结核病去世。川端由祖父三八郎（号万邦，大正三年户籍名改为康筹，天保十二年4月10日生，川端三右卫门的长子，此时61岁）、祖母金（日文名:カネ，天保十年10月10日生，此时63岁）抚养，被带至原籍大阪府三岛郡丰川村大字宿久庄字东村11番地，在此建一简陋房舍三人居住。姐姐芳子被寄养在姨父秋冈义一家（大阪府东成郡鲶江村大字蒲生35番地）。11月，祖父三八郎与亲属

黑田和秋冈两家达成协议，筹备了一笔3100元的资金，作为抚养康成和将来为芳子出嫁之用，康成的生活费每月从中支出。祖父善占卜、信风水、通中医，留有《构宅安危论》(口述)和《要话杂论集》等遗稿，曾得到制药许可并计划独自调制中药出售，留下了印有"川端青龙堂"字样的包药纸。

1906年
明治三十九年
（7岁）

入大阪府三岛郡丰川普通高等小学［日文名："豊川尋常高等小学校"，明治三十二年(1899)创立，现为茨木市立丰川小学］。他是从东村入学的3男3女中的一个，6人在八坂神社前集合，一起走读。住在附近的田中美登（日文名：田中みと，《十六岁的日记》中的みよ）经常陪伴他到校，并在上课期间跟随照料。由于川端体弱多病，第一学年病假69天，第四学年病假63天。但成绩优秀，尤其作文被认为超过了高年级的水平。最喜欢的科目是算术，最厌恶的科目是唱歌。9月9日，祖母辞世（67岁），从此与祖父二人相依为命，共同生活了8年。川端在《祖母》《故园》等作品中均记述了有关祖母的情况。小学时代的作文《箕面山》尚存。

1909年
明治四十二年
（10岁）

7月16日，姐姐芳子放学回家后患上热病，21日因并发心脏麻痹而死亡。川端因病没能为她守夜，也没能参加她的葬礼。他和姐姐从明治三十五年(1902)分别后，只见过一两次面。芳子的图画、习字尚存。

1912年
明治四十五年
大正元年
（13岁）

3月，丰川普通高等小学六年级毕业，成绩均为优或甲。小学时代喜欢画画，曾立志当画家。自小学高年级起，开始广泛地阅读图书馆的书籍。4月，以入学考试第一名的成绩进入大阪府立茨木中学

（现在的大阪府立茨木高等学校）。茨木中学纪律严明，注重培养学生强健的体魄。康成每天从东村家里到茨木中学需徒步行走约5公里的路程，使他在中学时代体质有所增强。后来他虽然外表弱不禁风，但却很能走路，原因在此。

1913年
大正二年
（14岁）

升入中学二年级时，立志成为小说家，博览《新潮》《新小说》《文章世界》《中央公论》等各种文艺杂志。据《少年》中的描述，川端从这年开始尝试写作新体诗、短歌、俳句等，作文《雨滴石穿》(《雨だれ石を穿つ》)保存至今，但在成绩表中作文成绩最低。

1914年
大正三年
（15岁）

5月25日凌晨零时过后，祖父去世(73岁)。川端遂成孤儿，由西成郡丰里村母亲的弟弟黑田秀太郎收养。寄人篱下的寂寞生活使他产生了自卑、乖戾的性格。从9月直到年底，他每天乘火车往来于吹田和茨木之间上中学。将自己的作品结集成《第一谷堂集》《第二谷堂集》。在祖父弥留之际守在病榻边做了写生式的记录，后来整理为《十六岁的日记》(按虚岁算，这年16岁)。此外，他的《拾遗骨》《参加葬礼的名人》《向阳》《行灯》等作品中有关祖父病逝前后的事，大都取材于当时所做的记录。

1915年
大正四年
（16岁）

3月起，寄宿于茨木中学，直到毕业都过着宿舍生活。室长是同年级的片冈重治(片冈铁兵夫人之兄)。读书范围日益广泛，对白桦派，特别是武者小路实笃的作品非常喜欢，还读过谷崎润一郎、上司小剑、德田秋声、塚越亨生的作品以及《源氏物语》《枕草子》等，外国作家中读了陀思妥耶夫斯基、契诃夫、斯特林堡、阿尔志跋绥夫等人的作品。经常出入学校附近的崛广旭堂书店、虎谷诚诚堂、堀内书店等，缘此，为欠下很多书钱而苦恼。

1916年
大正五年
（17岁）

2月，初次走访当地的周刊小报《京阪新报》社，向那里投稿。4月，升入五年级，成为寝室室长。与同室的二年级学生小笠原义人开始了同性恋，后来以这一体验为基础写了《少年》(1948—1949年)，主人公为"清野少年"，使用了这一时期的部分日记。立志当作家的同班同学有清水正光和欠田宽治。清水的小说投稿被采用，川端受到了刺激。从春季到秋季，发表了《给H中尉》《淡雪之夜》《紫色的茶碗》《京都杂咏》《夜来香开放的黄昏》《电报》《自由主义的真义》《绿叶窗前》《给少女》《永远的修行者》等短文短歌。此外，还向《文章世界》《秀才文坛》《新潮》等杂志投稿，在《文章世界》上发表俳句"桃の山村佗び人に花見かな"(6月号)、"五月雨や湯に通ひ行く旅役者"(8月号)等。经表兄秋冈义爱引见，认识了三田的新晋作家南部修太郎并开始通信。据日记《岁晚感》中透露，以往曾有过投考早稻田大学或庆应大学文科的志向，但如今决心报考第一高等学校。这年秋天，宿久庄的房产由川端的伯父们做主卖给了川端岩次郎，以支付祖父及川端购书的欠款。

1917年
大正六年
（18岁）

1月31日，参加了英语教师仓崎仁一郎的葬礼，将葬礼的情况写成追悼作文《肩扛恩师的灵柩》，经国文教师山胁成吉的推荐，刊载于石丸梧平主持的大阪杂志《团栾》上。3月，茨木中学毕业。由于沉醉于读书，学业成绩下降，以校长为首的教师们试图说服他改变志向，但川端仍坚持己见，打算投考第一高等学校(大学预科)。3月21日赴东京寄居在浅草藏前的表兄田中岩太郎家(森田町11号)。为了备考，参加了周六、周日的讲习会和明治大学补习班。补习之余常去浅草公园。3月末，亲自拜访了南部修太郎。7月8日至14日，第一高等学校考试。8月9日，被一高文科一部乙类(英文科)录取。茨木中学毕业班的学生中只有川端一人考取了一高。9月入学，安排在第一部一年三组。同学有石浜金作、酒井真人、铃木彦次郎、守随宪治、三明永无、片冈义雄、辻直四郎、池田虎雄等人。过了3年的寄宿生活(中寮3号、南寮4号、日本式宿舍10号)。此间阅读最多的是俄国文学和芥川龙之介、志贺直哉的作品，尤其为陀思妥耶夫斯基倾倒。

1918年
大正七年
（19岁）

7月，一高第一学年下半学期结束后返回大阪，寄宿于秋冈家。10月30日至11月初旬，初次去伊豆旅行，与冈本文太夫带领的巡回艺人们同行。从下田乘贺茂丸轮船回东京。此次伊豆之行的体验成为小说《伊豆的舞女》的蓝本。此后约10年间，几乎每年都去汤岛温泉的汤本馆，有时在那里度过一年中的大半时间。

1919年
大正八年
（20岁）

6月，经文艺部委员冰室吉平推荐，在一高文艺部的机关杂志《校友会杂志》第277号上发表了《千代》(「ちよ」)。在《校友会杂志》上发表的作品仅此一篇。在室友池田虎雄的引见下，结识了今东光。此后经常出入坐落在西片町的今家，深得今家父母喜爱。受到今东光的父亲今武平的影响，对心灵学（神智学）产生了浓厚的兴趣。这年的下半年结识了伊藤初代（日文名：伊藤ハツヨ，通称ちよ）。

1920年
大正九年
（21岁）

在大阪三番的黑田家过新年。1月16日出席表兄黑田秀太郎的婚礼，并历访大阪的各家亲戚。在一高的最后一学年，经常同石浜金作、铃木彦次郎、三明永无等人一起去热闹场所或咖啡店。7月，第一高等学校毕业，同月入东京帝国大学文学部英文科。同班有石浜金作、酒井真人、铃木彦次郎、田中总一郎、中村为治、本多显彰等人。是年开始允许女生来文学部听课。入秋，与今东光、酒井、铃木等人一起策划同人杂志——第六次《新思潮》发刊之事，为此第一次拜访了住在小石川区中富坂町17号的菊池宽，此后长期受其关照。上京后，从7月开始在东大久保181号的铃木彦次郎家住了几个月，之后租住浅草小岛町13号（高桥修理铺的二楼），第一次过自己租房的生活。这一时期，除了日本作家的作品之外，还广泛阅读了森鸥外翻译的《诸国物语》等翻译作品和欧·亨利等作家的原著。

1921年
大正十年
（22岁）

2月，与一高时代的友人石浜、酒井、铃木、今东光等一起创办的第六次《新思潮》发刊。在第一期上发表《一次婚约》；4月，在第二期上发表《招魂节一景》，得到菊池宽、久米正雄、佐佐木茂索、南部修太郎及各方面的好评；7月，在第四期上发表《油》。在菊池宽家，经菊池介绍认识了芥川龙之介和久米正雄，11月6日又会见了横光利一，此后两人开始了亲密的交往。12月，在水守龟之助的帮助下,《新潮》杂志刊登了他的《南部氏的风格》(南部的第二部作品集《湖水之上》的评论)。这是初次在商业杂志上发表评论文章,也是第一次获得稿费。因学制改革,新学期从4月开始,所以这一年只上7个月的课。除了英文学科的课之外,还听了不少国文学科的课。从9月到11月,为了与一家咖啡馆女招待伊藤初代的婚事,同三明永无一起分别去了岐阜和岩手县岩谷堂,先后征得菊池宽和初代生父的同意并与初代订婚,但很快遭到毁约的打击。以此次失恋事件为基础,写了《南方之火》《篝火》《非常》《她的盛装》《暴力团一夜》《海的火祭》等一系列作品。这期间仍租房子住,先迁至浅草小岛町72号,再搬到本乡根津西须贺町13号。暑假在故乡度过。

1922年
大正十一年
(23岁)

移居本乡驹込町(在同一町内两次搬迁),后又迁至本乡千驮木町38号。2月,受佐佐木茂索的关照,在《时事新报》(1日、15日、17日、18日)上发表文艺月评《本月的创作界》,以此为开端直至翌年经常在这一报纸上刊载月评。这成为川端后来从事近20年的旺盛的评论活动的契机。6月,由英文科转入国文科。当时,国文学研究室教授是芳贺矢一和藤村作。4月至6月,以恋爱体验为素材写了《新晴》。夏季蛰居伊豆汤岛,7月到8月完成了107页的未定稿《汤岛的回忆》,日后经过改写,产生了《伊豆的舞女》和《少年》两篇小说。从这一年开始,姨父秋冈义一不再支付他的学费,此前都是靠存放在秋冈那里的钱交的学费(大学时代平均每月60元)。从此,川端开始自己养活自己。翻译有高尔斯华绥的《街道》、但尼生的《死的绿洲》和契诃夫的《戏后》等。

| **1923年** 大正十二年（24岁） | 首次出版发行的《文艺年鉴》上对川端作了介绍。1月，菊池宽创刊《文艺春秋》。2月，与《新思潮》同人石浜、今东光、酒井、铃木四人以及佐佐木味津三、横光利一等人一起加入。7月，从前一年就停刊了的《新思潮》，又由南天堂再次复刊。9月1日，发生关东大地震，与今东光一起探望芥川龙之介，三人到处察看受灾情况。这年春天，结识了犬养健。发表有《林金花的忧郁》《新春新人创作评》（《文艺春秋》1月号）；《新春创作评》（《新潮》2月号）；《三月文坛创作评》（《时事新报》3月号）；《精灵祭》（《文艺春秋》4月号）；《男人、女人、板车》（《文章俱乐部》4月号）；《参加葬礼的名人》（《文艺春秋》5月号）；《南方之火》（《新思潮》7月号）；《余烬的文艺作品》（《时事新报》10月号）；《向阳》（《文艺春秋》11月号）；《新文章论》（《文章俱乐部》11月号）等。|

| **1924年** 大正十三年（25岁） | 1月，去伊豆温泉。3月，虽然学分不够但承蒙藤村作等教授的特别照顾，从东京帝国大学国文学科毕业。毕业论文是《日本小说史小论》，其序言部分以《日本小说史研究》为题，刊登在《艺术解放》3月号上。毕业后不久，藤村教授推荐他去关西大学任教，婉拒。5月，去三岛郡官厅接受征兵检查不合格，月底去纪伊旅行。7月始，同来自《新思潮》《蜘蛛》《行路》《无名作家》等同人杂志的新晋作家石浜金作、加宫贵一、片冈铁兵、今东光、佐佐木茂索、铃木彦次郎、十一谷义三郎、中河与一、横光利一等商谈创刊新的同人杂志《文艺时代》。10月，创刊号由金星堂发行，此后，岸田国士等人也参加进来。文学评论家千叶龟雄称之为"新感觉派的诞生"，《文艺时代》遂成为新感觉派运动

的阵地。该杂志名为川端提议，他认为文艺应取代宗教而占据新的时代。川端与片冈负责编辑至12月，同时负责与发行者金星堂的联络事宜。11月，因"文坛诸家调查表"(《文艺春秋》11月号)事件，发生了今东光退出之事。

发表有《新春文坛的创作》(《都新闻》1月号)；《月评家的气焰》(《文艺春秋》3月号)；《关于日本小说史研究》(《艺术解放》3月号)；《篝火》(《新小说》3月号)；《空中移动的灯》(《我观》5月号)；《我们如何评判既有文坛》(《新潮》7月号)；《脆弱的器皿》《走向火海》《锯与分娩》(《现代文艺》9月号)；《蝗虫与金琵琶》(《文章俱乐部》9月号)；《九月杂志小说评》(《时事新报》9月号)；《戒指》《手表》(《文坛》10月号)；《非常》(《文艺春秋》12月号)；《相片》《结发》《金丝雀》《港》《月亮》《白色的花》(《文艺时代》12月号)等。

1925年
大正十四年
(26岁)

长期逗留于伊豆汤岛的汤本馆，许多文学家也陆续来到此地。在东京，一度住在本乡林町190的丰秀馆。5月前后，在菅忠雄家初次遇见松林秀子。处女作品集《骑驴的妻子》原定由文艺社出版，已进入校对清样的阶段，但由于出版社的变故而未能问世。

发表有《文坛的文学论》(《新潮》1月号)；《落日》(《文艺时代》2月号)；《落叶与父母》(后改题为《孤儿的感情》，《新潮》2月号)；《蛙之死》《骑驴的妻子》(《文艺时代》3月号)；《汤岛温泉》《温泉通信》(《文艺春秋》3、5月号)；《新感觉派辩》(《新潮》3月号)；《杂志创作评》(《文艺时代》4—6月号)；《遗容》(《金星》4月号)；《人间的足音》(《女性》6月号)；《燕》《伊豆的姑娘》(《妇人公论》6、8月号)；《十七岁的日记》《续十七岁的日记》(《文艺春秋》8、9月号，后两者合一改题为

《十六岁的日记》);《蓝的海黑的海》《丙午少女赞》(《文艺时代》8、12月号);《白色的满月》(《新小说》12月号);《海》《阿信地藏菩萨》《十二年》《光滑的岩石》(以上4篇以"短篇集"为题作为"掌小说"——微型小说专辑发表于《文艺时代》11月号);《玻璃》《万岁》《谢谢》《偷茱萸的人》(以上4篇以"第二短篇集"为题作为微型小说专辑发表于《文艺春秋》12月号)等。

1926年
大正十五年
昭和元年
(27岁)

大部分时间在汤本馆度过。这期间,迷上了围棋和台球。1月寄宿于东京的本乡林町丰秀馆,3月暂住东京麻布宫村町,4月迁至市谷左内町26号的菅忠雄家。时值菅忠雄不在家,托秀子（旧姓松林,户籍名ヒテ）照看。此时开始了与秀子的共同生活。是年成立了"新感觉派电影联盟"（自1924年起由横光提议筹备）,片冈铁兵、岸田国士也加入进来。拍摄了无声影片《疯狂的一夜》（川端创作脚本,衣笠贞之助导演,井上正夫主演）,前后拍摄了约一个月（京都松竹下贺茂制片厂拍摄）。川端为观看拍摄于5月上旬在京都逗留了10盟"仅仅拍摄了这唯一一部电影就解散了。6月,处女作品集《感情装饰》由金星堂出版,51位好友为他举行了出版纪念会。是年夏,在逗子租借房子与石浜、片冈、横光共宿。9月返回汤岛（秀子夫人8月返乡省亲,于10月去汤岛）。此时至翌年,先后来汤本馆歇宿的有:池谷信三郎、藤泽桓夫、保田与重郎、大塚金之助、日夏耿之介、岸田国士、林房雄、若山牧水以及画家铃木信太郎等,此外,淀野隆三、外村繁、三好达治、十一谷义三郎等也都来造访过川端。

发表有《伊豆的舞女》(《文艺时代》1、2月号);《掌小说的流行》《新潮合评会及其他》(《文艺春秋》1、3月号);《近冬》《孩子的立场》《龙宫仙女》《处女的祈祷》《情死》(以上5篇以"第三短篇集"为题作为微型小说专辑发表于《文艺春秋》4月号);《感情装饰》(金星堂6月出版，收录微型小说35篇);《入京日记》《祖母》(《文艺时代》5、9月号);《她的盛装》(《新小说》9月号)等。

1927年
昭和二年
（28岁）

梶井基次郎于除夕来到汤岛，宿于落合楼，元旦造访川端。3月，金星堂出版了川端的第二作品集《伊豆的舞女》(吉田谦吉装帧)，梶井基次郎帮助校对，并劝说川端在集中收录了《十六岁的日记》。同月，随笔小杂志《手帖》由文艺春秋社创刊(片冈铁兵编辑)，同人每人执笔一页，川端也加入了。4月5日，为参加横光的婚礼由汤岛赴京。9日在东京市外杉并町马桥226号租了房子，又把夫人从汤岛接过来，从此决定在东京生活。5月,《文艺时代》停刊。5月底，为改造社的"一元丛书"做宣传，与池谷信三郎、新居格等人赴关西进行旅行讲演。6月，作为文艺春秋社的"文艺演讲会"成员，与菊池宽、横光利一、池谷信三郎、片冈铁兵等人去福岛、秋田、山形等东北地区演讲。8月，与大宅壮一成为邻居。在诹访三郎的斡旋下，自8月至年底，《中外商业新报》连载了川端首篇新闻小说《海的火祭》(共129回)。12月，迁居热海小泽的鸟尾子爵别墅。

发表有《梅花的雄蕊》《柳绿花红》(《文艺时代》4、5月号，后来二者合为《春天的景色》);《〈伊豆的舞女〉装帧及其他》(《文艺时代》5月号);《马美人》《百合花》《红色的丧服》《处女作作祟》(以上各篇以"第四短篇集"为题作为微型小说专辑发表于《文艺春秋》5月号);《暴力团的一夜》(《太阳》5月号);《西国纪行》(《改造》8月号，这是为《现代日本文学全集》的演讲旅行记）；《围棋》（《手帖》8月号）；《海的火祭》（《中外商业新报》8—12月连载）；《关于掌小说》（《创作时代》11月号）等。

1928年
昭和三年
（29岁）

1月，梶井基次郎上京途中到热海访问并歇宿。此后三明永无、菅忠雄也曾来访。3月，法西斯当局对共产党员进行大搜捕的"3·15"事件的第二天，林房雄、村山知义来此藏身避难。5月，在尾崎士郎的劝说下，迁往大森的子母泽，后又搬到马込。当时的马込是非常热闹的"文人村"，流行跳交际舞和搓麻将。近邻有：广津和郎、室生犀星、牧野信一、萩原朔太郎和尾崎士郎夫妇、宇野浩二夫妇。从在子母泽的时候开始养狗。7月，在明治大学夏季文艺班讲学。

发表有《盲人与少女》（《朝日新闻》2月号）；《母语的祈祷》（《文章俱乐部》5月号）；《三等候车室》（《一九二八》7月号）；《温泉女风采》（《妇人公论》8月号）；《永久的新人铁兵》（《新潮》10月号）；《犬养健先生》（《文艺春秋》11月号）；《若山牧水先生与汤岛温泉》（《周刊每日》11月号）等。

1929年
昭和四年
（30岁）

从1月至10月，精力充沛地在《文艺春秋》等刊物上发表了许多文艺时评。4月，以中村武罗夫为中心，《近代生活》创刊，川端成为同人。6月与友人去伊香保旅行。8月去箱根，同月在镰仓写了《新人才华》（《新潮》9月号）。9月初，与夫人一起重访伊香保。与竹久梦二会面。9月17日，迁居东京下谷区上野樱木町44号。经常去浅草，造访了日本最早的轻歌舞剧场，与文艺部部员岛村龙三和舞女们相识，做了大量采访笔记。10月，《文学》杂志由第一书房创刊（堀辰雄任编辑），川端加入。从12月开始在《东京朝日新闻》夕刊上连载他的第二篇新闻小说《浅草红团》。其巨大的社会反响，使行将倒闭的卡西诺·弗列恢复了生机，并掀起了浅草热潮。很快，《浅草红团》就被搬上了银幕(前田孤泉改编，高见定卫导演，小宫一晃、德川良子、叶山三千子主演，帝国キネマ演艺公司发行)。川端秀子在《文学时代》12月号上发表文章《谈谈我的丈夫》。发表有《黑牡丹》(《时事新报》1月号)；《伊豆温泉记》《温泉旅馆》(《改造》2月、10月号)；《尸体介绍人》(《文艺春秋》4月号)；《伊豆天城》(《周刊朝日》6月号)；《新人才华》(《新潮》9月号)；《谎言与颠倒》(《文学时代》12月号)；《昭和四年小说界的一年》(新潮社)；《浅草红团》(《东京朝日新闻》夕刊12月号至翌年10月号连载)，等等。

1930年
昭和五年
(31岁)

3月，迁居上野樱木町49号。4月，菊池宽当选文化学院文学部长，川端作为创作科讲师每周授课一次(任职至1934年3月)，同时还兼任日本大学的讲师。仍然常常出入于浅草。4月底至5月初，为出席文艺讲演会去四国旅行(同行者有中村武罗夫、尾崎士郎)。6月，掩护即将秘密前往苏联的藏原惟人。加入了中村武罗夫等人的十三人俱乐部，在《十三人俱乐部时报》(6月13日刊)上发表《暗自尽心》。《十三人俱乐部创作集》(新潮社)收录川端结集发表的《春天的景色》。这一时期，经常去参观画展。从这时起，开始喂养许多狗。

发表有单行本《浅草红团》(先进社出版)；微型小说集《我的标本室》(作为"新兴艺术派丛书"新潮社4月出版，收录微型小说47篇)；《幻想与技巧》(《新潮》1月号)；《带花的照片》《新兴艺术派的艺术》《针、玻璃、雾》(《文学时代》4、6、11号)；《昭和五年的艺术派作家及作品》(《新潮》12月号)等。

1931年
昭和六年
（32岁）

4月，迁居上野樱木町36号。同月改造社的《现代日本文学全集》的第一册《新兴艺术文学集》出版。8月，去草津、轻井泽旅行（同行者有菊池宽、久米正雄、直木三十五、池谷信三郎、菅忠雄、横光利一、岸田国士、福田兰童），顺道拜访位于北轻井泽的岸田国士的别墅。在旅行归途中与直木会合，并在直木引导下去了上州的法师温泉。9月，岛村龙三等文艺部全体成员脱离卡西诺·弗列。同月，"九一八"事变爆发。10月，扶持舞女梅园龙子学习西洋舞，并让她学习英文。12月2日，与秀子正式提出结婚申请，5日办理户籍手续。是年，结识画家古贺春江。

发表有《水晶幻想》（《改造》1月号开始连载）；《伊豆序说》（改造社版《日本地理大系》2月号）；《浅草之女》《水仙》（《新潮》2、10月号）；《艺术派·未来的作家》（《读卖新闻》4月号）；《文艺时评》（《朝日新闻》5月号、《时事新报》8月号、《中央公论》10月号等）；《仲夏的盛装》（《周刊朝日》6月号）；《落叶》（《改造》12月号）；《一九三一年的文坛》（《妇人沙龙》12月号）；《一九三一年创作界印象》（《新潮》12月号）等。

1932年
昭和七年
（33岁）

3月，伊藤初代造访川端家。3月24日，梶井基次郎去世。参加梅园龙子、青山圭男、益田隆的舞蹈团的"开拓者·室内五重奏"。多次观看舞蹈团的公演。5月2日出席迎接冈本加乃子归国的欢迎会。从夏季开始养了许多小鸟。

发表有《旅行者》（《新潮》1月号）；《致父母的信》（《嫩草》1月号）；《菊池宽先生的家和文艺春秋社的十年间》（《文艺春秋》1月号，10周年纪念号）；《抒情歌》（《中央公论》2月号）；《我的爱犬》（《改造》2月号）；《雨伞》（《妇人画报》3月号）；《化装与口哨》（《东京朝日新闻》夕刊9月20日至11月10日连载）；《慰灵歌》《改造》10月号）；《文艺时评》（《新潮》10月号、《改造》3月号、《朝日新闻》4月号、《读卖新闻》8与11月号）等。

1933年
昭和八年
（34岁）

2月，《伊豆的舞女》第一次搬上银幕（五所平之助导演，田中绢代主演）。此后至1967年止，在川端离世前，《伊豆的舞女》共5次拍成电影。创作的《禽兽》获得好评。夏季（7月27日至8月29日）在上总兴津度过。10月，文化公论社创办《文学界》，川端与武田麟太郎、林房雄、小林秀雄、丰岛与志雄、广津和郎、宇野浩二、深田久弥等一起成为同人，参与策划编辑工作。在编辑过程中，川端介绍了许多新人，如北条民雄、冈本加乃子、中岛直人等。9月10日，古贺春江逝世，给川端留下了强烈的印象，写了《临终的眼》。10月15日，应镰仓林房雄之邀前去垂钓。12月21日，池谷信三郎辞世。23日出席了他的葬礼。
发表有短篇小说集《化装与口哨》（新潮社出版）；《睡脸》（《文艺春秋》4月号）；《禽兽》（《改造》7月号）；《梦中的姐姐》（《周刊朝日》11月号）；《文艺时评》（《新潮》4、6、7月号、《读卖新闻》11月号）；《临终的眼》（《文艺》12月号）等。

1934年
昭和九年
（35岁）

1月，川端的短篇小说《正月的旅愁》在《福冈日日新闻》上连载，取代了十一谷义三郎因患病而暂停连载的《神风连》。同月，以警保局长松本学为中心的文艺恳谈会成立，川端被列为20名会员作家之一。2月，仅出了5期的《文学界》停刊（6月由文圃堂复刊）。川端担任《梶井基次郎全集》（2卷，六蜂书房3月24日发行）的出版委员会委员和《池谷信三郎全集》（1卷，改造社6月20日出版）的编纂者。4月底，去热川温泉、峰温泉；5月，去汤桧曾温泉；6月，去大室温泉，13日，初访越后汤泽。归来后迁居中坂町79号。受到赴汤泽途中在水上站遇到的落水骚动的启发，创作了《水上情死》，8月起在《摩登日本》上连载(至12月共连载5回)，很快被改编成了剧本。10月，《水上情死》尚未连载完毕就拍成了电影(胜浦仙太郎执导，若水绢子主演，松竹电影公司)。8月，收到患麻风病的文学青年北条民雄的来信，从此两人保持书信往来约90封。9月开始连载《浅草红团》续篇《浅草祭》。10月，改造社出版《川端康成集》，只出版了第1卷《随笔批评集》。12月，再访汤泽，开始执笔《雪国》。年底至翌年初春，辗转迁居稻毛、船桥、千叶、上野、浅草等处。发表有短篇小说集《水晶幻想》(改造社出版，作为《文艺复兴丛书》之一)；《川端康成集》随笔评论卷(改造社出版)；《谈文艺复兴》(《报知新闻》1月号)；《虹》(《中央公论》3月号)；《关于新人》(《读卖新闻》3月号)；《文学自叙传》(《新潮》5月号)；《水上情死》(《摩登日本》8月号至12月号连载)；《浅草祭》(《文艺》9月号至翌年3月号连载)；《门扉》(《改造》10月号)；《文艺时评》(《改造》2月号、《东京日日新闻》7月号、《行动》10月号、《朝日新闻》10月号)；《朝鲜舞姬崔承喜》(《文艺》11月号)；《姐姐的和解》(《妇人俱乐部》12月号)等。

1935年
昭和十年
（36岁）

1月，文艺春秋社创立芥川奖、直木奖，川端担任评选委员。在首届芥川奖的评选中，与落选的太宰治之间发生龃龉，在《文艺通讯》上撰文解释。同月，《夕景之镜》在《文艺春秋》上发表，此后，《雪国》连作开始分期发表(《改造》1月号，《日本评论》11、12月号，《中央公论》1936年8月号，《文艺春秋》1936年10月号，《改造》1937年7月号)。3月，《浅草的姐妹》改编为电影《少女时代三姐妹》(成濑已喜男改编并导演，堤真佐子、细川ちか子等主演，由东宝电影公司的前身——

PCL电影制片厂发行），川端促成梅园龙子初次登上银幕。以此为契机，川端应邀写作舞蹈电影剧本，翌年创作了《花的圆舞曲》。因反复发烧症状，从2月底至3月住进前田外科医院，6月至8月初住进庆应医院。6月，《舞姬的经历》被拍成电影(柳井隆雄改编，佐佐木康导演，本乡秀雄主演，松竹电影公司发行)。9月，第三次去汤泽，为《雪国》续篇收集素材。11月，向《文学界》推荐了北条民雄的《间木老人》。12月5日，听从林房雄的劝说，搬到神奈川县镰仓町净明寺宅间谷，此后终身住在镰仓。同月22日赴上诹访，搜集写作《花之湖》的素材。12月31日在今日出海的带领下漫步镰仓。

发表有短篇小说集《禽兽》(野田书房出版)；《爱犬平安分娩》(《东京日日新闻》1月号)；《舞女的日历》(《福冈日日新闻》1月号)；《文艺杂感》(《读卖新闻》4月号)；《纯粹的声音》(《妇人公论》7月号)；《文艺时评》(《新潮》2、3月号，《中外商业新报》12月号) 等。

1936年
昭和十一年
（37岁）

1月，《文艺恳谈会》创刊，川端成为同人，并负责编辑了5月号《日本古典文艺与现代文艺》特辑。写了《梶井基次郎小说全集》的题签 (2卷，淀野隆三编纂作品社1月19日发行)。同月25日，为搜集《花之湖》的创作素材前往伊东温泉看一碧湖。2月5日，在镰仓与林房雄一起会见了北条民雄。2月20日，去神户为远赴欧洲的横光利一送行。同月，《文学界》全体同人商议设立"文学界奖"。小说《感谢》被拍成电影《值得感谢的人》(清水宏改编兼导演，上原谦、桑野通子、筑地まゆみ、和田登志子主演，松竹电影公司)。6月22日，南部修太郎去世，川端在《三田文学》8月号上发表悼念文章。7月4日至14日，在汤泽高半旅馆歇宿。8月初旬，在水上温泉工作。8月28日，在《文学界》的广告主顾明治糕点公司的斡旋下去神津牧场，之后赴轻井泽，在那里的藤屋工作至9月。此后对信州越发关心，10月至11月，在信州各地辗转旅行。古谷纲武的《川端康成》出版(作品社11月发行)。11月，"池谷信三郎奖"设立，川端担任评选委员。12月，成立"镰仓笔会"，久米正雄任会长，川端成为会员。

发表有随笔集《纯粹的声音》(沙罗书房出版)；短篇小说集《花的圆舞曲》(改造社12月出版)；《意大利之歌》(《改造》1月号)；《关于文学界奖》(《读卖新闻》1月号，这是为冈本加乃子所设奖而发)；《花之湖》(1—6月号)；《花的圆舞曲》(《改造》4、5月号)；《夜来香》(《中央公论》8月号)；《火枕》(《文艺春秋》10月号，以上两篇为《雪国》续章)；《旅愁中的日本》(《东京朝日新闻》11月号)；《夕映的少女》(《333》12月号)；《女性开眼》(《报知新闻》12月号至翌年7月号连载)等。

1937年
昭和十二年
（38岁）

4月2日，十一谷义三郎去世，川端连夜赶往死者住宅，同丰岛与志雄等人一起为死者守夜。4月下旬，为工作赴长野旅行。5月，迁居镰仓二阶堂325号。6月，创元社出版了川端的第一部单行本《雪国》，这是将分别刊载于各杂志上的作品进行汇总、整理、修订、增补之后完成的。7月，《雪国》与尾崎士郎的《人生剧场青春篇》一同获得了第三届文艺恳谈会奖。7月28日至9月，在轻井泽藤屋逗留。8月24日，在轻井泽集会堂为文化学院夏季讲习会作了题为《文学》的讲演(即《信浓的故事》，刊于《文艺》10月号)。月底，从轻井泽搬到户隐中社，谢绝会客，闭门撰写《牧歌》。9月，用所获奖金在轻井泽购置了一幢别墅。10月，乔迁新别墅。堀辰雄因火灾陷于困境，来到川端的别墅。川端遂委托照料，自己于

11月26日回到镰仓。此后，直到1945年，川端每年都在轻井泽度过夏季。《牧歌》《高原》《风土记》等作品都是在那里完成的。12月5日清晨，北条民雄辞世。川端于下午赶赴东村山村全生园参加北条的葬礼。从除夕到正月初三，同秀子夫人及小林秀雄、岛木健作一起去南伊豆旅行。这一年，他开始摄影和打高尔夫球。

发表有单行本《雪国》(创元社出版)；《纯粹小说全集》第9卷(有光社3月出版)；描写少男少女的小说集《班长的侦探》(中央公论社12月出版)；《拍球歌》(《改造》5月号,《雪国》的续章)；《少女之港》(《少女之友》6月号至翌年3月号连载)；《牧歌》(《妇人公论》6月号至翌年12月号连载)；《风土记》(《改造》11月号) 等。

1938年
昭和十三年
（39岁）

3月，日本文学振兴大会召开，设立了中年作家的精进奖——菊池宽奖。从4月开始，改造社出版全9卷的《川端康成选集》(1939年12月出齐)。4月，两次摄影旅行：同横光利一、片冈铁兵的"田山花袋的《乡村教师》之旅"(行田、羽生)；应安田善一之邀的伊豆之旅。4至5月，编纂出版了《北条民雄全集》(创元社，上卷4月25日、下卷6月5日发行)。6—12月，观看"本因坊秀哉名人围棋引退战"(6月26日在芝的红叶馆开局, 12月4日终局, 对弈地点曾改在箱根、伊东, 8月15日至11月17日休息)，在《东京日日新闻》和《大阪每日新闻》上连载观战记。日后，这一素材经过屡次修改，成为《名人》。7月，"日本文学振兴会"成立，川端被选为理事(菊池宽任理事长)。8月19日，到八岳高原富士见疗养所探望吴清源。10月，从轻井泽一路旅行归来。是年开始陆续出版由川端、武田麟太郎、间宫茂辅三人编辑的《日本小说代表作全集》(每年两册, 上下半年各一册, 小山书店发行)。12月,围棋告别赛一结束,就去伊势、京都旅行。年底携夫人去热海。

发表有单行本《少女之港》(实业日本社4月出版);短篇小说集《抒情歌》(岩波书店出版);《川端康成选集》第1卷(改造社出版,收录微型小说77篇);《插花》(中央公论)1月号);《金块》(《改造》4月号);《我写围棋观战记》(《文学界》10月号);《百日堂先生》(《文艺春秋》10月号);《高原》(《日本评论》12月号);《文艺时评》(《文艺春秋》2月号,《东京朝日新闻》10、11月号)等。

1939年
昭和十四年
(40岁)

1月,赴热海观看木谷实对吴清源三番大棋战的第一回。1月至3月16日期间,主要在富士屋活动,有事才去东京、镰仓。自1月起,为《新女苑》选评应征读者的短篇作品。1月25日,去伊东探望本因坊名人。之后,在伊谷奈与对局间歇来此地的吴清源进行了两天推心置腹的交谈。以下围棋、将棋和搓麻将等形式,与本因坊名人、木谷实和吴清源保持交往。这一段时间,转写围棋观战记。受中央公论社委托,编写作文选《模范作文全集》(中央公论社,5至6月发行,参与者有藤田圭雄、岛崎藤村等)。阅读了很多作文,成为从事儿童作文评选工作的契机。2月15日,召开日本文学振兴会理事会,川端当选为菊池宽奖的评选委员。18日,冈本加乃子去世,24日与林房雄一道从热海赴东京吊唁。5月,与大宅壮一等20人,成立了少年文学恳谈会。6月上旬,为撰写有关冈本加乃子的文章去盐原旅行。7月,在日本女子大学作《关于作文》的演讲。是年,川端深入参与了广泛意义上的作文运动,从中给社会输送了许多人才。此事连同1936年川端宣告停笔不写文艺时评,显示出他对战时体制的一种独特的姿态。

夏季在轻井泽，秋季往返于镰仓和热海。《女性开眼》在这一年被拍成了电影(沼波功雄导演，高山广子、草岛竞子、新田实主演，新兴电影公司)。

发表有"黑白丛书"中的《短篇集》(砂子屋书房出版，收录微型小说34篇);《故人之园》(《大陆》2月号);《观战记》(《木谷·吴三番大弈战第二局》,《东京日日新闻》2、3月号连载);《菖蒲花》(《东京日日新闻》3月号);《美好的旅行》(《少女之友》7月号开始连载，描写盲、聋、哑少女);《初秋高原》(《改造》10月号);《文艺时评》(《文艺春秋》1—11月号)等。

1940年
昭和十五年
（41岁）

1月16日，探望秀哉名人，并与他下了两盘将棋。两天后，名人猝死，川端拍摄了名人的遗容。3月，与横光利一、片冈铁兵一起去东海道旅行。5月，为收集一年前已开始写作的《美好的旅行》(《少女之友》1939年7月至1942年10月，共11回)的素材，参观了盲人学校和聋哑人学校。6月，为执笔《我的浅草地图》走访阔别多年的浅草。6—7月，为收集《旅行的诱惑》(《新女苑》1至9月共连载八回)的素材，去箱根、三岛、小夜的中山、兴津、静冈和东海道旅行。7月8日，出席"文艺枪后运动"讲演会，作了题为《事变作文》的演讲。夏秋两季在轻井泽度过。9月，《川端康成集》作为《新日本文学全集》的第2卷由改造社出版。10月，日本文学会成立，川端是21名发起者之一。

发表有《花的圆舞曲》(新潮社出版，作为《昭和名作选集》之一);《川端康成集》(改造社出版，作为《新日本文学全集》之一);《母亲的初恋》《女人的梦》《恶妻的信》《午夜的骰子》《夫唱妇随》《年暮》(《妇人公论》1、2、3、5、7、12月号);《雪中火事》(《公论》12月号,《雪国》的续章);《秋山居》(《大众读书》12月号)等。

1941年
昭和十六年
（42岁）

1—3月，频繁地去热海。经常打高尔夫球。4月2日，受《满洲日日新闻》之邀，从神户出发，赴中国东北参加围棋大会（同行者有吴清源、村松梢风）。先到长春，而后去了奉天（沈阳）、哈尔滨、承德、北京、天津、大连等地，5月16日回到神户。7、8月在轻井泽。9月初，应关东军之邀，同改造社社长山本实彦、高田保、大宅壮一、火野苇平等人再度赴满洲，访问了大连、奉天（沈阳）、抚顺、黑河、海拉尔、哈尔滨、新京（长春）、吉林等地，至月底结束。之后，为研究满洲决定自费留下，叫来秀子夫人于10月一同访问了北京，会见为"文艺枪后运动"而前来的小岛政二郎、片冈铁兵、佐佐木茂索等。后来，两人又去齐家镇、张家口、天津、旅顺等地参观，最后返回大连。因得到战争即将爆发的消息，于11月30日回到神户。8天之后，太平洋战争爆发。
发表有短篇小说集《我所爱的人们》（新潮社12月出版）；《寒风》（《日本评论》1月号）；《冬事》（《改造》3月号）；《银河》（《文艺春秋》8月号，《雪国》的续章）等。

1942年
昭和十七年
（43岁）

1月，访问岛崎藤村宅邸，为小山书店出版杂志事宜请求协助。2月，又致信志贺直哉请求协助。4至5月，为创作《名人》等作品去京都。6月，编辑《满洲各民族创作选集》（创元社），写了编者的话。7月9日，菅忠雄在仙台去世。7月，夫妇二人去京都旅行。8月，季刊《八云》（小山书店）创刊，同人除川端、岛崎、志贺之外，还有里见弴、武田麟太郎等。8—10月在轻井泽。10月，受日本文学报国会派遣，前往长野县伊那访问农家，并为《读卖报知》写了报道。采访期间，大姨妈田中苑辞世（川端根据这位姨妈的故事写了《父亲的名字》,刊于《文艺》1943年2至3月号)。12月8日,第一次开战纪念日,川端读了战死者的遗文,并写了感想文章《英灵的遗文》(《东京新闻》1943、1944年连续刊登)。

发表有感想随笔集《文章》(东峰书房4月出版);《川端康成集》(河出书房出版,作为《三代名作集》之一);短篇小说集《高原》(甲鸟书林7月出版);《赤足》(《改造》4月号);《名人》(《八云》第1辑,8月号);《日本的母亲》(《读卖报知》10月号)等。

1943年
昭和十八年
(44岁)

3月,为收养表兄黑田秀孝的三女儿麻纱子(户籍名政子)做养女去大阪。川端在《故园》《天赐之子》上均有描述。4月,为梅园龙子做媒。4月下旬,为撰写在《满洲日日新闻》上连载的《东海道》,从镰仓到京都沿途搜集素材。5月3日,麻纱子作为养女入了户籍。以此为契机撰写了《故园》,但由于时局严峻,写作不顺利,终于未完成。夏季仍在轻井泽度过,志贺直哉两次造访。8月22日,岛崎藤村谢世,从轻井泽赶去参加葬礼。同一天去探望德田秋声,未料这成为两人的最后一次会面,11月18日,德田秋声去世。12月26日,出席表千家的茶会。

发表有《父亲的名字》(《文艺》5月号至昭和二十年1月号断续连载)、《故园》(《文艺》6月号开始连载,共11回);《夕阳》(《日本评论》8、12月号,《名人》的一部分)等。

1944年
昭和十九年
(45岁)

4月,《故园》《夕阳》等获得战前最后一届菊池宽奖(第6届)。6月,日本文学振兴会设立"战记文学奖",川端是遴选者。战事严峻,在后院挖防空壕,还接受联防组长的委派担任夜警四处巡逻。在战乱中阅读《源氏物语》等古典名著以及志贺直哉、森鸥外、夏目漱石等人的作品。还从旧书店购买了《大日本佛教全书》等古典文献。收到许多立志从文的人的稿件。8月，他出售了轻井泽的一幢别墅，以支付生活费用。从这年起到昭和二十八年（1953）未去过轻井泽。秋季，与片冈铁兵去信州参加小学教员座谈会，会见林芙美子。12月25日，片冈铁兵在和歌山去世。

发表有《夕阳》（《日本评论》3月号，此为续章）；《珍珠船》（《读书人》3月号）；《一草一花》（《文艺春秋》7月号，收录《十七岁》等3篇作品）等。

1945年
昭和二十年
（46岁）

1月，参加片冈铁兵的葬礼。4月24日，作为海军报道班成员赴鹿儿岛县鹿屋的海军航空队特工基地采访一个月，以此时的体验写成《生命之树》（1946年）。5月，与久米正雄、小林秀雄、高见顺等人在镰仓八幡街开了租书店——镰仓文库。后来在大同造纸厂的倡议下，于9月成立镰仓文库出版社，川端同久米正雄等人任董事。此后，川端常去日本桥白木屋二楼的出版社事务所上班，并为征得出版作品的许可而拜访许多老作家。8月15日，同夫人、养女一起在家中听了天皇宣布无条件投降的广播。17日，在镰仓养生院照看着岛木健作离开人世。23日，在镰仓文库举行遗体告别仪式。

发表有《冬曲》（《文艺》4月号）；《朝云》（新潮社10月号）；《追悼岛木健作》（《新潮》11月号）等。

1946年
昭和二十一年
（47岁）

1月，镰仓文库创刊《人间》杂志（木村德三任总编）。同月，三岛由纪夫来访，川端将三岛的《烟草》推荐给《人间》（刊载于6月号）。从1月至5月，多次拜访永井荷风。3月31日，武田麟太郎去世，4月3日在武田的葬礼上第一次宣读悼词。4月，与大佛次郎、岸田国士、丰岛与志雄、野上弥生子等人创办"红蜻蜓会"，藤田圭雄编辑儿童杂志《红蜻蜓》（日本实业社发行），川端为其挑选作文。10月2日，迁居镰仓长谷264号，直到去世一直居住在这里。从11月起，担任《武田麟太郎全集》（16卷，六兴出版社）的编委。

发表有《感伤之塔》（《世界文化》创刊号）；《重逢》（《世界》2月号）；《过去》（《文艺春秋》，《重逢》的续章）；《雪国抄》（《晓钟》5月号，《雪国》的续章）；《生命之树》（《妇人文库》7月号）；《插话》（《新潮》2月号，后改题为《五角银币》）；《山茶花》（《新潮》12月号）等。

1947年
昭和二十二年
（48岁）

继续从事镰仓文库的工作。上班途中经常去看正在废墟上复兴的银座一带。2月12日，出席重建笔会的发布会。5月底至6月10日，从横滨走海路去镰仓文库的北海道分社出差。此时开始愈加沉醉于古代美术，常去参观美术展，同美术界的交往也更加频繁了。10月，发表《续雪国》，最终完成了定稿本《雪国》（前后共花费13年的时间）。10月4日，将池大雅和与谢芜村合作的、被指定为国宝的《十便十宜》帖收集到手。12月30日，与横光利一死别。

发表有作品集《抒情歌》（创元社11月出版，作为《创元丛书》之一）；《续雪国》（《小说新潮》10月号）；《哀愁》（《社会》10月号）；《梦》（《妇人文库》11月号）等。

1948年
昭和二十三年
（49岁）

1月3日，参加在横光利一宅邸举行的遗体告别仪式，致悼词。3月6日，菊池宽逝世。4月开始出版《横光利一全集》（23卷，改造社），川端担任编辑委员。从5月起开始出版《川端康成全集》（全16卷，新潮社，

1954年完结），撰写后记时颇尽心力（后来收录《独影自命》）。川端带着回顾以往50年文学生涯的心情，将自己的日记、书简公开。5月31日，在日本笔会大会上，志贺直哉辞去会长之职。6月23日，评议委员会选举川端接任第四任会长（任至1965年10月）。11月12日，受《读卖新闻》委托，旁听了东京审判。

发表有定稿本《雪国》（创元社12月出版）；《一草一花》（青龙社出版，收录微型小说30篇，多为20年前的旧作）；《未亡人》（《改造》1月号）；《再婚女人的手记》（《新潮》1—8月号断续连载，后改题为《再婚的女人》）；《红梅》（《小说新潮》4月号）；《少年》（《人间》5月号至翌年3月号连载）；《日本袜》（《生活手帖》，9月号）；《信》（《风雪》别册10月号，后改题为《反桥》）；《生死之间的老人——战犯审判旁听记》（《读卖新闻》11月号，后改题为《东京审判的老人们》）等。

1949年
昭和二十四年
（50岁）

4月，恢复"芥川奖"，川端担任评选委员。7月，改造社创设"横光利一奖"，川端担任评选委员。分别于5月和9月开始连载《千羽鹤》和《山音》。9月，以日本笔会会长的名义，向威尼斯国际笔会第二十一届大会发去贺电（后以《致威尼斯国际笔会第二十一届大会》为题发表于《人间》10月号）。11月，应广岛市的邀请，与丰岛与志雄、小松清等人代表日本笔会参观了原子弹爆炸现场。归途在京都停留。是年担任战后第一套文学全集《现代日本小说大系》（全65卷，河出书房）的编辑委员，并撰写《解说》。

发表有随笔集《哀愁》（细川书店12月出版，作为《细川新书》之一）；《阵雨》（《文艺往来》1月号）；《噪鹃》《夏与冬》（《改造文艺》1月号）；《住吉物语》（《个性》4月号，后改题为《住吉》）；《千羽鹤》（《读物时事》《文艺春秋》等杂志5月号开始连载）；《山音》

（《改造文艺》《群像》等杂志9月号开始连载）等。

1950年
昭和二十五年
（51岁）

4月，与23名笔会会员赴广岛、长崎视察，往返均在京都停留。4月15日，在广岛举行了"世界和平与文艺讲演会"（即日本笔会广岛之会），川端在会上宣读了"和平宣言"（后来以《武器招徕战争》为题，发表于《王将》7月号）。8月，为派遣代表参加在爱丁堡举行的国际笔会大会所需经费，撰写呼吁募捐的文章。12月开始，在《朝日新闻》上连载《舞姬》（至翌年3月止）。这一年，镰仓文库倒闭。

发表有《天授之子》《水晶之玉》（《文学界》2、3月号）；《彩虹几度》（《妇人生活》3月号至翌年4月号连载）；《舞姬》（《朝日新闻》12月号至翌年3月号连载）等。

1951年
昭和二十六年
（52岁）

6月28日，林芙美子辞世。7月1日举行了葬礼，川端担任治丧委员长。为林芙美子的《涟漪》（7月出版）和《饭》（10月出版）撰写后记。8月，《舞姬》拍成电影（新藤兼人改编，成濑已喜男导演，山村聪、高峰美枝子等主演，东宝电影公司发行）。10月，与片冈光枝、立野信之去冈山县出席片冈铁兵的胸像揭幕式。

发表有单行本《舞姬》（朝日新闻社7月出版）；《项链》（《新潮》1月号）；《玉响》（《文艺春秋》别册5月号）；《关于〈浅草红团〉》（《文学界》5月号）；《我的信条》（《世界》8月号）等。

1952年
昭和二十七年
（53岁）

1月，《浅草红团》拍成电影（成泽昌茂改编，久松静儿导演，京マチ子、乙羽信子、根上淳主演，大映电影公司发行）。《千羽鹤》连同《山音》已发表的部分，获得1951年度的艺术院奖。8月，《千羽鹤》由久保田万太郎改编成歌舞伎，在歌舞伎座上演（花柳章太郎等主演）。12月，《千羽鹤》

又被拍成电影(新藤兼人改编，吉村公三郎导演，木暮实千代、乙羽信子、木村三津子、杉村春子主演，大映电影公司)。10月13日至17日，去近畿地区参加《文艺春秋》30周年纪念演讲会，前往姬路、神户、和歌山、奈良等地旅行。之后应大分县之邀去九州旅行，与画家高田力藏一起漫步九重高原(翌年6月重游九重，并决定把这里作为《千羽鹤》续篇《波千鸟》的背景，但因遗失了采访笔记，《波千鸟》未完而终)。是年，创立了"小学馆儿童文化奖"，川端任文学部的评选委员。

发表有单行本《千羽鹤》(筑摩书房2月出版)；《名人的生涯》(《世界》1月号，《名人》的一部分)；《岩石上的菊花》(《文艺》1月号)；《日兮月兮》(《妇人公论》1月号至翌年5月号连载)；《月下之门》(《新潮》2—11月号连载)；《白雪》(《文艺春秋》2月增刊)；《新文章论》(《文学界》4月号)；《关于〈嘲笑死者〉》(《文艺》10月号)；《富士初雪》(《大众读物》12月号)等。

1953年
昭和二十八年
（54岁）

5月26日，堀辰雄去世，6月3日在芝增上寺举行遗体告别仪式，川端担任治丧委员长。6月，为参加角川书店的讲演会去九州。夏末，自1944年以来第一次去轻井泽，住了10天。11月13日，与永井荷风、小川未明当选为艺术院会员。同年，担任复办的野间文学奖的评委。这一年，川端的多部作品被拍成电影或电视剧：《千羽鹤》(新藤兼人改编，吉村公三郎导演，木暮实千代、乙羽信子、木村三津子、杉村春子主演，大映电影公司发行)；《浅草故事》(岛耕二改编兼导演，山本富士子、森雅之、雾立のぼる主演，大映电影公司发行)；《山音》(水木洋子改编，成濑已喜男导演，山村聪、原节子、上原谦主演，东宝电影公司发行)；《母亲的初恋》由日本广播协会(NHK)摄制成电视剧。

发表有《川端康成集》(角川书店3月出版，作为《昭和文学全集》

之一);《川端康成集》(新潮社8月出版，作为《长篇小说全集》之一);《百日堂先生》(《新女苑》1月号);《河边小镇的故事》(《妇人画报》1—12月号连载);《波千鸟》(《小说新潮》4月号,《千羽鹤》的续章);《吴清源谈棋》(《读卖新闻》8—12月号连载);《水月》(《文艺春秋》11月号)等。

1954年
昭和二十九年
(55岁)

1月，开始在《新潮》上连载《湖》(1—12月号，共12回)。3月,《伊豆的舞女》第二次搬上银幕(伏见晃改编，野村芳太郎导演，美空ひばり、石浜郎、由美あづさ主演，松竹电影公司)。同月，岸田国士逝世，新潮社为纪念他创设了"岸田演剧奖"，同时也开始了新潮社文学奖，川端担任两个奖项的评选委员。4月,《山音》完稿，由筑摩书房出版单行本，并于12月获第七届野间文学奖。8月，完成西川流名古屋舞蹈剧剧本《船上艺妓》，由西川鲤三郎编导，在名古屋御园座等地上演(1957年经过修订由宝塚歌舞剧团再次上演)。9月27、28日，为参加文艺春秋社的讲演会，赴米子、松江旅行。同月,《母亲的初恋》拍成电影(八田尚之改编，久松静儿导演，岸恵子、上原谦、志村乔、三宅邦子主演，东宝电影公司)。这一年，新潮社出版了7卷本的《堀辰雄全集》，川端任编辑委员。自1948年开始出版的16卷本《川端康成全集》是年完成。从这年开始，过量服用安眠药。

发表有《川端康成集》(河出书房2月出版，作为《现代文豪名作全集》之一);单行本《吴清源谈棋·名人》(文艺春秋社7月出版);《川端康成集》(河出书房9月出版，作为《日本少男少女名作全集》之一);《湖》(《新潮》1—12月号连载);《古贺春江与我》(《艺术新潮》3月号);《东京人》(《北海道新闻》《中部日本新闻》《西日本新闻》,5月号至翌年10月号连载，共554回);《离合》(《知性》8月号);《伊豆之旅》(中央公论社,10月号)等。

1955年
昭和三十年
（56岁）

1月，完成第二部舞蹈剧剧本《故乡之音》，由西川流鲤风会在新桥剧场等地上演（清元荣寿郎作曲，西川鲤三郎编舞）。同月，《河边小镇的故事》搬上银幕（衣笠贞之助改编兼导演，根上淳、有马稻子、山本富士子主演，大映电影公司）。爱德华·塞登斯特卡节译的《伊豆的舞女》刊登在《大西洋月刊》的日本特辑上。2月17日，坂口安吾逝世，川端在《文艺》4月号上发表悼念文章。6月开始出版《横光利一全集》（12卷，河出书房），川端担任监修委员。6月18日，丰岛与志雄逝世，川端宣读悼词。11月1日，为"文艺春秋500期纪念会"在东宝剧场作了演讲。
发表有《川端康成集》（东西文明社6月出版，作为《给少男少女的现代日本文学》之一）；《川端康成集》（筑摩书房11月出版，作为《现代日本文学全集》之一）；《东京人》（全4册，新潮社1、5、10、12月）；《一个人的一生》（《文艺》1月号至昭和三十二年1月号连载）；《故乡》（《新潮》9月号）；《多年生》（《大众读物》4月号）；《梦生小说》（《文艺春秋》5月号）等。

1956年
昭和三十一年
（57岁）

2月，《彩虹几度》搬上银幕（八住利雄改编，岛耕二导演，大映电影公司）。4月，《东京人》拍成电影（田中澄江改编，西河克己导演，月丘梦路、左幸子、芦川いづみ主演，新兴电影公司）。10月，艺文书院刊行《川端康成集》。11月，以日本笔会会长的名义致电匈牙利，对那里发生的动乱事件表示同情。是年，塞登斯特卡翻译的《雪国》在美国出版，八代佐地子翻译的《千羽鹤》在德国出版。此年开始，川端作品在海外的出版翻译逐渐增多。《东京人》和《离合》分别由日本电视台（NTV）和日本广播协会（NHK）摄制成电视剧。
发表有《川端康成选集》（新潮社1—11月出版，全10卷）；《晚霞》（《中央公论》1月号）；《雨帘》（《新潮》1月号）；《身为女人》

《朝日新闻》3—11月号连载，共250回，后由新潮社出版单行本）；《邻居》《小说新潮》等。

1957年
昭和三十二年
（58岁）

3月，为出席国际笔会执行委员会同松冈洋子赴欧，与莫里亚克、艾略特等人会面。接着，为邀请代表出席东京大会，访问了欧、亚各国，5月回国。4月，《雪国》搬上银幕（八住利雄改编，丰田四郎导演，池部良、岸惠子主演，东宝电影公司）。9月2日，第二十九届国际笔会东京大会开幕，闭幕式于8日在京都举行，川端顺利完成了主办国际笔会的重任。《雪国》德译本及意大利译本分别在两国出版。

发表有《东西方文化的桥梁》（《读卖新闻》1月号）；《微风吹拂的路》（《妇人画报》1—4月号连载）；《罗马的假日》《巴黎的模特儿》（《朝日新闻》4、5月号）；《欧洲》（《新潮》8月号）；《国际笔会东京大会开幕辞》（《新潮》10月号）等。

1958年
昭和三十三年
（59岁）

1月，《身为女人》拍成电影（田中澄江改编，川岛雄三导演，森雅之、原节子、久我美子、香川京子主演，东宝电影公司）。2月，当选为国际笔会副会长。3月，由于为国际笔会大会在东京的召开所作出的努力和成绩，获战后复办的第六届菊池宽奖。6月，去冲绳旅行。11月开始出版《小川未明童话集》（12卷，讲谈社），川端担任编辑委员。同月，因患胆结石住进东大医院木本分院外科（翌年4月出院）。

发表有《川端康成集》（筑摩书房出版，作为《新选现代日本文学全集》之一）；《弓浦市》（《新潮》1月号）；《街树》（《文艺春秋》1月号）等。

1959年
昭和三十四年
（60岁）

5月，在法兰克福举行的第三十届国际笔会大会上，被授予歌德奖章。9月，《微风吹拂的路》搬上银幕（矢代静一、山内亮一改编，西河克己导演，大坂志郎、山根寿子、北原三枝、芦川いづみ、清水まゆみ主演，日活电影公司)。从11月起新潮社开始出版全12卷的《川端康成全集》(1962年8月出齐)。在川端的创作生涯中，这一年第一次没有发表小说。

1960年
昭和三十五年
(61岁)

从冬至春经常去京都和奈良旅行。3月，文艺春秋社开始出版10卷本的《菊池宽文学全集》，川端任编辑委员。5月,《伊豆的舞女》第三次搬上银幕(田中澄江改编，川头义郎导演，鳄渊晴子、津川雅彦、城山顺子主演，松竹电影公司)。同月，应美国国务院邀请访美。7月，作为特邀代表出席在巴西圣保罗举行的第三十一届国际笔会大会。8月回国。获得法国政府授予的艺术文化勋章。

发表有《睡美人》(《新潮》1月号至翌年11月号)；《菊池先生和我》(《每日新闻》3月号)；《介绍日本文学——给未来的国家巴西》(《朝日新闻》8月号) 等。

1961年
昭和三十六年
(62岁)

为写作《古都》和《美丽与悲哀》搜集材料，在京都左京区下鸭泉川町租了房子。5月，赴新潟、佐渡旅行。10月，文治堂书店开始出版6卷本的《神西清全集》，川端任编委。11月，获第二十一届文化勋章。这一年，川端的多部作品被改编成电视剧：《伊豆的舞女》由日本广播协会(NHK)摄制成电视连续剧；《母亲的初恋》由东京电视台(TBS)摄制并在"日立剧场"播出；《东京人》由富士电视台(フジテレビCX)摄制；《阿信地藏菩萨》由东京电视台(TBS)摄制为电视剧《女冢》并在"东京周日剧场"播出。

发表有《川端康成集》(讲谈社出版，作为《日本现代文学全集》之一)；单行本《湖》(有纪书房10月出版)；《美丽与悲哀》(《妇人公论》1月号至昭和三十八年10月号连载)；《岸惠子的婚礼》(《风景》1—5、7—9月号连载);《古都》(《朝日新闻》10月号至翌年1月号连载)等。

1962年
昭和三十七年
(63岁)

2月，因安眠药成瘾症状住进东大医院，连续10天昏迷不醒。4月,《古都》由新派剧团在明治座上演(川口松太郎改编，松浦竹夫导演)。10月，参加"呼吁世界和平七人委员会"。11月,《睡美人》获第十六届每日出版文化奖。这一年，室生犀星(3月)、吉川英治(9月)、正宗白鸟(10月)相继去世。
发表有《自夸十讲》(《每日新闻》8月号);《落花流水》(《风景》10月号至昭和三十九年4月号);微型小说《秋雨》《信》《邻居》《树上》《骑马服》(《朝日新闻》11—12月号)等。

1963年
昭和三十八年
(64岁)

1月,《古都》拍成电影(权藤利英改编，中村登导演，岩下志麻、长门裕之主演，松竹电影公司)。4月，财团法人日本近代文学馆成立，川端任监事。6月,《伊豆的舞女》第四次搬上银幕(三木克巳改编，西河克己导演，吉永小百合、高桥英树、大坂志郎主演，日活电影公司)。10月，与大佛次郎、久松潜一等人一起主持近代文学馆主办的近代文学史展。后来，继已故佐佐木茂索之后担任募捐委员长。还担任了近代文学博物馆委员长。日本广播协会(NHK)重拍了电视剧《东京人》。《山音》也摄制成电视剧。
发表有《人间事》(《文艺春秋》2月号);微型小说《喜鹊》《不死》《月下美人》《地》《白马》(《朝日新闻》7—8月号);《一只手臂》(《新潮》8月号至翌年1月号)等。

1964年
昭和三十九年
(65岁)

2月和5月，尾崎士郎、佐藤春夫相继辞世，川端分别参加了他们的葬礼并致悼词。6月，作为特邀代表出席在奥斯陆召开的第三十二届国际笔会大会。归途中历访欧洲各国，8月回日本。6月，开始在《新潮》上连载《蒲公英》。10月起讲谈社开始出版6卷本《高见顺文学全集》，川端任编辑委员。11月，在上野图书馆内临时开设日本近代文学馆文库，川端出席祝贺会。日本广播协会(NHK)拍摄制作了电视剧《古都》。

发表有《川端康成短篇全集》(讲谈社2月出版)；《川端康成集》(筑摩书房11月出版，作为《现代文学大系》之一)；《雪》(《日本经济新闻》1月号)；《蒲公英》(《新潮》6月号至昭和四十三年10月号连载，共22回，未完)；微型小说《久违的人》(《朝日新闻》11月号)等。

1965年
昭和四十年
(66岁)

4月，《玉响》由日本广播协会(NHK)摄制成电视连续剧播出。6月，未来社开始出版6卷本《丰岛与志雄著作集》，川端任监修委员。8月17日，高见顺去世，日本文艺家协会、日本笔会、日本近代文学馆三家联合举行了葬礼，川端担任治丧委员会委员长。10月，辞去自1948年以来担任了18年的日本笔会会长职务。11月，参加日本笔会创立30周年纪念会，会上接受了继任的芹泽光治良会长等人对前任会长的慰问。同月，前往伊豆汤岛参加《伊豆的舞女》文学碑揭幕式。松竹电影公司分别将《美丽与悲哀》(筱田正浩导演，山村聪、渡边美佐子、加贺まりこ、八千草薰主演)和《雪国》(大庭秀雄导演，岩下志麻、木村功、加贺まりこ主演)拍成电影。

发表有《玉响》(《小说新潮》9月号至昭和四十一年3月号连载，共7次，未完)等。

1966年
昭和四十一年
(67岁)

1—3月，因肝病住进东大医院。4月，日本笔会为表彰他所做的贡献，赠送一尊由高田博厚制作的胸像。8月，《湖》被拍成电影《女人的湖》(石堂淑郎改编，吉田喜重导演，冈田茉莉子、芦田伸介、露口茂主演，松竹电影公司）。9月，在新宿伊势丹举办"高见顺展览会"，川端出席并写了寄语。12月1日，佐佐木茂索去世。这一年没有创作出重要的新作品。富士电视台（フジテレビCX）重拍电视剧《古都》并在"太太剧场"播出。

发表有《川端康成自选集》(集英社4月出版)；《落花流水》(新潮社5月出版)；《川端康成集》(文艺春秋7月出版，作为《现代日本文学馆》之24)；《川端康成集（一）》(集英社8月出版，作为《日本文学全集》之39) 等。

1967年
昭和四十二年
（68岁）

2月，与安部公房、石川淳、三岛由纪夫就中国"文化大革命"联名发表了《为维护学问艺术自由呼吁书》。同月，《伊豆的舞女》第五次改编成电影(井手俊郎改编，恩地日出夫导演，内藤洋子、乙羽信子、酒井和歌子主演，东宝电影公司)。4月，日本近代文学馆开馆，川端担任名誉顾问。5月成为该馆募捐委员会委员。6月，赴福井县三国町参加高见顺文学碑揭幕式。7月，养女麻纱子结婚，入户籍(8月在驻莫斯科日本大使馆举行婚礼，10月14日在国际文化会馆举办婚宴)。8月，成为日本万国博览会政府出展恳谈会委员。12月，赴札幌看女儿新居并在东北地区旅行。《身为女人》由大阪每日电视台(MBS)摄制成电视剧。

发表有《川端康成集（二）》(集英社6月出版，作为《日本文学全集》之40)；《一花一草》(《风景》5月号至昭和四十四年1月号连载，共21回) 等。

1968年
昭和四十三年
（69岁）

1月，《新潮日本文学小辞典》出版，川端担任编辑委员。同月，《睡美人》搬上银幕(新藤兼人改编，吉村公三郎导演，田村高广、山冈久乃、香山美子主演，松竹电影公司)。2月，在"就反对核武器问题致国会议员的请愿书"上签名。6月，参加日本文化会议。7月，为今东光竞选参议员担任选举事务局长，并在东京、京都等地作街头演讲。10月17日，成为日本第一位获得诺贝尔文学奖的作家。11月，日本笔会举办获奖祝贺会。12月10日，赴瑞典斯德哥尔摩出席授奖仪式。12日，在瑞典科学院作纪念演讲《我在美丽的日本》。是年，辞去艺术院第二部长的职务。被故乡茨木市授予荣誉市民称号。

发表有《川端康成作品选》(中央公论社11月出版)；《我在美丽的日本》(《朝日新闻》等各大报12月号)；《秋天的原野》(《新潮》12月号)等。

1969年
昭和四十四年
(70岁)

1月，《日兮月兮》搬上银幕 (广濑襄改编, 中村登导演, 岩下志麻、中山仁、石坂浩二、久我美子主演, 松竹电影公司)。1月6日，获诺贝尔文学奖后赴欧旅行回国。同月27日，参众两议院发出了祝贺决议。29日，第一个孙女诞生。3月，赴夏威夷大学作关于日本文学的特别演讲 (演讲词由讲谈社刊出)。4月新潮社开始第五次出版川端生前最后的19卷本全集。4月3日，在旅行期间与索尔仁尼琴一起被聘请为美国艺术文学研究会的名誉会员。4—6月，每日新闻社在东京、大阪、福冈、名古屋等地为纪念获诺贝尔文学奖举办"川端康成展"，川端为此临时回国。5月，在夏威夷大学作《美的存在与发现》的特别演讲。6月8日，被授予夏威夷大学名誉文学博士称号。6月24日回国，被推举为镰仓荣誉市民。7月，日本驻伦敦大使馆举办"川端康成展"。同月，《美的存在与发现》由每日新闻社刊行。9月以文化使节身份出席"纪念日本移民一百周年旧金山日本周",作了《日本文学之美》的演讲。10月,参加母校茨木高等学校的文学碑揭幕式。11月,伊藤整逝世,川端担任由三个文学团体组成的治丧委员会委员长。这一年也没有发表小说。

发表有《川端康成全集》(新潮社4月出版,全19卷,至昭和四十九年3月出齐);散文《夕照的原野》(《新潮》1月号);《不灭的美》《美的存在与发现》《日本文学之美》(《每日新闻》5月号、9月号)等。

1970年
昭和四十五年
(71岁)

5月,"川端文学研究会"在池袋丰岛公会堂成立(久松潜一任会长)。6月14—19日,出席在台北举行的亚洲作家会议并作了演讲。6月29日—7月3日,作为特邀代表出席了在京城召开的第三十八届国际笔会大会,并在开幕式上致祝词。7月,汉阳大学授予名誉文学博士称号,川端作了"以文会友"的纪念演讲。9月28日赴金泽出席了石川近代文学馆举办的"德田秋声展"。11月25日,发生了三岛由纪夫剖腹自戕事件。是年,担任了全20卷的《高见顺全集》的编辑委员(劲草书房)。《夫唱妇随》摄制成电视剧并在"东芝周日剧场"播出。

发表有《鸢舞西空》《长发》(《新潮》3、4月号);《竹声桃花》(《中央公论》12月号)等。

1971年
昭和四十六年
(72岁)

1月24日,赴筑地本愿寺参加三岛由纪夫的葬礼,担任治丧委员会委员长。3月决定声援秦野章竞选东京都知事,并为此到处作街头演说。在声援活动中,他分文不收,一切费用自理。4月,川端文学研究会编辑的《川端康成其人与艺术》由教育出版中心出版（出版纪念会于24日在日本出版俱乐部召开）。4月16日，陪同访日的诺贝尔财团专务理事访问京都。17日，呼吁世界和平七人委员会在京都听取藤山爱一郎关于中国问题的讲话。5月，在日本桥壶中居举办了"川端康成个人图书展"。因健康欠佳，整个夏天都在镰仓度过。9月，呼吁世界和平七人委员会发表"反对第四次防卫计划的声明"。9月，在世界和平七人委员会发表《恢复日中邦交呼吁书》（「日中国交回復の要望書」）上签名；12月，在《反对第四次防卫计划的声明》（「四次防反対の声明」）上签名。10月9日，第二个孙儿诞生。10月21日，志贺直哉去世。同月25日，去探望弥留之际的立野信之。川端接受立野的委托，为日本学研究国际会议进行各项准备活动，年底开始四处奔波募捐，明显损害了健康。10月，讲谈社开始出版10卷本的《内田百闲全集》，川端任编辑委员。11月夫妻一起在国立小剧场观看三岛由纪夫未完遗作《椿说弓张月》的公演。12月，就任日本近代文学馆的名誉馆长。12月24日，出席了《日本人变了吗——冲断"脱"现象》的电视座谈会（1972年1月2日播出）。12月31日，赴京都探望今东光。

发表有《三岛由纪夫》《隅田川》（《新潮》1月号、11月号）等。

1972年
昭和四十七年

1月5日，文艺春秋社创立50周年，川端出席了该社举办的新年社员见面会并作演讲（后经整理以《但愿是新人》为题发表在《诸君》上），这是他生前最后的演讲。6日，去新大谷饭店出席大都里士兰德新年会。13日，原驻日大使费德连柯访问川端。后来费德连柯根据此次印象写了《川端康成论》(1978)。同月中旬,去樱井市参加建立"万叶之碑"的活动。18日,出席呼吁世界和平七人委员会会议。2月25日,表兄秋冈义爱去世,第二天夫妇二人去大阪参加葬礼。身体欠佳。3月4日,出席长谷川泉主持的"鸥外研究五部著作出版纪念会",川端是发起人之一。3月上旬至中旬因急性盲肠炎入院手术。4月16日,在逗子市玛丽娜公寓的工作室口含煤气管自杀,享年72岁零10个月。18日,在长谷的川端宅邸举行了密葬。5月27日,由治丧委员会委员长芹泽光治良主持,在青山斋场举行了日本笔会、日本文艺家协会和日本近代文学馆三家联合的"三团体葬"。今东光赠予戒名"文镜院殿孤山康成大居士"。6月3日,在镰仓灵园殓骨。9月开始,由日本近代文学馆主办的"川端康成展——艺术与生涯"在全国各地巡回展出。10月,财团法人"川端康成纪念会"设立(井上靖任理事长)。11月,日本近代文学馆内设"川端康成纪念室"。日本广播协会(NHK)作为"银河电视小说"重拍电视剧《身为女人》。

1981年
昭和五十六年

为纪念川端逝世10周年,新潮社出版新版《川端康成全集》(35卷,另有补卷2,共计37卷)。

(据川端康成自作年表、新潮社《川端康成全集》及川端香男里、长谷川泉、叶渭渠、川屿至等各家年表编辑整理)

周阅

文学博士、北京语言大学教授、博士生导师,《汉学研究》副主编,中国日本文学研究会副会长、秘书长。研究领域为东亚文学与文化关系、日本中国学,主要专著有《川端康成文学的文化学研究》《比较文学视野中的中日文化交流》等5部;发表论文100余篇;另有《棉被》《尽头的回忆》等译著多部。

彭广陆

文学博士、北京理工大学外国语学院教授。从事日语教学与研究近40年,研究领域为日语语言学、汉日对比语言学。出版专著、编著、译著、教材、教参等数十种,代表作有《日源新词探微》《综合日语》等;发表论文100余篇。

图书在版编目（CIP）数据

伊豆的舞女·雪国/(日) 川端康成著; 周阅, 彭广陆译. --北京: 作家出版社, 2024.1
（新编新译世界文学经典文库）
ISBN 978-7-5212-2169-5

I.①伊… II. ①川..②周…③彭.. I.①中篇小说一小说集-日本-现代IV. ①I313. 45

中国版本图书馆CIP 数据核字（2023）第012015 号

伊豆的舞女·雪国

作　　者：[日] 川端康成
译　　者：周　阅　彭广陆
责任编辑：王　烨　袁艺方
特约编辑：孙玉琪
装帧设计：潘振宇　774038217@qq.com
封面绘画：潘若霓
出版发行：作家出版社有限公司
社　　址：北京农展馆南里10 号　邮　　编：100125
电话传真：86-10-65067186（发行中心及邮购部）
　　　　　86-10-65004079（总编室）
E - mail: zuojia @ zuojia. net. cn
http: // www.zuojiachubanshe.com
印　　刷：北京盛通印刷股份有限公司
成品尺寸：138×205
字　　数：180 千
印　　张：5.5
版　　次：2024 年1 月第1 版
印　　次：2024 年1 月第1 次印刷
ISBN 978-7-5212-2169-5
定　　价：58.00 元

作家版图书，版权所有，侵权必究。
作家版图书，印装错误可随时退换。